# 언더커버

전 CIA 엘리트 비밀요원,
스파이로 16개국을 오가며 살아온 삶

# 언더커버

아마릴리스 폭스 지음

최지원 옮김

U
N
D
E
R
C
O
V
E
R

세종

"가식 없는 삶을 살도록 가르쳐준 엄마에게"

01

아까부터 눈치는 채고 있었다. 내 뒤를 밟는 남자의 모습이 유리창에 비치는 것을 본다. 이 북적이는 카라치의 뒷골목에서 내가 방향을 꺾을 때마다 저 남자는 나와 동선이 계속 일치했던 것이다. 수선집 유리창 위로 남자와 나의 모습이 하나로 겹쳤다. 남자를 조금 더 자세히 살펴본다. 남자는 키가 무척 크고 말상이며, 걷는 내내 양손을 쥐었다 폈다 했다. 그 순간, 거리의 부르카와 히잡 사이로 한 포스터의 글귀가 눈에 들어왔다.

'베일이 우리의 안전을 지켜준다.'

저 앞으로 내가 타려던 버스가 도착했다가 막 떠나가는 것을 본다. 이곳 파키스탄의 버스들은 색상도 무늬도 현란했다. 마치 마르디 그라● 축제의 퍼레이드 차량처럼. 영롱한 빛깔의 도형과 소용돌이가 빈틈 하나 없을 정도로 복잡하게, 또 무한하게 펼쳐져 있다. 눈앞에 펼쳐진 풍경들을 보면서 나는 마치 '디젤 사원' 같다고 생각하다가, 어쩌면 용처럼도 보인다고 생각한다. 위아래로 매달린 통근객들의 무게에 짓눌려 느릿느릿 움직이는 용.

사실 내가 이곳에 와서 가장 좋아하는 것은 저 형형색색의 버스들이다. 먼지와 스모그, 경적 소리에 온통 둘러싸여 있다가 저 버스들과 마주할 때면 나는 설명하기 어려운 경이로운 기분에 휩싸이곤 했다. 마치 무뚝뚝해 보이던 낯선 사람에게서 나와 동류의 영혼을 발견해낸 것만 같은 기분이 드는 것이다.

이번 차를 그냥 보내도 시간이 그리 지체되지는 않을 것이다. 몇 분 안에 다음 버스가 M. A. 지나 로드로 들어설 테니까. 급하게 서두르다가는 내가 자신을 떨쳐내려 한다는 인상을 줄 것이다. 추적을 따돌리려 했다간 괜히 의심만 살 뿐이다.

영화를 볼 때면 가끔 실소가 터져 나온다. 지붕을 타넘고

---

● 사순절 금식에 들어가기 전 마음껏 즐기는 축일 – 역주

글록 권총으로 묘기를 부리는 CIA 요원들을 볼 때마다 말이다. 도심을 가로지르면서 그런 추격전을 벌이다니. 정체가 발각되는 것은 물론이고, 심지어 요원 생활을 마감해야 할지도 모른다.

CIA 요원들이 할 수 있는 것은 최대한 상대를 안심시키는 것, 아무것도 알아채지 못한 것처럼 행동하는 것이다. 이를테면 그들이 따라올 수 있을 정도로 천천히 걷고, 운전할 때는 노란불에 멈춰 서고, 오가는 모습을 대놓고 보여줘야 한다. 다시 말해 상대가 하품이 날 만큼 지루하게 만들어야 한다. 그러다 상대가 잠잠해지면 그때 슬그머니 빠져나가 007 임무를 개시하는 것이다.

다시, 버스를 기다리며 남자 쪽을 확인한다. 노점 매대에서 주방 도구를 만지작거리고 있다. 남자가 어느 정보기관 소속인지는 불분명하다. 가장 먼저 추측해볼 수 있는 건 현지기관, 즉 현재 내가 파견된 이 국가의 정부방첩요원이라는 것이다. 하지만 이번에는 그것도 확신이 서지 않는다. 파키스탄 정보부 요원들은 보통 6~7명이 견고한 팀을 이뤄서 움직이기 때문이다. 그들은 몇 블록마다 추격자를 바꿔가며 들킬 위험을 최소화한다.

아마도 저 남자는 혼자인 것 같다. 그뿐 아니라 얼굴도 약간 이국적이다. 어딘지 모르게 중앙아시아계의 분위기를 풍

9

기고 있다. 아마도 카자흐, 아니면 우즈베크인일 것이다. 바지 위로 길게 늘어뜨린 헐렁한 카미즈는 전형적인 파키스탄 의상이다. 내일 있을 일에 대비해 내 동태를 살피는 거겠지. 아마도.

최근 들어 중앙아시아에서 알 카에다로 신병이 대거 유입되었다는 것을 알고 있다. 신출내기에게 정찰 임무를 맡기는 건 흔한 일이다. 군대가 어느 정도 규모를 갖출 때까지 그 지역을 파악할 기회를 주는 것이다.

남자는 조디아 바자●에 늘어선 노점 사이를 이리저리 누비고 있다. 그러다 물 담배 부품 하나를 집어 들고 손 안에서 이리저리 돌리고 있다. 물건을 살피는 방식을 지켜보고 있자니, 문득 머릿속에서 제3의 가능성이 떠오른다.

아니면, 내가 야캅과 일하는 걸 알고 사업 욕심에 접근하려는 무기 브로커일지도 모른다. 야캅은 소련제 잉여 군수품 조달업자다. 혹은 타국의 길거리를 홀로 배회하는 28살 미국 처녀를 눈여겨보고 있는 평범한 중년의 잠재적 성범죄자일지도 모른다. 좀 김빠지긴 하지만, 이 가능성도 무시할 수는 없다. 어떤 상황에서건 오컴의 면도날●●은 염두에 둬야 한다. 가장

---

● 파키스탄 최대의 화학제품 시장
●● 어떤 현상을 설명할 때 불필요한 가정을 해서는 안 된다는 것

간단한 설명이 정답일 경우가 많다.

첩보원이든 누구든, 일단 미행이 따라붙으면 작전을 중단할수밖에 없다. 정보원을 만나거나 배달된 문서를 회수할 때 꼬리를 달고 가는 건 미친 짓이다. 별다른 악의 없이 따라붙던 사람도 뭔가 중요한 장면을 목격했다 싶으면 금세 나쁜 마음을 품기 쉽다. 다행히 지금 나는 작전을 수행하러 가는 길이 아니다. 오늘은 그저 현장답사일 뿐이다. 작전일은 내일이다.

장소는 압둘라 하룬과 사와르 샤히드의 교차로. 야쿱이 알아낸 건 거기까지다. 처음에 상대는 장소조차 비밀에 부쳤다. 야쿱은 계획에 적합한 폭탄을 추천해주는 척하며 정보를 캐물었다. 목표물을 알아야 가이거 계수기●로 측정될지 알 수있다고 둘러대면서 말이다. 상대가 원하는 건 국제사회에서관심을 끄는 것이니까.

다음 버스가 도착하고, 핵 테러의 잠재 목표물을 확인하러가는 것이 마치 남의 이야기인 것처럼, 나는 여유롭고 느긋하게 차에 올라탔다. 남자가 버스 위로 기어 올라가 지붕에 자리를 잡았고, 나는 여성 전용 칸에 앉았다. 어스름 속에 오후의 풍경이 이지러져 가고, 오토바이들이 하나둘 전조등을 켜기 시작했다. 교통이 혼잡해지는 이런 퇴근 시간대에는 스쳐

---

● 방사선 검출기의 일종 - 역주

지나는 건축물을 넋 놓고 감상하게 된다. 대부분은 이 나라보다도 오래된 건물로, 파키스탄과 인도가 하나였던 시절의 기념물이자 식민지인과 왕들의 놀잇감이었다. 나는 미국 사람으로서 이런 역사에 동질감을 느낀다. 우리도 영국의 멍에를 떨쳐버리려 애썼으니까. 지금 여기서 카미즈나 숄을 두르고 있는 사람들이 홍차 상자를 바다에 내던지는 모습을 떠올린다. 파키스탄도 미국처럼 영국과 맞서 싸워 독립을 쟁취해낸 국가다. 그 과정에서 그렇게 많은 피를 흘리지 않았다면 더 좋았겠지만 말이다.

차량과 당나귀 수레의 행렬 너머로 교차로가 눈에 들어왔다. 이제는 해가 완전히 졌다. 건물과 건물 사이에 햇빛을 가려주는 빛바랜 방수포가 팽팽하게 펼쳐져 있다. 한쪽 귀퉁이에 보이는 파키스탄 국립은행도 목표물로 추정해볼 수 있다. 미국 때문에 빈곤으로 죽어가는 무고한 무슬림의 수가 탱크에 짓밟히는 희생자 못지않게 많다며, 쌍둥이 빌딩을 정당한 군사 목표물로 삼아 무너뜨린 게 바로 물라● 들이었으니까.

하지만 저 건물은 아니다. 투박하고 육중한 데다, 전후 브루탈리즘●● 이 아주 야멸차게 구현돼 있다. 서구의 횡포를

---

● 이슬람 성직자 계급 – 역주
●● 조형화된 근대 건축에 반기를 들며 기능주의와 거친 조형을 주장한 건축 사상 – 역주

온몸으로 부르짖는 건물로는 보이지 않는다.

　나는 운전기사가 속도를 늦출 때까지 기다렸다가 도심의 먼지 속으로 뛰어들었다. 남자도 버스 저편에서 지상으로 내려서는 것이 보인다. 그가 따라올 수 있도록 천천히 압둘라 하룬 로드를 건너 반대쪽에 도달하자, 번뜩 눈에 들어오는 게 있었다. 정면에 쇠사슬로 잠긴 대문 너머 살짝 뒤로 물러난 곳에 인력거와 비둘기 떼가 어지럽게 얽혀 있고, 그 한가운데 자그마한 성곽처럼 생긴, 돌로 쌓은 작은 요새가 보였다.

　바로 카라치 프레스 클럽이다. 표현의 자유와 언론의 독립성을 수호하는 보루이자, 시위와 논쟁의 본거지로 이름이 높다. 게다가 저 안에 있는 술집은 파키스탄에서 유일하게 알코올을 제공하는 곳이다. 두 번 생각할 것도 없다. 여기가 그들의 목표물이다. 이 도시에서 술에 취해 있는 사람만큼 안성맞춤인 폭격 대상은 없다.

　야캅은 이번 공격에는 경고의 의미가 담겨 있다고 했다. 언론 보도가 술기운처럼 자유롭게 퍼져나가는 모든 나라에 보내는 경고사격인 것이다. 파키스탄을 먼저 해치운 다음, 이교도들에게로 관심을 돌린다. 훌륭한 포지셔닝이다. 하지만 사실은 타임스퀘어보다 이곳에서 공격을 계획하고 실행하는 게 훨씬 수월할 것이다.

알 카에다는 핵무기 보유를 위해 끊임없이 애써왔다. 오사마 빈 라덴이 처음 체첸에 사절단을 파견해 소련 붕괴 과정에서 사라진 핵분열 물질을 찾아 나선 1992년 이래로 말이다. 하지만 이런 오래된 핵은 입수하기 힘들고 가격이 비싼 데다 무척이나 변덕스럽다. 그러니 홈그라운드 가까이서 예행연습을 해보는 건 충분히 있음직한 일이다.

그러니까 나는 지금 두 가지 장면을 동시에 보고 있는 것이었다. 눈앞에서 벌어질 잠재 공격, 그리고 그 안에 숨겨진 미국 영토를 향한 후속 공격. 카라치 프레스 클럽은 미국을 비롯해 전 세계의 문필가와 사상가들이 찾아와 연설하는 곳이다. 10킬로톤의 핵무기면 반마일 내에 있는 건물과 사람은 모두 증발해버리는 정도다.

똑같은 무기가 맨해튼 중심가의 뉴욕타임스 건물 밖에서 폭발한다면 어떻게 될까. 타임스퀘어와 펜실베이니아 역, 브라이언트 공원, 뉴욕 공립 도서관은 물론이고 수많은 아파트와 식료품점 유치원, 택시들이 태양보다 뜨거운 열기로 순식간에 타버릴 것이다. 빛은 소리보다 빨라서 첫 번째 반경 안에 있는 50여만 명은 쾅 소리를 듣기도 전에 증발해버릴 것이다. 거기서 사방으로 반마일 더 떨어져 있는 사람들은 방사능 노출로 대부분 며칠 안에 사망할 것이다. 그 너머에 거주하는 주민들은 오랫동안 암으로 피폐한 삶을 살아가게 될 것이다.

테러는 점증적인 심리 게임이다. 모두가 두려워하는 건 최근의 공격이 아니다. 다음 차례지.

1998년 케냐-탄자니아 미 대사관 폭탄테러처럼 해외에 주재하는 대사관이 공격받는 건 당연히 두려운 일이다. 그로부터 2년 후에 벌어진 USS 콜 테러 사건은 어떤가? USS 콜처럼 견고한 함정이 임무 중에 폭발할 수도 있다. 군기지가 폭격당하는 것은? 한 나라가 대량살상 공격을 당할 수도 있다. 9월, 구름 한 점 없이 화창했던 화요일 아침, 우리 모두가 공포 속에서 목격했던 것처럼.

### '이제 알 카에다는 어디로 향할 것인가'

9·11 이후 우리에게 던져진 질문이다. 제트여객기가 초고층 빌딩을 뚫고 들어가는 것보다 더 끔찍한 그림이 대체 무엇일까? 아주 평범했던 화요일 아침에 3천 명의 민간인을 살해하는 것보다 더 파괴적인 행위가 말이다. 이보다 더한 수위로 실행할 수 있는 공격은 하나뿐이다. 바로 버섯 모양의 구름, 어마어마하게 눈부신 핵폭발. 그렇게 되면 극소수의 생존 목격자만이 그 이미지를 망막 속에 새긴 채 여생을 살아가게 될

것이다.

남자가 카라치 프레스 클럽 앞을 지나는 한 여자를 바라보고 있다. 여자는 70년대 에밀리오 푸치 스타일의 스카프를 머리에 두르고 있다. 카미즈 밑단에는 꽃송이를 달아 장식했다. 전체적으로 이슬람풍 스타일에 발랄함이 살짝 더해진 모습이다. 입구 옆에는 꽃다발을 파는 남자가 있다. 차가 지나갈 때마다 운전석 창문 쪽으로 할인된 가격을 외치고 있다. 그의 뒤편으로 있는 보행로에는 어린이 치과의원 간판이 세워져 있다.

순간 내 안에서 온갖 비참한 장면들이 거품처럼 부풀어 올랐다. 내장이 튀어나온 사람들. 소름끼치는, 너무나도 무의미한 희생. 당장 저 남자에게 달려들어 마구 밀어붙이고 흔들어대며 이렇게 따져 묻고 싶다. 어떻게 옷에 꽃을 꿰매어 단 여자를 죽일 생각을 할 수 있는지. 어떻게 저런 사람들을 50만 명이나 죽이려 할 수 있는지.

아마도 저 남자는 평범한 미행꾼에 불과하다. 내일, 기회가 올 것이다. 도심에서 핵무기를 터뜨려선 안 된다는 걸 알 카에다에게 제대로 보여줄 한 방. 이 나라를 자기들 앞에 무릎 꿇게 하려는 단체와 직접 마주할 단 한 번의 기회가.


저 남자는 그냥 내버려두기로 한다.

남자가 휴대폰을 꺼내 버튼을 누르기 시작했다. 나와 눈을
똑바로 맞추면서.

02

아버지는 스프레드시트 같은 사람이었다. 논리적이고 데이터를 중시했다. 아무리 많은 정보가 입력돼도 동시에 처리할 수 있는 사람이었다. 아버지는 뉴욕 주 프랭클린빌이라는 작고 고립된 동네에서 자랐는데, 그곳에서는 아버지처럼 졸업 후 대학에 가는 사람은 극소수에 불과했다. 시카고 대학교에 진학한 아버지는 그대로 공부를 계속해서 학교 역사상 최연소 경제학과 교수가 되었다. 벤과 내가 태어날 무렵에는 세계 각국을 돌아다니며 외국 정부에 에너지 정책을 조언하는 일을 맡고 있어서, 우리가 아버지를 보는 건 공항에서 맞이하거나 공항으로 떠나보낼 때 정도였다.

엄마는 인상주의 그림 같은 사람이었다. 아름답고 고상하며, 아직은 아니지만 때가 되면 언젠가 형태의 제약을 벗고 자신만의 추상적인 진실을 불쑥 드러낼 것만 같았다. 엄마는 우리에게 컬러링북의 크레파스였고, 아침, 점심, 저녁을 밝혀주는 활력소였다. 엄마는 영국 출신이었다. 그래서 우리는 여느 영국인들처럼 전통과 원칙에 파묻혀 자랐다.

엄마는 영국 시골 영지에 만연한 계급제도에 여전히 사로잡혀 있었다. 한때 엄마는 자유분방한 시인이었다. 하지만 그녀의 어머니, 즉 나의 외할머니는 올바른 습관과 올바른 언어, 올바른 교육의 중요성을 강조했고, 영국 귀족사회라는 특수한 물속에서 무럭무럭 성장할 수 있도록 엄마의 사나운 지성을 길들였다.

엄마는 그런 규범을 우리에게 물려주어야 할지 고민했다. 자신의 전부인 자녀들에게 그것을 전해주는 게 과연 옳은 일일지. 마음속에 예술가 기질을 품고 있던 엄마는 결국 우리를 깨끗한 도화지 상태로 놔두기로 결정했다. 덕분에 우리는 남이 그어놓은 기준선 밖에서 서서히, 그리고 씩씩하게 우리만의 색채를 드러낼 수 있었다.

나의 오빠, 벤은 학습 장애가 있었다. 때로 그는 기준선 자체를 아예 감지하지 못했다. 과격할 만큼 영리했지만 운동 능력과 언어 구사에는 어려움이 있었다. 워싱턴 D.C.에서 학교를 다닐 때 벤은 시시껄렁한 애들에게 무자비하게 놀림을 당했다. 하지만 엄마는 벤을 바꾸려 하지 않았다. 남들이 잔인하게 구는 게 두렵다고 해서 벤을 고치려 들면, 그를 문제아나 별종으로 규정해버리는 것이라고 엄마는 생각했다.

마치 에베레스트산 정상에서 임금을 받기로 결심한 셰르파처럼, 엄마는 벤과 함께 작은 부엌 식탁에 수학책을 펴놓고 앉았다. 그리고 빼곡히 적힌 숫자들이 가만히 있지를 않는다는 벤의 불평을 참을성 있게 들어주었다. 벤은 숫자들이 픽시●처럼 돌아다닌다고 말했고, 그 말을 들은 나는 싱크대 밑 찬장에서 위를 올려다보았다. 한 마리쯤은 공중으로 날아오르지 않을까 싶어서였다. 이 찬장은 인형의 집이었다. 말라비틀어진 엘머스Elmer's 접착제로 벽을 만들고 구름 사진을 붙여서 만들었다.

가끔 다 소용없다는 생각이 들면 벤은 이해하는 척하기를 관두고 절망감에 젖어 도망치듯 내 은신처로 왔다. 그러면 나는 나이든 강아지 스노위의 발을 들어 올려 경례하는 포즈를 만들거나, 당시 우리가 기르던 소라게가 마치 구호처럼 벤의 이름을 외치는 것으로 보이도록 했다. 그러면 벤은 잇몸을 다 드러내며 씩 미소 지었고, 엄마는 특유의 아름다운 웃음을 터

---

● 잉글랜드 남서부 지방의 전래동화 속 작은 요정 -역주

뜨렸다. 우리는 공부하던 것을 멈추고 팝콘을 튀겼다. 프라이 팬이 내장되어 있어 가스레인지 위에 놓으면 임신한 배처럼 부풀어 오르는 팝콘이었다.

주말이면 벤과 나는 둘이서 스미소니언박물관 안을 신나게 돌아다녔다. 엄마는 건너편 '엉클 비즐리' 앞에 우리를 내려주 곤 했다. 엉클 비즐리는 트리케라톱스 동상이었다. 유리 섬유 로 만들어져 속이 텅 비어 있었다. 많은 아이들이 잡고 올라 타길 반복해서 뿔 부분만 반질반질하게 닳아 있었다. 엄마는 우리 셋의 손목시계 시간을 똑같이 맞추고, 자동차와 낯선 사 람을 조심하라고 엄하게 당부했다. 강아지가 있다고 꼬드기 더라도 말이다. 그리고는 계단을 뛰어올라가는 우리의 뒤통 수에 대고 사랑한다고 외쳤다.

우리는 자연사박물관의 메소포타미아관에서 길가메시 영 화를 보았다. 그건 스톱모션 애니메이션이었다. 점토로 만든 캐릭터들이 뒤뚱뒤뚱 걸어다녔다. 항공우주박물관에서는 동 결 건조 아이스크림을 사 먹었고, 〈맨 인 더 문Man in the Moon〉 을 관람했다. 하늘에서 내려다본 지구의 역사와 전쟁, 변화에 대해 이야기하고 있었다. 그에 비하면 길가메시 이야기는 커 다란 나폴리탄 아이스크림에 뿌려진 시럽 한 줄기 정도로 느 껴진다고 벤이 말했다.

날씨가 좋은 날엔 링컨기념관 주변에서 원뿔형 도로 표지

물을 톱 해트처럼 쓰고, 번갈아가면서 게티스버그 연설을 암송했다. 그러다 시곗바늘이 5시를 가리키기 5분 전이 되면 무한한 조각상들 앞으로, 엄마가 기다리고 있는 차를 향해 달려갔다. 지하주차장은 폐쇄되어서 사용할 수 없었다. 폭발물이 설치되는 걸 막기 위해서라고, 엄마가 말했다.

나는 학교에 다니기 시작했고, 벤이 다른 아이들과 많이 다르다는 걸 알게 되었다. 물론 내 눈엔 멋져 보였다. 하지만 벤 특유의 뻣뻣한 걸음걸이를 그 아이들은 "머저리 같아."라고 비웃었다. 그러면 나는 벤에게 "길가메시 같아!"라고 말했다.

쉬는 시간이면, 벤은 운동장 나무 그늘에 앉아 중간중간 공백이 길게 들어간 음악을 흥얼거리곤 했다. 다른 애들은 나사가 풀렸나 보다고 조롱했지만, 나는 간밤에 아버지가 전축으로 틀어준 교향곡을 벤만의 방식으로 풀어내고 있다는 걸 알았다. 각 악기가 연주하는 파트를 벤은 처음부터 끝까지 콧노래로 흥얼거린 것이다. 바이올린 다음엔 클라리넷, 그다음엔 케틀드럼 순으로. 마치 수선공이 라디오를 분해하는 방식으로 벤은 음악을 해체했다. 그렇게 해도 벤의 머릿속에서는 모든 음이 조화를 이루었으니까.

"어느 동네나 바보 하나씩은 있기 마련이지." 못된 아이들이 이렇게 비웃었다.

천재는 이해받지 못하는 법이라고, 나는 생각했다.

엄마는 저녁마다 책을 읽어주었다. 패딩턴 시리즈, 『사자와 마녀와 옷장』, 『윌러비 언덕의 늑대들』. 캐릭터마다 목소리를 다르게 해서 실감나게 읽어주었다. 그러다 우리가 너무 심하게 울거나 웃으면 엄마도 읽기를 멈추고 함께 울거나 웃었다. 그러고 나서 다 같이 마음을 진정시킨 다음 다시 책에 빠져들었다. 동화 속 이야기가 우리 주위를 나부끼며 춤을 추었다. 벤과 나는 한 챕터만 더 읽어달라고 조르고 또 조르다가, 곧 수학책도, 학교 운동장의 불량배들도 없는 머나먼 꿈나라로 스르르 빠져들었다. 그러면 엄마는 소곤거리는 목소리로 항상 이렇게 말했다. "눈을 감으면 세상 어디든 갈 수 있다는 걸 잊지 말렴."

우리는 시리얼 상자의 윗부분을 모아서 카드보드로 된 유령의 집을 경품으로 받았다. 내가 7살, 벤이 10살 때였다. 집으로 배달되어온 건 납작한 팩 상태로, 벤과 나는 지하실에서 한 조각씩 조립해가며 세탁기와 계단 사이에 우리만의 으스스한 성을 탄생시켰다.

지하실은 창문에 먼지가 낀 탓에 꽤나 어두웠다. 그래서 내 플라스틱 반딧불이 장난감을 손전등처럼 사용했다. 덕분에 나는 그것을 이틀에 한 번꼴로 마당의 햇볕 아래서 충전해야 했다. 이따금 엄마가 빨래를 하러 내려오긴 했지만, 그럴 때를 제외하면 지하실은 저 위의 세상과는 단절된 우리만의 왕국이었다.

내가 롤러스케이트를 타는 동안, 벤은 링컨 로그● 로 집을
지었다. 커다란 카드보드 유령의 집과 비교하니 엄청나게 작
아 보였다.

"마을 사람들을 지켜줘야 해." 벤이 말했다. 우리는 집마다
액션 피규어를 배치하고, 그들이 무서워하지 않게 벤의 흡혈
박쥐 장난감은 성 안에 보관했다. "스노위가 사람들을 지켜줄
거야." 나는 잠들어버린 스노위의 억센 털을 빗겨주며 낮은
목소리로 속삭였다. 벤의 낡은 곰돌이 인형인 체스터가 놀러
와 벤 옆에 삐뚜름하게 앉아 있을 때도 있었다.

하루는 지하실에서 우주선의 공격을 막아내고 있는데, 엄
마가 계단을 내려와 벤에게 편지가 왔다고 말해주었다. 위컨
파크라는 영국 기숙학교의 입학 허가서로, 이튼스쿨에 입학
하기 전에 거쳐야 하는 곳이라고 했다.

"벤이 거길 싫어하면? 학교 사람들이 못되게 굴면?" 내가
따지듯 물었다. 엄마는 계단 맨 아래 칸에 가만히 앉았다.

"음, 그럴 땐 우리한테 편지로 알리면 되지. 그러면 우리가
가서 벤을 데려올 거야." 엄마가 차분하게 대답하며 벤을 돌
아보았다. "하지만 선생님들이 편지를 읽어볼 수도 있으니까,

---

● 홈이 파인 작은 나무 블록으로 오두막집을 짓는 장난감 - 역주

우리끼리 암호를 정해놓자. 무심코 써버리지 않게, 평범한 편지에는 사용하지 않는 단어여야 해."

왜 군이 탈출 암호가 필요한 곳으로 벤을 보내야 하는 걸까. 나는 혼란스러웠다. 위컨 파크라는 곳이 어떤 곳인지도 몰랐고, 벤을 빼앗아가는 학교가 어떻게 생겼을지 도저히 상상도 되지 않았다. 유령의 집 옆면에 그려진 괴물 캐릭터들이 눈에 들어왔다. 그중 하나는 색이 칠해진 필름이 벗겨져서 얼굴이 울퉁불퉁해 보였다. 그보다 더 무서운 얼굴은 없을 것 같았다.

"'유령의 집'이라고 하면 어때?" 내가 물었다.

"그게 좋겠다." 하면서 엄마는 우리 남매를 꼭 안아주었다.

●  ●  ●

그날부터였다. 무덥고 끈적끈적한 여름 내내, 우리는 무언가를 할 때마다 이게 마지막일지도 모른다고 여겼고, 번호가 매겨진 보석을 세듯 남은 날을 세어가며 보냈다. 마지막으로 뽕잎을 따서 낙하산 만들기 실험을 하기 위해 벤이 기르고 있던 누에에게 먹였고, 마지막으로 목재 수문을 따라 조지타운 운하를 건너며 사악한 해적들을 널빤지 위에 세워놓고 용감한 선원 놀이를 했으며, 마지막으로 부모님의 스테이션왜건을 타고 존 브라운 밀랍 인형 박물관에 가서 머스킷 총과 노예제 폐지 운동가들과 두건을 쓴 교수형 집행인을 구경했다.

그 마지막 몇 달 동안, 엄마의 배는 가스레인지에 올려놓은 프라이팬 팝콘처럼 부풀어 오르기 시작했고, 부모님은 우리에게 여동생이 생길 거라고 했다.

벤과 내가 둘 다 수두에 걸려 엄마가 뱃속의 아기를 위해 호텔로 피신하고 나서야 우리는 사태의 심각성을 자각했다. 우리는 울면서 엄마에게 전화해 동화책을 읽어달라고 졸랐고, 듣고 나서는 원래 그 느낌이 아니라고 길길이 날뛰었다.

아버지는 최선을 다해 우리의 관심을 다른 데로 돌리려고 애썼다. 칼 세이건의 강연 레코드를 틀어준 것이다. 우리는 칼 세이건이 울림 좋고 신비로운 목소리로 "수십억"이라고 할 때마다 그를 따라했다. 하지만 세네 번째쯤 되자 곧 흥미를 잃어버렸고, 아버지는 빌리 크리스탈 음반으로 방향을 틀었다. 우리는 딱지로 뒤덮인 서로의 얼굴을 바라보며 노랫말에 맞춰 "정말 멋지시네요!"를 연발했다.

레코드 소재도 바닥이 나자, 아버지는 비장의 무기를 꺼내 들었다. 뫼비우스의 띠를 만드는 법을 가르쳐준 것이다. 기다란 종이 띠로 둥근 고리를 만든 다음 중간을 한 번 꼬아서 양 끝을 붙였다. "짜잔, 무한대가 완성됐다."라고 아버지가 말했고, 나는 처음에는 믿지 않았다. 조잉에서 펜을 떼지 않고 선을 그어보라는 아버지의 말대로 해보니, 양면을 넘나들며 끝없이 이어지는 길고 긴 줄이 생겼다.

"무한대를 그리는 법을 알게 됐으니, 수두 정도는 걸려볼 만하네. 안 그래?" 벤이 내게 말했다. 얼마 후 할머니가 우리를 돌보러 왔다. 그리고 문 닫힌 찬장에 스며든 햇살처럼 따스하고 소중했던 아버지의 관심은 그때부터 슬그머니 사라져 버렸다.

그해 독립기념일에 벤과 나는 포토맥 부두가 내려다보이는 부서진 돌담에 올라서서 하늘을 가를 듯 펑펑 터지는 불꽃을 구경했다. "저게 영국군이 진격해오는 소리라고 상상해봐." 벤이 말했다. 나는 눈을 감고 몰입해서 상상하기 시작했다. 군인들이 우리 가족을 죽이려고 쳐들어오고 있었다. 불꽃이 터질 때마다 점점 더 가까워졌다. 나는 결국 참지 못하고 울음을 터뜨렸다. 불꽃이 늘 즐겁지만은 않다는 것도 처음으로 깨달았다.

일주일 후 안토니아가 태어났다. 하지만 벤의 빈자리를 채워줄 수는 없었다. 밤마다 아기가 심하게 우는 바람에, 엄마는 요람 밑에서 잠들어야 했다. 그렇게 여름이 끝났다. 아기는 부드러운 분홍색 천에 감싸여 우리와 함께 바다를 건너 벤의 학교로 향했다.

자동차를 타고 영국의 시골길을 한참 달리자, 위컨 파크가 나왔다. 디킨슨 소설의 영화 촬영장에서 그대로 튀어나온 듯한 위풍당당한 석조 저택이었다. 벤과 나는 둥근 진입로에 나란히 서서, 머리에 멋을 잔뜩 부린 다른 남자애들이 커다란 짐 가방을 끌고 오는 것을 지켜보았다. 내 손을 꼭 붙든 벤의 손바닥이 바들바들 떨리는 게 느껴졌다.

이 학교는 카드보드 유령의 집과 꼭 닮아 있었다. '그거 암호명 한번 잘 지었네'라고 나는 생각했다. 하지만 소리 내어 말하지는 않았다. 오히려 짐짓 허세를 떨며 "해적들의 침입을 막아낼 튼튼한 왕궁 같아!"라고 했다. 벤이 용기를 내듯 고개를 끄덕였다. 나는 마음이 너무 아팠다. 끝내 벤의 눈에서 눈물이 흘러나왔다.

"계집애처럼 울고 있잖아." 멋을 잔뜩 부린 남자아이가 비아냥거렸다. "집에 가서 여동생하고나 놀아."

나는 놀리는 아이들에게 맞서려고 벤의 손을 잠시 놓았다. 그러자 쌀쌀맞은 기숙사 사감이 나타나 벤을 채갔다. 사감은 벤을 데리고 문 뒤로 사라졌다. 눈 깜짝할 사이였다. 벤의 두려움이 남긴 온기만이 내 손바닥에 그대로 남아 있었다.

벤이 우리 가족을 찾아 손을 흔들까 싶어, 줄지어 늘어선 창문을 계속 바라보고 있었다. 유리창은 차가운 저녁 하늘만 비출 뿐이었다.

．．．

집으로 돌아온 지 얼마 안 돼서, 집안 가구들이 이삿짐 상자에 들어가기 시작했다. 아버지는 우리도 영국으로 이사할 거라고 했다. 벤처럼 시골이 아니라 런던으로 가게 되었다. 마가렛 대처 정부에 고용되어 석탄 산업에 관해 조언해주게 되었다고 했다. 나는 부모님이 폭스바겐 밴을 타고 온 어느 부부에게 스노위를 넘겨주는 걸 창문으로 지켜보았다. 나는 지하로 내려갔고, 그날 내내 유령의 집에 혼자 처박혀 있었다.

런던에 도착하자마자, 나는 꼭대기 방을 쓰겠다고 우겼다. 처마 밑이라 천장이 기울어진 방이었다. 저녁에 엄마가 책 읽어주기를 마치고 내 머리에 키스한 다음 불까지 끄고 나가면, 나는 곧장 창문 위로 기어 올라갔다. 그렇게 저녁 내내 지붕널에 균형을 잡고 앉아 양발은 잠옷 안으로 쏙 집어넣은 채, 빅벤●이 열 번 울리는 걸 구경했다. 시계탑까지는 겨우 몇 블록밖에 안 돼서, 밤하늘 아래 두둥실 떠 있는 시계의 커다란 얼굴이 굴뚝 사이에서 길을 헤매고 있는 달처럼 보였다. 그러면 그렇게 높이 떠 있는 나 자신이 한없이 작으면서도 동시에 한없이 크게 느껴졌다.

---

● 영국 웨스트민스터 궁전의 시계탑에 달린 큰 종 – 역주

벤은 매달 한 번씩 런던에 와서 우리와 함께 주말을 보냈다. 우리는 웨스트민스터 사원과 국회의사당을 누비며 탁본을 하거나, 아파트 건물들처럼 벽을 따라 늘어선 무덤을 보며 그것의 주인인 시인이나 왕들에 관한 이야기를 지어냈다. 그러다가 집에 돌아갈 때쯤이면 아기인 안토니아가 잠들었을 시간이었다. 생쥐처럼 조용히 들어오라고 애원하는 엄마의 메모가 현관문에 붙어 있었다. 우리는 하루도 예외 없이 들쥐처럼 찍찍거리며 부스럭부스럭 집안으로 들어가서는 참았던 웃음을 터뜨리며 야단법석을 떨었다.

벤이 다시 돌아갈 시간이 다가오면, 벤은 나를 한 번 안아주고는, 학교에 돌아가도 아무렇지 않다고 달랬다. 하지만 나는 알 수 있었다. 벤은 슬픔을 애써 감추고 있었다. 우리의 짧은 대화는 더 이상 묻지 말라는 벤의 눈빛으로 끝이 나곤 했던 것이다.

"체스터는 어떻게 지내?"

"이제 내 옆에 없어."

"머리는 어쩌다 그렇게 된 거야?"

"넘어졌어."

"학교에서 누구랑 제일 친해?"

"사감 선생님일걸."

나는 벤이 암호를 말해주길 바랐다. 그럼 엄마가 벤을 학교에서 꺼내올 테고, 벤이 집에서 나와 함께 지내면 모든 게 예전으로 돌아갈 텐데. 하지만 벤은 그러지 않았다. 시간이 갈수록 말수가 줄었고 키가 훌쩍 자랐으며, 얼마 안 가서는 집에 와서도 멀리 있는 사람 같았다.

나는 세인트 존스 우드*에 있는 미국인 학교에 다니기 시작했다. 학교에는 쿨한 애들이 있었다. 나는 거기에 속하지 않았다. 나와 똑같은 아웃사이더인 리사와 로라가 나의 피난처였다. 쿨한 여자애들이 우리를 빼놓고 '핑크 레이디스'라는 클럽을 결성하자, 우리는 우리끼리 '쿨 큐컴버스Cool Cucumbers'라는 클럽을 만들어 쉬는 시간에 관리인 아저씨를 도와 운동장을 쓸었다. 비가 오는 날에는 버려진 골판지 상자로 로봇을 만들었다. '우체부 피터'가 우리의 대표작이었다. 우리들만큼 키가 큰 우체부 로봇의 배에는 자물쇠가 잠긴 상자가 있어 비밀 편지를 주고받을 수 있었다.

어느 날, 리사와 나는 '핑크 레이디스' 아이들의 밤샘 파티에 초대되었다. 캐시라는 아이의 생일 파티였다. 우리는 이런 걸 해본 적이 없던 터라, 괜히 어른스러운 척 행동하다가 금세 지쳐 잠이 들었다. 그리고 한밤중에 깨어나 캐시의 엄마에게 폐를 끼친 죄로 재판대에 세워졌다. 판사 역할을 맡은 캐

---

* 웨스트민스터 자치구에 속한 작은 구역 – 역주

시가 높이 쌓인 베개 위에서 인민재판을 진행하더니, 자기 방 옷장에서 하룻밤을 지내라는 판결을 내렸다. 우리는 캐시의 구두와 반짝이 장식이 달린 드레스들 사이에 갇혀 있다가, 아침에 우리 엄마들이 데리러 와서야 빛을 볼 수 있었다.

어찌된 일인지 마음의 상처보다 동지애가 더 커서, 우리는 이런 사건들을 계기로 더욱 가까워졌다. 로라와 나는 우리만의 언어로 사전을 만들어서 새로 익힌 외국어로 쿨한 애들을 조롱했다. 리사는 방안에 실을 거미줄처럼 치고 종을 여러 개 달아놓으면 잠든 사이에 유령이 가까이 다가오는 걸 알 수 있다고 가르쳐주었다. 석 달 동안, 우리는 행복했다. 그리고 크리스마스 다음날, 엄마가 내 옆에 와서 앉더니 로라가 죽었다는 소식을 전해주었다. 로라네 가족이 탄 팬암 항공기가 스코틀랜드의 로커비 상공에서 리비아인들에게 폭탄테러를 당했다. 할머니부터 갓난아기인 남동생까지 로라의 일가족이 한꺼번에 목숨을 잃었다. 그때 나는 8살이었다.

나는 오랫동안 말없이 지냈다. 머릿속이 솜뭉치로 가득 찬 것만 같았다. 졸리고, 멍하고, 정신이 아득했다. 결국 보다 못한 아버지는 내게 런던 타임스를 읽어보라고 권했다. "네 친구를 빼앗아간 세력의 정체를 너도 알아둬야 해. 그럼 지금보다 덜 무서울 거다." 그러자 카드보드 유령의 집에 있던 얼굴 없는 괴물이 떠올랐고, 나는 아버지의 말이 옳다는 걸 직감했다.

그렇게 서서히 내 세계는 새로운 캐릭터들로 채워지기 시작했다. 카다피와 대처, 레이건과 고르바초프. 이국적인 동화 속의 등장인물들, 머나먼 마법 숲에 사는 마녀와 마법사, 나무꾼 같은 이름들이었다. 하지만 그들이 펼치는 이야기가 현실 세계로, 나의 세계로 흘러나와 내 친구를 하늘에서 잡아채 갔다. 그러니 신경 써서 지켜봐야 했다.

그해 6월, 나는 어느 중국인 학생이 천안문에서 탱크 행렬을 홀로 막아서는 사진에 완전히 매료되었다. 기사에 따르면 '천안문'은 하늘의 평화가 깃든 문이라는 뜻이었다. 나는 사진을 한참 들여다보았다. 그는 평화로워 보였다. 평화로우면서도 강인하게 군인들 앞을 가로막고 있었다.

다른 이들도 그의 힘을 목격했다. 11월이 되자 베를린에서도 똑같은 일이 벌어졌다. 이번에는 장벽이 무너졌다. 신문 보도에 의하면 그동안 이 벽을 넘다가 살해된 사람이 수백 명도 더 된다고 했다. 첫 희생자는 '이다'라는 여자로, 여동생의 집에 가려고 자신의 아파트 창문에서 장벽 위로 뛰어내렸다. 자매는 늘 가까이에 살았다. 그러다가 어느 날 밤, 갑자기 거리에 벽이 세워지고 통행이 금지된 것이다. 나와 로라 사이에도 그런 벽이 생겨버렸다. 나는 자동차 지붕에 올라가 장벽을 부수고 있는 시위자들을 응원했다.

03

　여름이면 우리 가족은 영국의 교외에 있는 외갓집에서 시
간을 보냈다. 난방도 제대로 되지 않는 낡고 오래된 저택이었
다. 부엌 찬장에는 쥐들이 뛰어다녔다. 외할아버지는 영국령
인도 제도가 존재하던 시대만큼이나 고지식한 사람이었다.
런던에서 일했으며, 집안에서는 존재감이 전혀 없었다. 외할
머니는 한때 운동선수였지만, 서른다섯의 나이에 소아마비로
휠체어 신세를 지게 됐다. 재미있고 똑똑한 분이었다. 에든버
러 대학 시절 할아버지와 사귈 때, 논문을 전부 대신 써줄 정
도로 똑똑했다. 그러니 남편의 젊고 예쁜 비서들이 자신의 일
그러진 다리를 곁눈질하며 치매 환자라도 되는 듯 할머니를
삼인칭으로 언급하면 못 견딜 만큼 불쾌해했다.

할아버지의 지시를 받으러 집에 온 비서들은 하나같이 이렇게 말했다. "사모님께 담요라도 덮어드려야 할까요?" 그러면 할아버지가 답했다. "아니, 괜찮아. 진 토닉이라면 또 모를까."

두 분은 자녀들을 모두 키워 떠나보낸 후 적적한 마음을 달래기 위해 필리핀에서 크리스천이라는 아들을 입양했다. 크리스천은 나와 동갑으로, 할머니는 운동선수 출신답게 온갖 시합을 만들어내 우리 둘을 경쟁에 붙이고 즐거워했다. 우편물을 가져오는 심부름은 정원수가 늘어선 진입로를 뛰어갔다 돌아오는 달리기 대회가 되었다. 카드 게임은 마지막에 펼쳐진 스무 장을 거꾸로 혹은 같은 패별로, 아니면 숫자 크기에 따라 순차적으로 나열하는 기억력 테스트로 돌변했다. 크리스마스 선물을 열어보려면, 먼저 살얼음이 낀 수영장 밑을 둘 다 끝까지 잠수해서 빠져나와야 했다. 한쪽 구멍으로 들어가서 공포를 이기고 숨을 참으며 반대쪽 구멍으로 나오는 경기였다. 우리가 싸늘한 공기 아래 숨을 헐떡이며 차가운 콘크리트 바닥으로 기어나와야 할머니는 초시계를 딸깍 눌렀다. 여름방학의 백미는 당일치기 소풍이었다. 어른들이 디젤 스테이션왜건을 몰고 시내로 향하면, 크리스천과 나는 차를 놓치지 않으려고 전력으로 뒤쫓았다.

집을 빠져나갈 기회가 생길 때마다, 우리는 정원사들이 덤

불을 정리하지 않은 영지 내의 최대한 먼 땅까지 달려갔다. 어른들의 집요한 감시가 없는 그곳에서 우리는 자유롭게 놀았다. 둘이서 덤불 나뭇가지에 놀라운 탐험과 동화 속 모험이 가득한 세상을 건설했다. 비가 오는 날에는 집안에 있는 우리의 은신처로 숨어들었다. 그럴 때는 주로 다락방에서 할아버지가 각종 여행에서 수집해온 보물들을 살펴보았다. 용 그림과 각종 부호가 잔뜩 새겨진 상아색 마작 세트는 언제 봐도 아름다웠다. 한쪽 구석에 놓인 책상에는 타자기와 아마추어 무선통신기가 있었다. 우리가 가장 좋아하는 자리, 가장 성스러운 자리였다. 눅눅한 여름날이면 우리는 찻잎을 들여다보는 집시처럼 전파에 귀를 기울이며 머나먼 곳에서 온 메시지를 해독하려고 애썼다. 이따금씩 단어 하나 정도가 포착되었다. 한 문장이 쭉 이어질 때도 있었다. 그러면 우리는 어떻게든 그 전파를 붙잡으려고 탐욕스럽게 응답하고 또 응답했다.

"여기는 영국이다. 오버."

정적.

"내 말 들었나? 오버."

보통은 정적이 계속 이어졌다. 하지만 어쩌다 한 번씩 지구 저 멀리 어딘가로부터 목소리가 도달해왔다.

"영국? 안녕, 영국! 여기는 프리토리아." 또 상파울루. 혹은 뭄바이에서도 메시지가 왔다.

우리는 교대로 한 명은 통신기 다이얼을 돌리고, 한 명은 타자를 친 다음에, 한 세션이 끝날 때마다 종이를 뽑아서 이전에 작성한 서류 묶음에 추가하는 의식을 치렀다. 그리고 신문에서 우리가 접촉했던 나라들의 기사를 오려서 해당 문서에 테이프로 붙여놓았다. 그렇게 나는 아버지의 신문에 실린 장소들과 실제로 의사소통을 할 수 있다는 걸 처음으로 알게 되었다. 동화 속 인물들이 내 손에 닿는 거리로 다가온 듯한 기분이었다. 바깥세상만 우리를 휘저어놓는 게 아니라, 우리도 그곳을 뒤흔들 수 있다고 생각하니 기분이 한껏 들떴다. 세상에 우리만 있는 게 아니라는 사실은 내게 큰 위안을 주었다. 특히 어른들이 그만 아래층으로 내려오라고 부르고, 또다른 시합이 시작되려 할 때는 더더욱.

할머니의 제안은 끝이 없었다. 누가 턱걸이를 더 오래 하는지 보자. 누가 소시지를 더 많이 먹는지 볼까? 크리스천은 소시지를 싫어했다. 그래서 우적우적 먹는 척하면서 두 개 중 하나는 뒤편에 있는 벽난로에 던져 넣었다. 그러면 할머니가 매의 눈으로 그의 손동작을 포착했고, 우리는 나무 부스러기와 잿더미에 뒹군 소시지를 두 배로 먹어야 했다.

그런 할머니도 오후 산책 시간만은 느긋하게 즐겼다. 휠체어도 평소에 타던 게 아니라 '버기'라는 애칭이 붙은 커다란

주황색 전동 휠체어로 갈아탔다. 항공우주박물관에서 본 우주
비행사들의 탐사 차량처럼 생긴 휠체어였다. 팩맨 게임기 같
은 조이스틱을 움직이면 달 탐사선처럼 트레드가 감긴 고무
타이어를 조종할 수 있었다. 매일 점심 티타임과 저녁 칵테일
타임 사이에 어른들은 오후 산책을 떠나기 위해 머드룸●에 모
였다. 주황색 이동 의자에 앉은 할머니가 앞장서서 지휘를 맡
았고, 우리 엄마는 오리들에게 줄 빵조각을 떨어뜨리거나 나
무에서 꽃을 꺾으며 그 옆을 나란히 걸었다. 그때그때 함께
머물던 삼촌과 이모들이 두 사람의 길동무가 되었고, 벤과 크
리스천, 뿔뿔이 흩어져 사는 다른 사촌들을 포함한 우리 아이
들은 내가 사자라고 부르던 골든 리트리버 무리에 둘러싸여
그 뒤를 따랐다.

  우리는 들판을 가로지르고 시냇가를 거닐며 올챙이를 잡았
고, 할머니가 들고 갈 수 있게 그걸 잼 병에 넣었다. 저 멀리
언덕 능선을 따라 기차가 지나가면, 모두 제자리에 서서 런던
으로 가는 기차를 향해 손을 흔들었다. 때로는 낙엽을 모아
모닥불을 피우고 있는 관리인 트레버 씨와 마주치기도 했는
데, 크리스천과 나는 두 뺨이 이글이글 타오를 만큼 가까이서
불을 쬐었고, 머리카락에 밴 매캐한 냄새가 집에 돌아갈 때

---

● 현관 앞에 흙 묻은 장화나 비옷 등을 벗어두는 곳 – 역주

까지 남아 있곤 했다. 할머니는 이렇게 산책할 때만은 달리기나 암송이나 경쟁을 시키는 법이 없었다. 상쾌한 시골 공기를 마시며 그저 행복해했다. 그리고 우리도 그 행복을 만끽할 수 있게 내버려두었다.

• • •

어느 날, 크리스천과 다락방에 올라가 무선통신기를 만지고 있는데, 문득 아래층이 너무 조용하다는 생각이 들었다. 벌써 몇 시간째 아무도 우리를 부르지 않았다. 그냥 위에서 계속 놀고 싶기도 했지만, 이렇게 조용할 때를 틈타면 접근이 금지된 부엌 냉장고에서 아이스크림을 꺼내올 수도 있었다. 집 뒤편 계단으로 내려가보니, 어른들이 텔레비전 앞에 반원형으로 둘러서서, 정부 청사에 관한 뉴스를 숨을 죽인 채 시청하고 있었다. 워싱턴 D.C.에 있는 백악관이 아니었다. 모스크바의 정부 청사였다. 그곳이 탱크에 둘러싸여 있었다.

나는 심각한 상황이라는 걸 즉시 깨달았다. 아버지가 모스크바에 있었다. 다들 군중 속에서 아버지를 찾아내려는 듯, 눈을 가늘게 뜨고 화면을 응시하고 있었다. 아버지는 지난 몇 개월간 러시아에서 일하며 일반인들이 자기 상점의 소유권을 갖도록 법을 개정하려고 노력했다.

"러시아 정부가 상점 소유권을 되돌려 받겠대요?" 나는 어른들에게 물었다. 다들 저리 가라며 쫓아냈지만, 우리는 한쪽 구석에 주저앉아 같이 뉴스를 보았다.

좋은 언론 보도가 늘 그렇듯이, 여기에도 주인공과 악당이 존재했다. 주인공인 미하일 고르바초프는 자기 집에 갇혀 있었고, 악당인 겐나디 야나예프가 정권을 빼앗으려고 했다. 고르바초프는 국민들에게 권리를 나눠줄 생각이었고, 아버지는 그를 돕고 있었다. 하지만 야나예프는 그런 권리를 전부 되찾아오려 했다. 상점의 소유권. 돈. 그리고 나라 전체를. 엄마는 아버지의 호텔로 연락을 취했지만, 전화 연결이 되지 않았다.

우리는 구석 자리에서 야나예프의 탱크들이 국회의사당으로 근접해가는 걸 지켜보았다. 또다시 뉴스가 나의 현실 세계를 침범하고 있었다. 지난번에 이런 일이 벌어졌을 때는 어땠던가. 그때는 로라가 죽었다. 순간 나는 텔레비전을 향해 고함을 지르고 위층으로 올라가 통신기로 경고 메시지를 보내고 싶었다. 지금 펼쳐지고 있는 이 상황을 뒤집을 수만 있다면 뭐든 하고 싶었다.

그때 갑자기, 실시간으로 사람들이 거리로 쏟아져 나오기 시작했다. 과일 수레를 밀고 나온 사람들, 빈 전차를 커다란 지그재그 모양으로 밀어붙이는 사람들이 탱크 부대의 앞길을 막았다. 천안문 광장의 그 남자처럼 말이다. 러시아 국민들이 고르바초프를, 자신들의 상점과 권리를, 그리고 나의 아버지를 지키기 위해 서로 팔짱을 낀 채 버티고 섰다. 그들은 한 발자국도 물러서지 않았다. 그러자 탱크들이 물러났다.

마침내 아버지가 집에 돌아왔다. 나는 자유를 위해 투쟁한 영웅담을 들려달라고 안달을 했다. 아버지는 껄껄 웃었다. "영웅은 러시아 사람들이지. 나는 그냥 모스크바의 호텔방에 처박혀 있었는 걸. 내가 겪은 유일한 시련은 소련제 화장실 휴지였어. 존슨앤드존슨에 러시아 시장을 열어줘야 할 것 같아." 그러고는 활짝 웃으며 덧붙였다. "그렇게 러시아에 관심이 있으면, 다음에 언제 같이 가볼까?"

신문지면 속으로 초대를 받은 것이다. 심장이 두근거렸다.

"그래도 돼요?"

"안 될 거 없지." 아버지가 말했다. 그로부터 1년 후, 12살이 된 나는 벤과 함께 구소련 항공사 '아에로플로트'의 비행기에 부모가 동반하지 않은 미성년 신분으로 탑승했다. 비상구 좌석의 융단을 깐 칸막이벽에는 날개 달린 망치와 낫 그림이 그려져 있었다. 벤과 둘만의 모험을 떠나는 건 정말 오랜만이었다.

드디어 착륙한 모스크바는 비가 내리고 우중충한 날씨였다. 아버지가 게이트까지 마중 나와서 VIP 입국 심사 줄로 우리를 데려갔다.

"어떻게 하면 VIP가 되는 거예요?" 내 물음에 아버지는 손가락을 비볐다. 돈을 의미하는 만국 공용 수신호였다. 비행기를 타고 오면서 벤에게 소련 경제에 대해 대략적으로 들었다. 망치와 낫으로 상징되는 공산주의에 뇌물이 끼어들 자리는 없을 것 같았지만, 일반 줄은 한없이 구불구불 이어져 있는 데다 화장실이 급한 참이라 더 이상은 묻지 않았다.

나중에 알고 보니 러시아도 대부분의 다른 나라들과 같은 방식으로 돌아갔다. 슈퍼마켓 진열대에서 구하지 못한 물건이 있으면, 고급 호텔의 레스토랑에 갔다. 교회 방문 허가를 받고 싶으면, 공산당에 기부금을 냈다. 그리고 레닌의 시체를 보겠다고 기나긴 줄을 서기 싫으면, 개인 관광 가이드에게 돈을 지불했다.

레닌은 내가 상상했던 것보다 훨씬 왜소해서, 작고 연약해 보였다. 웅장한 건물이나 거대한 구소련의 동상들과는 정반대였다. 그는 너무나도 가냘프고 인간적이고 아름다웠다.

"지금의 러시아가 이렇게 변한 걸 보면, 레닌은 깜짝 놀랄까?" 이슬비가 내리는 대낮의 붉은 광장으로 나오며 내가 벤에게 물었다. 비를 피해 몸을 잔뜩 웅크린 한 무리의 여자들이 시장 거리 쪽으로 걸어가고 있었다. 다들 실제 나이보다 훨씬 늙어 보였다.

"이게 변화의 끝은 아닐 거야." 벤이 말했다. 나는 잠시 생각에 잠겼다가 이내 고개를 끄덕였다. 책을 읽는 도중에 섣불리 판단하지 말라고 엄마가 늘 충고했었다.

우리는 집시 아이들처럼 새로운 세계에 적응하는 요령을 금세 익혔고, 얼마 지나지 않아 워싱턴 D.C.와 런던에서 그랬던 것처럼 모스크바와 상트페테르부르크를 마음껏 누비고 다녔다. 구소련 시절부터 명맥을 이어온 백화점 굼GUM에서 술래잡기를 하면, 찬바람 속에 버려진 공룡의 사체처럼 닫힌 문들과 크리스털 복도가 이어진 거대한 건물에 공허한 메아리가 울려 퍼졌다. 막대기와 우산 천으로 배를 만들어 여름 궁전의 분수에 띄우기도 했다. 에르미타주박물관에서 길 잃은 고양이들을 쫓아다니고, 암시장에서 어떤 환전상이 값을 제일 잘 쳐주는지 파악했다.

아버지는 어쩌다가 한 번씩 같이 외출하기도 했지만, 주로 저녁에 아파트에 돌아가서야 얼굴을 볼 수 있었다. 호텔 생활에 질려 아파트로 이사하기는 했어도, 벽면을 둘러가며 책을 늘어놓는 것 말고는 그다지 집을 꾸며놓지도 않았다. 우리가 작은 접이식 테이블에서 차를 마시며 모험담을 늘어놓으면, 아버지는 우리가 본 것들과 가본 장소에 대해 여러 가지를 가르쳐주었다. 하지만 우리 집에서와는 말투가 조금 달랐다. 아버지의 말에서는 열정이 느껴지지 않았다. 러시아 사람들이 자유를 쟁취할 수 있게 우리가 도와주자고 말하면 대화를 자꾸 다른 방향으로 끌고 갔다. 민중들이 과일 수레로 탱크를 막았던 정부 청사에 가보고 싶다고 하자, 아예 내 말을 막아 버렸다. 아버지는 주위를 두리번거렸다. 그리고 "나니아"라고 속삭였다. 하얀 마녀의 첩자들이 엿듣는다고 툼누스가 걱정하던 대목이 틀림없었다. "나무들은 그녀의 편이야." 엄마가 읽어주던 툼누스의 대사가 귓가에 울려 퍼지는 것 같았다. 창문 밖에서 부스럭거리는 나뭇잎을 보며 나는 입을 닫았다.

"아이스크림 먹고 싶은 사람?" 아버지가 쾌활하게 물었다. 우리는 달콤한 간식거리를 향해 신이 나서 달려갔다.

04

　그해 가을, 우리 가족은 다시 워싱턴 D.C.로 거처를 옮겼고, 아버지만 러시아를 오가며 살게 되었다. 새로 이사한 집은 국립 대성당 근처 언덕에 있는 벽돌집이었는데, 나는 새로 장만한 컴퓨터로 '아메리카 온라인' PC 통신망에 접속하려고 붙박이 책상이 있는 지하 방을 차지했다.

　나는 통신 모뎀의 신호음과 사랑에 빠져버렸다. C-3PO●와 외할아버지의 무선통신기에서 흘러나오던 잡음이 결합된 초현대적인 음악 같았다. 그 소리와 시퀀스, 그리고 전 세계에서 생성된 채팅방과 게시판으로 들어가는 전주곡에, 나는

───────

　● 스타워즈에 등장하는 드로이드 중 하나-역주

47

조건반사적으로 반응했다. 웨스트민스터에서 내 방 창문을 기어 올라가던 것과 비슷했다. 하지만 이제 시계탑만이 아니라 온 세계를 볼 수 있었다.

그곳에선 런던과 모스크바, 로마와 아가디르의 이야기가 펼쳐졌다. 내가 머물렀다가 떠나온 곳들이 그대로 멈춰 있는 게 아니라, 나의 현실과 평행한 세계로서 살아 숨 쉬고 있었다. 나는 위층 전체가 깜깜해진 후에도 초록 불빛이 반짝이는 화면을 한참 동안 들여다보았다. 내가 여기 앉아있는 이 순간에도 수많은 사람이 자신만의 경험을 풀어놓고 있었다.

그에 비하면 낮 시간은 시시했다. 나는 국립 대성당 여학교에 8학년으로 편입했다. 사교 생활의 집성체 같은 곳이라, 어릴 때부터 온 세상을 돌아다니며 자란 나로서는 견디기 힘들었다. 나 자신이 고래수염 코르셋을 입은 모글리처럼 느껴졌다. 그래서 점심시간이면 도서관이나 성당 뒷마당의 손질되지 않은 수풀 속으로 숨어들었다.

그런 숨 막히는 생활 속에서도 내게 두 개의 빛줄기가 찾아들었다. 영어 담당인 뷰캐넌 선생님은 안네 프랑크와 해리엇 터브먼을 비롯해 폭정에 맞서 싸운 여성 롤모델들을 소개해 주었다. 컴퓨터 담당인 쇼펜하우어 선생님은 기계와 소통하는 법을 가르쳐주었다. 이 두 가지가 내 마음속에서 짝 맞춰졌다. 컴퓨터를 다룰 줄 아는 여자라면 총을 든 폭군에게 대항할 수도 있겠다는 생각이 들었다. 나는 처음으로 책을 쓰기 시작했다. 컴퓨터 코드로 사악한 군벌을 습격해 어린 인질들을 풀어주는 여성 해적단의 이야기였다.

어느 날 저녁, 나는 식사 시간에 스파게티를 먹으며 요즘 이런 걸작을 쓰고 있다고 이야기했다. 엄마는 내 말을 들으며 고개를 끄덕였다. 그러다가 갑자기 아득한 표정을 짓더니, 벌떡 일어나 부엌에 들어가서는 수화기를 집어 들었다.

아까 공과금 납부 문제로 문의 전화를 받은 게 뭔가 잘못된 것 같았다. 아버지는 런던에 가 있어서, 엄마가 아버지의 수표책을 찾아 상담했고, 그러다가 아버지가 대여 금고를 반복적으로 여닫았다는 걸 알게 되었다. 그런 금고가 있다는 것도 금시초문이었던 엄마는 아버지에게 전화해서 따져 물었고, 아버지는 화재에 대비해 아이들의 여권을 안전하게 보관한 거라고 했다. 하지만 우리의 여권은 엄마 눈앞의 선반에 고스란히 놓여 있었다.

그러자 아버지가 말했다. "벌써 수요일이잖아. 금요일이면 집에 가니까. 그렇게 걱정되면 공항으로 날 데리러 와서 같이 은행에 가보면 되겠네. 같이 금고를 열어보자고. 텅 빈 걸 확인시켜줄게. 그럼 괜히 난리를 쳤다고 머쓱하게 될걸." 엄마는 그쯤에서 이 문제를 제쳐두고 저녁을 차렸다.

하지만 해적단과 군벌, 컴퓨터 코드를 이용한 구출 작전을 듣고 있다가 별안간 일어서서 영국 항공에 전화를 걸었다. 그리고 세련된 목소리로 자기 이름을 밝힌 다음, 남편의 항공 예약을 확인하고 싶다고 했다. 잠시 정적이 이어지고, 나는 엄마의 세상이 무너지는 걸 목격했다.

아버지는 새로운 항공편을 예약했다. 런던발 파리행, 이어서 뉴욕행 콩코드 여객기, 거기에 워싱턴 D.C.행 셔틀까지. 금고 안에 있는 무언가를 없애고 런던으로 돌아가 원래 예약해둔 워싱턴행 비행기를 타고 집에 돌아오면 딱 맞는 일정이었다.

그날 저녁 식탁에서 어떤 직감이 엄마를 덮쳐왔다. 상처입고 쓰러져 있던 엄마는 홀연히 떨치고 일어나, 돌연 성숙한 태도를 보였다. 우리를 이웃집에 맡기고, 덜레스 공항으로 가서 아버지를 중간에 막아 세운 것이다.

결국 금고 안에 무엇이 들어있었는지는 우리도, 엄마도 끝내 알 수 없었다. 아버지는 금고를 비우려고 바다를 건너왔다는 걸 부인하지 않았다. 다만 내용물만은 끝내 밝히기를 거부했다. 아버지는 엄마에게 용서를 구했다. 그리고 엄마가 임신했다는 걸 알게 되었다.

. . .

그런 일을 겪고도 부모님은 딸 셋—안토니아와 갓 태어난 캐서린, 그리고 나—과 함께 영국으로 이사하며 다시 미래를 향해 나아갔다. 하지만 런던은 아버지가 일하는 모스크바에서 한참 먼 곳이었고, 엄마는 거의 매일 밤 내가 숙제를 하는 동안, 내 방바닥에 드러누워 알이엠R.E.M의 '에브리바디 허츠'●를 들으며 눈물지었다. 나는 아버지의 서랍에서 엄마 것이 아닌 게 분명한 진주 목걸이를 발견하고는 변기에 던져 물을 내려버렸다. 두 분이 함께하기를 내가 얼마나 간절히 바라는지 나조차 놀랄 지경이었다. 하지만 아버지는 내 학창시절의 대부분을 해외를 전전하며 지냈다. 한 번은 아버지가 삶은 파스타를 냄비째로 내던져서, 벽에 생긴 불그스름한 얼룩이 로르샤흐 검사●●처럼 1년 내내 남아 있었다. 나는 엄마를 지켜주고 싶은 마음에 가슴이 찢어질 것 같았다.

미국인 학교에 10학년으로 편입한 나는, 오합지졸인 친구들 사이에서 위안을 얻었다. 우리는 다들 외교관이나 국제 사업가의 자녀인 뜨내기들이라, 매년 이 나라에서 저 나라로 옮겨 다니고 새로운 곳에 왔다가 다시 떠나는 데 익숙한 탓에, 한 자리에 가만히 있는 걸 못 견뎌 했다.

---

● Everybody Hurts, 누구나 상처를 받는다─역주
●● 잉크 얼룩을 보여주고 어떻게 보이는지 묻는 인격진단검사─역주

나는 방과 후 수업을 두 배로 늘려, 산스크리트어와 이론 물리학을 공부했다. 처음으로 담배를 피워보았고, 반다드 카셰피와 2루까지 갔다. 그 아이는 '천국으로 가는 계단'을 연주하다가 끊어진 거라며 기타 줄을 목에 감고 다녔다. 거짓말인 건 알았지만, 다른 남자애들이 벤치 프레스에 관해 떠벌리는 허풍에 비하면 꽤 참신하다고 할 수 있었다.

어느 날 밤, 나는 난데없는 통곡 소리에 잠에서 깼다. 이번에는 엄마가 아니었다. 훨씬 더 깊고 절박한 소리였다. 나는 계단참에 앉아, 태어나서 처음으로 아버지의 울음소리를 들었다. 엄마가 옆에서 달래주는 것 같았다.

아침에 일어나 자초지종을 알게 되었다. 아버지의 여동생은 어제 월마트에서 사과와 와인, 정원용 호스를 사서 주립 공원에 갔다. 그리고 국립 역사 지구에 차를 세워놓고 주변을 돌아보았다. 해질녘이 되자 산등성이로 차를 몰고 가 돗자리를 깔아놓고 사과와 와인을 먹은 다음, 배기관에 호스를 고정시키고 차에 올라타 가스를 마시며 생을 마감했다. 아버지의 유일한 형제이자, 하나뿐인 귀여운 여동생이었다. "그동안 혼자 잘난 척하느라 바빠서, 주변 사람들이 어떻게 지내는지 확인하는 걸 잊고 살았어." 아버지는 누구에게랄 것도 없이 이렇게 중얼거렸다.

• • •

　　내가 15살이 된 직후에 우리 가족은 모로코로 이사했다가, 다시 워싱턴 D.C.로 돌아왔다. 아버지는 함께 오지 않았다. 마치 과거에 커튼이 쳐진 것처럼, 이제 아버지의 이름이 언급되는 일은 거의 없었다. 아버지는 우리 집 자동응답기에 자신의 통역사와 결혼한다는 메시지를 남겼다. 엄마는 상처를 딛고 다른 남자를 만나기 시작했다.

　　나는 국립 대성당으로 돌아와 고등학교의 마지막 2년을 보냈다. 영어 교실에 벽난로가 있었는데, 그 위에 '노블리스 오블리주'라는 글씨가 새겨져 있었다. 예전에 아버지가 자신이 어릴 때 일했다는 젖소 목장으로 우리를 데려가서 농장 일꾼들을 아련하게 바라보며 이렇게 말했었다. "역시 미국인은 착하고 성실해. 더할 나위 없이 고귀하지." 나는 그때 소름이 돋았다. 하지만 '노블리스 오블리주'의 고귀함은 다른 의미였다. 거기에는 뭔가 어두운 구석이 있었다. 그런 고귀함은 획득하는 게 아니라, 돈으로 사는 거니까.

　　인기 있는 애들은 정치적인 자신의 부모들처럼 돈을 쓰고 유행을 좇으며 권력을 유지했다. 이번 주에 이런 옷을 입고 이런 생각을 했으면, 다음 주에는 다른 옷을 입고 다른 생각을 했다. 그런 것들은 끊임없는 비공식 투표의 산물이었다. 그들은 움직이는 모래 밑에 자리한 자신의 본모습 같은 건 괘념치 않아 했다. 자신의 진짜 밑바탕이 어떤 형태인지도 몰랐다.

내가 이런 기분을 슬며시 내비치자, 역사 담당인 우즈 선생님은 진지하게 고개를 끄덕였다. 그리고 "이걸 한번 읽어 보렴." 하며, 헨리 데이비드 소로의 『월든』을 건네주었다. 나는 성당의 제일 구석으로 들어가 첫 페이지를 넘겼다. 비록 사회적으로 인정받지 못하더라도 정직한 노동과 양심을 따르는 삶이 얼마나 존엄한지를 말해주는 책이었다. 나는 오랜만에 물위로 나온 수영선수가 숨을 들이키듯 그것을 들이마셨다. 학교 식당엔 파벌이 나눠져 있고 명품 핸드백이 판을 치는 세상에서 이런 책을 손에 들고 있는 것만으로도 혁명처럼 느껴졌다.

마지막까지 읽고 책장을 덮은 나는, 잠시 책을 손바닥 사이에 두고 지그시 눌렀다. 그것을 느끼기 위해. 깊이 빨아들이기 위해. 신성한 물건이라도 만지듯이. 그러고는 도서관으로 가서 이 사람이 또 어떤 글을 썼는지 찾아보았다. 『시민 불복종』이라는 책이 있어서 그것도 집어 삼키듯이 읽어 내려갔다. 책에 나오는 구절들을 침실 벽에 적어두기도 했다. 우리의 궁극적인 의무는 법을 지키는 게 아니라 옳다고 믿는 일을 실천하는 것이라는 개념을 마주하자 평온과 희망과 경외감이 차올랐다. 베를린장벽으로 돌진했던 사람들과 천안문 광장에서 있던 남자가 바로 그러했다. 몰러드는 탱크 앞으로 과일 수레를 밀어붙이던 러시아인들도 마찬가지였다.

성당 신도석에서 알록달록하게 반사된 태양 빛을 조용히 감상하고 있던 나는 무언가 옳은 일을 해야 한다는 책임감에 절박한 마음이 되었다. 그래서 졸업 필수 과목인 비교 종교학에 새롭게 관심이 생겼다.

나는 로제타석을 해독하려는 야심찬 번역가처럼 휴스턴 스미스가 기술한 각 나라의 전통에 관해 탐독했고, 서로 다른 언어에서 비교가 될 만한 개념을 맞춰보며 일종의 만능열쇠를 찾아내려 했다.

그러던 어느 날, 휴스턴 스미스가 스미소니언에서 강연을 한다는 소식이 들려왔다. 그분은 암 환자였다. 워싱턴에서 여는 마지막 강연이 될 지도 몰랐다. 나는 학교를 빼먹고 지하철에 올라타 워싱턴 몰로 갔다. 그리고 테니스화 차림으로 강당 뒤편에 섰다. 우리는 모두 하나라고 그가 입을 열었다. 그것이 모두에게 공통적으로 주어진 실마리라고. 세계 방방곡곡을 돌아다니며 인간의 종교를 연구한 학자가 죽음을 앞두고 내놓은 답이었다. 그의 연구가 우리에게 전달해주는 교훈이었다. 기독교와 불교, 토착 부족의 무속 전통에 이르기까지, 모든 신앙의 기본 진리가 바로 그것이었다. 그가 하는 말들이 진실이라는 게 피부로 느껴졌다.

학교에 돌아가 보니 알림판에 내 이름이 쓰여 있었다. 나는 금요일에 벌을 받으러 터벅터벅 교장실로 걸어갔다. 하지만 휴스턴 스미스가 전해주는 지혜를 들을 수 있었으니, 이런 벌은 100번이라도 받을 수 있었다.

다음 날, 지리 선생님이 내가 결석한 수업에서 학년말 프로젝트의 주제를 골랐다고 말해주었다. 아무도 고르지 않은 주제가 내게 배정되었다. '아웅 산 수 치'와 버마의 정치 상황이었다.

처음에는 그녀의 이름조차 제대로 발음하기 힘들었다. 하지만 이름이 어렵거나 낯선 옷을 입었다고 해서 다른 사람을 무시하면 안 된다고 예전부터 아버지에게 누누이 들어왔다. 그런 건 사진의 필터 같은 것일 뿐, 그 안에 담긴 형체는 바뀌지 않는다고.

나는 그녀의 이름이 입에 붙을 때까지 여러 번 발음했다. 아웅-산-수-치. 버마 국민들은 그녀를 '다우 수'라고 불렀다. 수 여사라는 뜻이다. 그녀의 아버지인 아웅 산은 여러 소수 민족을 통합하고, 협상을 통해 영국으로부터 독립을 얻어 버마를 건국했지만, 식민 통치가 공식적으로 종료되기 6개월 전인 1947년에 암살되었다. 당시 수 치는 겨우 두 살이었다. 그로부터 15년 후, 군부가 쿠데타를 일으켜 이후 수십 년간 이어가게 될 권력을 장악했다. 인도 대사로 부임한 어머니와 함

께 해외에 나가 있던 수 치와 가족들에게는 귀국이 허락되지
않았다. 그렇게 위기에 빠진 조국에서 추방된 그녀는 언젠가
다시 돌아가 아버지의 유지를 잇고 거리에 가득한 탱크로부
터 국민들을 해방시키겠다고 맹세했다. 그녀는 옥스퍼드 대
학을 졸업하고 UN에서 근무하다가 결혼까지 했지만, 우주의
부름을 받으면 자신은 다시 랑군●으로 돌아갈 거라고 남편에
게 미리 말해두었다. 실제로 그 일이 일어났을 때, 두 사람 사
이에는 알렉산더와 킴이라는 두 아들이 있었다. 1988년에 학
생 시위가 일어나자 그녀는 자신이 약조했던 대로 버마로 돌
아갔다. 그녀가 슈웨다곤 파고다에 모인 50여만 군중 앞에서
연설하자, 민주주의를 부르짖는 물결이 전국으로 퍼져 나갔
다. 그리고 며칠 사이에 수천 명이 목숨을 잃었다. 전국 주요
도시에서 평화시위를 벌이는 군중을 향해 군대가 포격을 개
시한 것이다. 배수관이 시체로 꽉 막히고, 거리에는 피에 물
든 빗물이 넘쳐흘렀다.

　군부는 다우 수를 체포했다. 가족이 있는 영국으로 돌아가
지 않으면 종신형을 살게 될 거라고 협박했다. 살해된 학생들
을 화장하는 연기가 하늘을 가득 메운 가운데, 그녀는 조국에

---

● 군부가 국호를 '버마'에서 '미얀마'로, 수도인 '랑군'을 '양곤'으로 개칭했지만, 이 책
　에서는 아웅 산 수 치와 민주화 운동을 지지하는 뜻에서 이전 명칭을 사용함 – 역주

남기로 결정했다.

그녀는 1991년에 노벨평화상을 받았다. 하지만 그로부터 7년이 흘러, 내가 고등학교 졸업반이던 1998년 봄에도 여전히 군부에 의해 가택연금된 상태로 랑군에 머무르고 있었다.

나는 그녀의 사진을 벽에 붙여놓고 가만히 바라보았다. 강철 같은 눈빛을 하고 머리에는 꽃을 꽂은 사진이었다. 평화를 위해 싸우는 여전사의 모습, 그 자체였다. 나는 여태껏 그런 사람을 본 적이 없었다. 부드러움과 강함이 공존하는 사람. 한 사람의 양심 앞에 온 군대가 무릎을 꿇었다. 나도 그녀처럼 내 소명을 확실히 알고 싶었다. 나는 내 안의 소리에 귀를 기울였다. 자연 속에서, 운하를 걸으며, 루즈벨트 섬을 거닐며, 포토맥과 O의 모퉁이에 있는 웅장한 노란색 성당에 들어가서.

주일 미사는 우리 집의 전통이었지만, 이제 내게는 형식적인 의식이 아닌 보물찾기에 가까운 일이 되었다. 뒤죽박죽인 단서들을 제대로 해석하기만 하면, 내면의 문이 열리며 지혜에 도달할 수 있을 것 같았다. 그런 지혜가 언젠가 양심을 따라 행동할 수 있는 능력을 내게 부여해줄 것이었다. 그게 아니라면, 최소한 양심의 소리를 들을 수 있는 능력이라도.

일단 지금 당장은 어느 대학에 가야 할지 알고 싶었다. 내 인생에서 처음으로 마주하는 커다란 갈림길이었다. 저 너머에 무엇이 있는지 아무것도 안 보이는 상태에서 믿음의 도약을 하는 건 불가능해 보였다. 나는 미국 해군사관학교의 항공우주공학과와 옥스퍼드 대학의 신학 및 법학과에서 입학 허가를 받았다. 한쪽에선 군복무와 모험, 더 나아가 NASA의 우주 프로그램에까지 참여할 수 있는 기회가 기다리고 있었다. 다른 한쪽에서는 새로운 책과 질문과 개념이 무한히 주어질 터였다.

푸른 하늘 아래, 국기게양대 위의 국기가 부드럽게 살랑거렸다. 나는 빳빳한 흰색 드레스를 입고 성당 잔디밭에서 고등학교 졸업식을 마쳤다. 대학은 옥스퍼드를 선택했지만 입학을 1년 미뤘다. 대신 랑군의 군사 시설에서 탈출한 버마 국경의 난민들을 돕기 위해 자원 활동을 신청했다. 엄마에게 졸업 무도회의 드레스 값으로 받은 돈을 여행사에 고스란히 내주고 태국행 항공권을 손에 넣었다.

05

난민캠프에서의 생활은 부자들과는 다른 방식으로 풍족했다. 내 옆에 돗자리를 깔고 자는 난민 가족은 커다랗고 빨간 노래기들이 밤새 옷 안에서 꿈틀거려도 신경 쓰지 않았다. 평생을 두려움 속에 살았는데 이제 안전하게 잠에서 깰 수 있다는 사실에 그저 기뻤던 것이다. 이곳에서는 배급받은 식량이 아무리 시들시들해도 그냥 버리는 법이 없었다. 서로 경쟁하듯 창의적인 식사를 만들어냈다. 계절성 호우나 곰팡이 핀 교과서도 배움을 향한 그들의 열정을 누그러뜨리지 못했다. 캠프의 부모들은 어떻게든 자식을 대학에 보내겠다고, 비좁고 축축한 천막 학교를 벗어나게 해주겠다고 단단히 마음먹고 있었다.

나는 난민 생활의 단상을 기록해 신문사에 투고하기 시작했다. 그중 한두 편이 지역 내 외국인 블로그에 실리자, 언론인이 된 듯한 기분도 들었다.

그러다가 민 진이라는 버마의 반체제 작가에게 특별히 관심이 생겼다. 그는 가끔씩 캠프에 와서 정치적인 글을 배포하고, 그곳에 사는 활동가들에게 다른 국경 시장에서 들은 최신 민주주의 소식을 전해주었다.

8888 민주항쟁 당시 아직 10대였던 민 진은 버마 각지에서 학생들을 모아 시위대를 구성했고, 그의 친구 중 수십 명이 실종되거나 살해되었다. 군부의 수배 목록에 이름이 오르자 그는 랑군에 있는 다락방으로 몸을 피했다. 그리고 9년이 지난 1997년에 태국으로 탈출했다. 거기서 만난 뜻이 맞는 활동가들과 등사기 한 대를 구해 발행하기 시작한 게 버마의 체제를 비판하는 민주주의 신문 〈이라와디〉였다. 그는 종종 난민캠프와 강둑을 따라 점점이 자리한 국경 시장에 신문을 가져왔다. 나와 만났을 때 그는 이미 20대에 들어서 있었다. 키가 크고 호리호리하며 금속 테로 된 안경을 썼는데, 왠지 다른 세상 사람 같은 분위기를 풍겼다. 군부로부터 동포들을 해방시키려는 학자 같다고나 할까.

나는 마침내 용기를 내서 그에게 다가가, 지역 신문에 그의 활동에 관한 글을 실어도 되느냐고 물었다. 그는 웃으면서,

"말을 할 줄 아는군요."라고 했다.

그는 신문 제작하는 곳을 보여주겠다고 했다. 하지만 도착할 때까지 눈가리개를 해야 한다고 했다. 그리고 유난스럽더라도 이해해달라며 미안하다고 했다. 오랫동안 은신 생활 중이라, 새로운 거처가 발각되면 곤란하다면서. 나는 그 정도는 받아들이겠다며 웃었다. 워낙 초현실적인 일인 데다 그가 너무 진지했기 때문이다.

그는 체크무늬 천으로 내 눈을 가리고 뒤통수 쪽으로 매듭을 묶었다. 오토바이에 올라타 그의 등을 붙잡았다. 그의 숨결이 느껴졌다. 가는 길이 점점 험해졌는데, 냄새와 그림자, 소리로 추측컨대 정글에 들어선 게 분명했다. 비까지 내리기 시작했다.

마침내 오토바이가 멈춰 섰고, 눈가리개가 풀렸다. 우린 둘 다 붉은 진흙을 뒤집어쓰고 있었다. 내 머리카락은 얼굴과 목에 마구 들러붙어 있었다. 우리가 도착한 흙길에는 하나의 지붕 밑에 수많은 집이 옹기종기 자리 잡고 있었다. 나는 민 진을 따라 사다리를 타고 올라갔다. 그는 꼭대기에 있는 사각형의 구멍 안으로 사라졌다. 나는 그를 따라 구멍 안으로 들어섰다. 그러자 대나무 방이 나왔고, 나는 그것이 마치 탄생의 순간처럼도 느껴진다고 생각했다. 바닥에는 타자기와 재떨이가 여기저기 뒹굴고 있었다. 한쪽 구석에 놓인 등사기도 보였다. 사방에 책이 가득했다. 알렉시 드 토크빌과 바츨라프 하벨. 민주주의와 철학, 논리학과 윤리학. 옥스퍼드 대학 도서관의 소장도서처럼 여러 번 읽어 모퉁이가 접히고 줄이 그어진 책들이 정글 위 오두막에 10권 정도의 높이로 쌓여 있었다.

나는 우선 거구의 반군 전사인 코 모에 티와 인사했다. 나무 돗자리에 정좌를 하고 앉아 정향 담배를 피우는 그의 무릎 위에 고양이 한 마리가 잠들어 있었다. 정치범 출신이라는 코 마와도 인사를 나눴다. 그는 무표정한 얼굴로 부인의 사진을 보여주었다. 아들을 임신한 몸으로 감방에서 숨을 거뒀다고 했다. 잔인한 이야기였다. 그런 무소불위의 사악한 권력에 맞서고 싶다는 결심이 불타올랐다. 다음 주에도 나는 그곳을 찾았다. 그 다음 주도 마찬가지였다. 그러다가 거의 매일 오후를 거기서 지내며, 신문을 접거나 인용할 구절을 찾게 되었다.

민 진이 나를 태워가고 다시 바래다주는 길에, 우리는 잠깐씩 다른 활동가들을 만나거나 신문 최신판을 배달하곤 했다. 이제 눈가리개를 쓰지는 않았지만, 길이 험해지면 그를 꼭 붙들곤 했다. 그러던 어느 날, 그의 손이 내 손 위로 가만히 포개졌다.

그 어떤 스킨십보다 짜릿했다. 부드러우면서도 에로틱하

고, 금단의 열매를 따먹듯 강렬했다. 그는 언젠가 공직에 출마할 터였다. 그건 우리 둘 다 알고 있었다. 민주화된 버마로 돌아가 국민들을 위해 새로운 미래를 건설할 사람이었다. 미국 여자와의 사적인 관계는 그런 계획 속에 포함되어 있지 않았다. 하지만 가랑비가 내리는 저녁, 젖은 머리칼로 난민캠프의 입구에 들어서는 순간, 그가 내게 입을 맞췄다.

"내일도 보는 거지?" 그가 물었고, 나는 고개를 끄덕였다.

오두막에서는 서로 어떤 스킨십도 하지 않았다. 온종일 동지들의 틈에서 열심히 일했다. 하지만 매일 저녁, 어두운 정글을 달리는 내내, 그의 손은 내 손 위에 놓여 있었다. 하룻밤에 키스 한 번. 그게 우리에게 허락된 전부였다.

이런 오두막 생활이 몇 개월쯤 이어졌을 때, 민 진과 코 모에 티가 모두를 불러 모아 바닥에 둘러 앉혔다. 시위 일정이 정해졌다. 1999년 9월 9일. 지난 1988년 8월 8일의 대학살을 떠올리게 하는 날짜였다.

우리는 감자에 새긴 도장으로 버마 지폐에 시위 일자를 찍어 국경 시장에 푸는 방식으로 조용히 소식을 퍼뜨렸다. 그때, 고 모에 티가 의문을 제기했다. 군부가 다시 군중에게 총을 발사한다면? 1988년의 현장에는 그 장면을 촬영할 기자들이 없었다. 랑군에서는 천안문 광장 같은 사진이 탄생하지 못했다. 만일 사태가 심각해지면, 이를 전 세계에 알릴 필요가 있었다. 누군가 그곳에 있어야 했다. 현장을 목격해줄 사람이.

민 진이 눈빛으로 내 시선을 붙잡았다. 내가 나설 것을 아는 눈빛이었다. 그는 눈빛으로 내게 그러지 말라고 하면서도 내가 자랑스럽다고 말하고 있었다. 우리 둘 사이에서 무언의 결론이 났다는 걸 다른 사람들도 감지했다. 코 모에 티가 내게로 고개를 돌리며 물었다. "비자는 어떻게 받을 건데?"

좋은 질문이었다. 태국에 있는 버마 대사관은 국제사회의 제재에 대한 보복으로 학생 비자와 여행 비자의 발급을 전부 중단한 상태였다. 하지만 군부는 돈벌이가 절실했기에, 적법한 증거만 제출하면 사업 비자는 내주고 있었다. 코 모에 티가 빙긋이 웃으며 물었다. "우리 모르게 랑군에서 비밀 사업이라도 하고 있는 거야?"

"아니. 하지만 그런 사람과 연이 닿을지도 몰라." 내가 대답했다.

대릴은 내가 고등학교 졸업 논문의 자료 조사 차, 자유 버마를 위한 컨퍼런스에 참석했을 때 알게 된 영국 남자로, 나이는 30대이며 기업 금융 전문가이자 아마추어 영화감독이었다. 그는 버마에 투자하는 일본 회사에서 일하고 있었다. 생계가 걸려 있으니 일을 그만둘 수는 없지만, 군부의 배를 불려주고 있다는 생각에 찜찜한 기분을 떨쳐낼 수 없다고 했다.

그래서 속죄하는 마음으로 영화 제작 기술을 이용해 자유 버마 운동을 돕고 있었다. 우리는 한 시간 남짓 대화를 나눴다. 그것도 벌써 1년이 다 된 이야기였다. 하지만 시도해볼 만한 가치는 있을 것 같았다.

민 진이 정글 끄트머리에 있는 매솟이라는 작은 마을의 공중전화로 나를 데려가주었다. 나는 대릴에게 수신자 부담으로 전화를 걸었다. 그는 기적처럼 요금 부담에 동의했다.

나는 내가 누군지 상기시켜준 다음, 이렇게 물었다. "2주간 휴가를 내고 태국으로 올 생각 없어요? 나랑 결혼한 척하고 당신의 사업 비자로 같이 버마에 들어가 현 정권의 실상을 촬영하는 거예요."

대릴은 좋다고 대답했고, 나의 영원한 신용을 얻었다.

나는 오두막 동지들과 함께 자전거를 타며 촬영할 수 있게 가방을 개조했고, BIC 볼펜도 몇 자루 구입했다. 나중에 해체해서 필름을 숨겨 나오기 위한 용도였다. 대릴이 도착하자 우리는 방콕 공항에서 그를 맞이해서는, 달러 몇 장만 쥐어주면 뭐든 위조해주는 카오산 로드로 곧장 데려갔다. 그리고 거기서 만든 결혼 증명서로 버마 대사관에 비자를 신청했다. 심사대 직원 앞에서 우리는 일부러 다투는 척 연기했다. "출장 가는 김에 겸사겸사 허니문이라니, 이런 사람이 또 어디 있대요." 내가 투덜거렸다.

"그래서 여행비용은 누가 내는데?" 대릴이 받아쳤다.

심사관은 우리를 보며 잠시 눈살을 찌푸렸다. 그러더니 갑자기 피곤해진 것 같았다.

그는 "다음 창구로 가요." 하면서, 우리가 내민 신청서에 도장을 꾹 찍었다. "승인됐어요."

민 진은 9월 1일자 비행기에 우리를 태웠다. 내가 가려는 곳에서 겪었던 고통을 상기하는 듯 보였다. 지난 시절의 고통이 그의 눈빛에 고스란히 담겼다. 사람들 앞에서 공개적인 작별 인사를 한 후, 내 등을 슬쩍 미는 그의 손길이 느껴졌다. "ABC 카페를 기억해둬. 뭔가 일이 잘못되면 ABC 카페의 화장실 칸막이 안을 살펴봐." 그가 말했다.

대릴과 나는 비행기 좌석을 찾아 앉았다. 기내에 여자라고는 나밖에 없었다. 그리고 대릴과 내가 유일한 서양인이었다. 조리실 안의 승무원이 우리를 힐끔거렸다. 나는 신혼여행을 가는 신부 역할에 몰입하며 글씨도 읽지 않은 채 잡지를 휙휙 넘겼다.

한 시간 후, 비행기 문이 열리자 제일 먼저 들이닥친 건 냄새였다. 무언가 썩고 있는 듯 퀴퀴하고 습한 냄새. 마치 아무렇지도 않아 보이는 표면 아래 비밀이 숨겨져 있다고 경고하는 것 같았다. 군복을 입은 경비원을 양옆에 붙이고 터미널까지 걸어가는 동안에도 냄새가 우리 주위를 휘감았다. 문득 내가 지금 어디에 있는지 엄마는 모르겠지, 하는 생각이 들었다. 내 소재를 아는 건 민 진과 정글에서 담배를 피우는 〈이라와디〉의 청년들뿐이었다. 나는 대릴의 손을 꼭 잡았다.

입국 심사대 안에 빽빽이 들어찬 기록부는 성경책보다 두꺼웠고, 우리 이전에 지나간 사람들의 이름이 줄줄이 쓰여 있었다. 냄새는 실내까지 우리를 따라왔다.

"신혼부부군요." 맨 앞줄에 도착하자 창구의 군인이 우릴 보며 말했다. 순간, 대릴에 대해 아는 게 아무것도 없다는 자각이 스쳐지나갔다.

나는 "맞아요."하면서 가짜 남편의 뺨에 입을 맞췄다. 군인은 인상을 찌푸렸다. 그의 손에 들린 우리의 여권은 비자 면이 펼쳐져 있었다. 그는 만년필을 집어 들어 우리의 정보를 기록부에 옮겨 적고는, 숫자 8처럼 생긴 고리 모양의 버마 문자를 끼적였다. 금속 펜촉이 종이 면을 연신 긁어댔다. 우리 왼쪽에선 한 사업가가 군인에게 입국 서류를 내밀고 있었다. 그 안에 지폐가 끼워져 있는 게 보였다.

"여행 가이드와 항상 붙어 계세요." 우리 심사관이 말했다. 우리는 둘 다 고개를 끄덕였고, 대릴이 여권을 돌려받으려고 손을 내밀었다. 심사관은 "돌아가실 때까지요." 하더니, 우리의 생명줄을 자기 오른쪽에 있는 서류철 안에 집어넣었다. 신분증명서를 빼앗기고 무력해진 우리 둘은 잠시 그 자리에 가만히 서 있었다. "아니면 지금 당장 돌아가실래요?" 그는 우리가 조금 전에 통과해온 문을 향해 고갯짓을 했다.

"아뇨, 괜찮아요." 내가 바로 나섰다. "하나 더 드릴 게 있잖아, 자기야."

"영수증을 받아올걸 그랬어." 수하물 찾는 곳으로 나오며 대릴이 말했다. 동굴처럼 움푹 들어간 공간 안에 철도용 짐 저울과 재떨이가 사방에 흩어져 있었다.

"어디다 제출하려고요?" 내가 웃으면서 물었다. 대릴도 덩달아 웃음을 터뜨렸다.

한 남자가 우리 쪽으로 다가왔다. 버마 사람인데 상반신은 서양식으로 와이셔츠에 블레이저를 받쳐 입고, 하반신은 동양식으로 주름 접힌 기다란 론지에 샌들을 신어서 마치 반인 반수 같았다. 그는 자신이 우리의 여행 가이드라고 소개했고, 우리는 그가 이번 여행의 감시자라고 이해했다.

가이드를 따라 미닫이문을 나가 자동차에 올라탔다. 뒷좌석 창문에는 안쪽으로 블라인드가 내려져 있었다. 앞 유리를 통해 보이는 도로의 차량은 전부 오토바이 아니면 군용 트럭이었다. 빨간 광고판에 이런 글귀가 쓰여 있는 게 보였다.

## 국민의 본분

- 부정적인 입장을 견지하며 외부 세력의 앞잡이 노릇을 하는 이들에게 대항한다.
- 국가의 안정을 위태롭게 하는 자들에게 대항한다.
- 우리의 내정에 간섭하는 타 국가에 대항한다.
- 국가 내외부의 모든 유해한 요소를 공공의 적으로 여기고 쳐 부순다.

보행로 위나 일그러진 양철 차양 아래로 아이들의 모습이 눈에 띄었다. 우리를 본 아이들은 문 뒤로, 부모님 뒤로, 커튼 뒤로 후다닥 몸을 숨겼다. 지나가는 사냥꾼을 경계하는 사슴 같은 동작이었다.

정부의 영빈관에 도착하자, 가이드가 우리를 방으로 안내해주었다. 티크목 조각품과 황금색 침대보. 수많은 이들이 밥을 굶는 나라에서 고위 장교들은 이런 집에서 사는 건가 싶었다. 퀴퀴한 건 여기도 마찬가지여서, 부패의 냄새를 썩은 내로 가려주고 있었다.

우리는 9월 9일에 거리를 가득 메울 시위를 기다리며, 겉으로는 관광객처럼 행동했다. 제일 처음 방문한 곳은 휘황찬란한 슈웨다곤 파고다였다. 부처가 남긴 여덟 가닥의 머리카락이 남아 있다는 곳으로, 바로 이곳에서 다우 수가 연설을 했고, 뒤이어 수많은 시위자가 총포에 맞아 쓰러졌다. 나는 진황색 예복을 입은 승려들이 향을 피우는 모습을 지켜보았다.

여기서는 시간이 유동적으로 흘렀다. 운명의 날이었던 1988년 8월 8일, 이곳은 소음으로 가득했다. 수많은 대학생이 젊음과 희망, 열정을 불태우며 저마다의 목소리로 함성을 질렀다. 2주 후, 그 소리는 울부짖음으로 변해 있었다. 수천 가구의 살해된 가족 시체를 불태웠다. 그로부터 다시 2주가 지나자, 석탑은 군용 지프차와 방수천을 씌운 트럭들에 포위되어 깊은 침묵에 잠겼다. 국가법질서회복위원회State Law and Order Restoration Council의 차량들이었다. 약칭 SLORC(슬로워크)라고도 불렸다. 마치 그것은 루이스 캐럴의 소설에 나올 법한 터무니없는 괴물 이름처럼 들렸다. 하지만 그중 하나는 실제로 존재했고, 바로 이곳에서 발톱을 곤두세우고 있었다.

승려들은 과거의 메아리 속에서 조용히 정좌를 한 채, 슬로워크도 죽일 수 없는 무언가에 열중하고 있었다. 군 호송 차량들이 시끄럽게 덜컹거려도 표정 하나 흐트러지지 않았다. 나는 그들이 어떤 신비로운 상태에 빠져 있는지 알 것 같았다. 스테인드글라스의 색채가 어른거리는 고요한 성당에서 보내던 오후의 기억이 과거의 향기처럼 친숙하게 피어올랐다.

이런 느낌은 그날 저녁 영빈관에 돌아가서도 내내 남아 있었다. 방 안은 타일마다 거무스름한 때가 끼어 있었다. 한쪽 구석에 있는 싱크대 밑에서는 거미 한 마리가 지네를 잡아먹고 있었다. 신이 머무를 거라고는 내 평생 한 번도 상상해보지 않은 장소였다. 하지만 그럼에도, 갑작스럽지만 강렬하게, 신은 거기에 있었다.

대릴이 복도 끝까지 갔다가 돌아왔다. "우리 가이드가 저녁 식사를 하실 거냐고 묻네." 그가 말했다. 나는 점점 더 대릴이 좋아졌다. 그는 냉소적이면서도 재미있고 용감했다. 고용주의 투자 선택을 자신의 사랑과 노력으로 만회할 필요성을 느끼는 은행 직원은 드물었다. 그러면서도 드러내놓고 자랑하지 않는 사람은 더더욱 없었다.

"주최 측이 아주 세심하네요. ABC 카페래요?"

그가 빙긋 웃었다. "달리 어디겠어?"

민 진의 연락망에 빨리 메모를 남겨보고 싶었다. 이 나라에 온 지도 벌써 며칠이 지났으니, 시스템이 제대로 작동하는지 슬슬 확인해볼 때가 됐다.

ABC 카페는 술레 파고다와 악명 높은 트레이더스 호텔에서 겨우 몇 블록 떨어진 마하 반둘라 거리에 자리 잡고 있었다. 게다가 군 장성들이 중국 마약상을 만나 싱가포르 슬링을 홀짝거리는 곳으로 유명했다. 외관은 낡은 서양식 살롱처럼 생겨서, 보는 즉시 마음에 들었다.

"화장실 좀 다녀올게요." 나는 대릴에게 말했다. 그는 우리가 앉을 테이블을 찾으며 고개를 끄덕였다. 민 진은 화장실 변기의 물탱크에 메모를 남기라고 했다. 나는 종이 타월을 한 장 뽑아서 몇 줄 끼적였다. 혹시라도 중간에 가로채일 경우에 대비해 신분이 드러날 만한 정보는 적지 않았다. 그냥 우리는 잘 있으며, 배관에 문제가 없는지 알고 싶으니 답장을 보내달라고 했다. 하지만 괜한 걱정이었다. 도자기로 된 물탱크 뚜껑을 들어 올리자, 이미 테이프로 붙여놓은 종이가 보였고, 겉면에 아마릴리스 꽃이 그려져 있었다. 나는 종이를 펴서 읽어보았다.

'감자튀김을 주문해.'

마치 순간이동을 한 것처럼, 그가 가느다란 필치로 이곳에 함께 있었다. 그만의 독특한 유머가 느껴졌다. 그는 자기 자신을 그다지 심각하게 생각하지 않는 사람이었다. 본격적인 혁명 운동을 하는 와중에도 말이다.

우리는 지시에 따라 감자튀김을 주문했다. 잠시 후 한쪽에 핫소스가 뿌려진 접시가 젓가락과 함께 서빙되었다. 웨이터가 나와 대릴을 번갈아 바라보며 "두 분 모두 환영합니다."라고 말해주자, 이 나라에 발을 디딘 이래 처음으로 정말 환영받는 기분이 들었다. 민 진은 이런 비밀 결사대의 안전한 기운에 둘러싸여 있었다. 수년 간 그의 은신처가 되어준 다락방도 여기서 그리 멀지 않았다. 처음 그쪽으로 피신하게 되었을 때, 이곳의 지하 요새와 가까이 있다는 게 그에게는 큰 위안이 되었을 것이다.

감시자가 주기적으로 고개를 쑥 내밀어 우리가 아직 제자리에 있는지 확인했지만, 우리는 그러거나 말거나 평화롭게 식사를 했다. 가수 한 명이 무대에 올라 〈테이크 미 홈, 컨트리 로드〉●를 열창했다. 그러자 왠지 모르게 울고 싶어졌다. 마을 전체가 군대에 인질로 잡혀 있는 상황에서, 지금 이곳보다 덜 야만적이고 자유로운 곳은 또 없었다.

테이블마다 삼삼오오 모여 앉은 사람들이 서로 무언가를 속삭이고 있었다. 음악 소리가 비밀스러운 대화 내용이 밖으로 새어나오는 걸 막아주었다. 대릴도 그들을 지켜보고 있었다. 나와 같은 걸 궁금해하는 게 분명했다. 9일로 예정된 시위에 대해 이야기하는 걸까? 저들은 10일에도 이곳에 나와 서로 이야기를 나눌 수 있을까?

밝은 식당을 나와 랑군의 밤거리에 들어선 우리는, 감시자의 차를 타고 곧장 숙소로 돌아왔다.

나는 머리를 매만지는 척하면서 손가락으로 화장대 거울을

---

● Take Me Home, Country Roads, '나를 고향으로 데려가 주오'라는 뜻 – 역주

더듬어보았다. 만약 양면 거울이라면 내 손톱과 거울에 비친 손톱 사이에 빈 공간이 생긴다고 민 진이 말했다. 이 거울은 안전한 것 같았다. 하지만 괜히 장난기가 동해서 대릴을 돌아보며 말했다. "저쪽에선 우리가 뭘 할지 기대하고 있을 텐데요. 뭐, 아무래도 신혼부부니까요." 대릴이 웃더니, "저리 가, 이 꼬맹아." 하며 베개를 던졌다.

앞으로 계속 한 침대에서 자야 할 텐데, 이렇게 말을 꺼내고 나니 속이 시원해졌다. 부담스러운 마음이 사라진 나는 잠옷으로 갈아입었고 그가 무슨 어둠 속의 보호자라도 되는 것처럼 옆에 나란히 누워 잠들었다.

여행에 다른 의도가 있다는 의심을 사지 않으려면, 시위가 일어나기 전에 잠시 수도를 떠나 있어야 했다. 만달레이라는 북부의 요새 마을은 사업 비자를 소지하지 않은 외국인에게 관광이 제한되기 전에는 여행객들이 자주 찾는 곳이었다. 주의를 딴 데로 돌리기에 안성맞춤이었다. 다음날 아침, 우리는 야간열차를 타고 고대의 붉은 성벽을 구경하러 떠났다.

우리가 표를 구입한 침대칸은 좌석을 펼치면 삐걱거리는 레일이 스르륵 내려가며 길고 평평한 침대가 되는 구조였다. 하지만 우리 좌석은 고장이 나서 끝까지 직각을 유지했다. 그런데도 우리의 감시자는 랑군의 지붕들이 완전히 사라지기도 전에 등받이와 창문 사이에 끼어 곯아떨어지고 말았다. 나는 처음으로 그를 찬찬히 뜯어보았다. 오래 바라보아도 안전하다고 느낀 건 이번이 처음이었다. 그는 휴식을 취하는 중에도 피곤해 보였다. 나는 그의 가족과 그가 선택한 길, 조용한 밤중에 그를 괴롭힐 고뇌에 대해 생각해보았다. 그를 괘씸해하던 마음이 점점 누그러졌다. 나라면 자국 군대에 맞설 수 있을까? 그들에게 저항하면 내가, 아니면 더 나아가 엄마나 동생들, 아버지와 벤이 죽임을 당할 거라는 데 의심의 여지가 없다면, 나라도 생존을 위해 협력하지 않을까? 어두운 객차 안에서 나는 차마 결론을 내릴 수가 없었다. 폐 속에 자유의 공기가 가득할 때는 누구나 확신에 차서 이야기하겠지만, 이렇게 숨 막히는 곳에서는 분연히 일어서는 게 힘들 것 같았다. 승리가 손에 닿을 듯하고, 감당해야 할 게 자신의 목숨뿐인 초반에는 어쩌면 가능할지도 모르겠다. 하지만 적의 발톱이 사랑하는 이들의 목을 조른다면? 나는 그래도 싸우겠다고 감히 자신할 수 없었다. 그렇게 퀴퀴한 객차 안에서, 노예로서의 삶과 죽음 중에 하나를 선택할 수밖에 없었던 감시자의 절망에 공감했다.

창밖은 이제 먹을 칠해놓은 것처럼 깜깜했다. 기차가 달리고 있음을 알려주는 건 좌석의 흔들림뿐이었다. 야외에는 불빛이 거의 없다시피 해서, 스쳐 지나가는 그림자조차 감지하기 힘들었다. "국가법질서회복위원회가 말하는 현대 경제란 이런 건가 보지." 대릴이 농담을 던졌지만, 둘 다 웃을 기분은 아니었다. 군 장성들이 트레이더스 호텔의 샹들리에 아래서 술을 마시며 전기를 끌어 쓰는 동안, 우리는 암흑에 잠겨 지도에서 사라져버린 이 나라를 그저 멍하니 바라보았다. 유리에 비친 우리 모습 뒤로는 몇 시간이 지나도 암흑만이 계속되었다. 그렇게 몇 마일을 달리고 또 달리며, 나는 저 공허 속에서도 학교에선 수업을 하고 부엌에선 요리를 하고 있을 거라고 상상해 보았다.

눈부신 햇살에 잠에서 깼다. 아이들이 선로를 오가며 놀고 있었다. 엄마들이 창문으로 자식에게 음식을 전달했다. 익힌 고기와 곤충 꼬치였다. 비닐봉지에 빨대를 꽂은 주스도 보였다. 11살이나 12살쯤 돼 보이는 제일 큰 소녀가 동생들을 이끌고 있었다. 재미있는 이야기라도 해주고 있는 것 같았다. 나는 최대한 오랫동안 그 아이를 지켜보았다. 소녀는 희망의 빛처럼 이곳을 밝혀주고 있었다. 이 땅에 도착한 이후로 처음 목격한 미래의 불꽃이었다.

다른 선로에서 기차 한 대가 지나갔다. 엔진 앞에는 지뢰로 인한 탈선을 방지하기 위해 바닥판만 있는 평판차가 달려 있었다. 그런데 거기에 사람들이 타 있었다. 가족들이었다. 부모들이 자녀들과 가방을 품에 안고 있었다. 언제든 폭발이 일어날 수 있는데, 내전을 피해 북쪽으로 달아나려고 죽음을 각오한 모험을 하는 거였다. 군부는 자신들의 통치에 저항하는 대여섯 개의 원주민 부족과 분쟁을 벌이고 있었다. 마을을 불사르고 멀쩡한 논에 독을 푸는 만행까지 저질렀다.

얼마 후, 부엌 연기로 부연 도시 풍경 사이로 만달레이 기차역이 모습을 드러냈다. 여기저기 석탑과 흰 벽돌집이 삐죽삐죽 솟아 있는 모습은 랑군역과 비슷했다. 이곳의 금은 세공이 조금 더 녹슬고 검은 곰팡이가 피어 있을 뿐. 부드러운 아침 안개 속에서 승객들이 평화롭게 승강장으로 내려섰다. 나는 저 사람들도 다가올 시위에 대해 알고 있는지 궁금했다. 온 강물이 피로 물들었던 1988년의 재현을 저들이 과연 견뎌낼 수 있을까.

06

만달레이는 러디어드 키플링의 시에서 금방 튀어나온 도시 같았다. 식민지 개척자들이 버마인이고 전부 탱크를 몰고 다닌다면 말이다. 시내 건물에선 아직도 제국주의 시대의 냉담함이 느껴졌다. 현재는 군부의 사령실로 사용되고 있어서, 영국이 점령하던 때와 마찬가지로 국민의 요구에 전혀 부응하지 못하는 건물들이었다. 랑군보다는 날씨가 서늘했지만, 남부에서 나던 냄새가 이곳에도 감돌았다. 멍에를 뒤집어쓴 나라의 축축한 공기. 거리 곳곳을 가로막은 검은색과 붉은색 줄무늬 바리케이드에는 둥글게 철조망이 씌워져 있었다.

우리가 묵을 호텔은 조금 더 중심가에 있었다. 우리 방에서는 외부인이 있다는 걸 들키지 않고 거리에서 일어나는 일들을 내려다볼 수 있었다. 가정집들은 새벽부터 해질녘까지 부엌 불을 피워 새까맣고 거대한 석탄 연기를 우리 쪽으로 뿜어냈다. 아이들은 회전 교차로 한가운데 있는 시계탑 계단에 앉아, 부르릉거리며 지나가는 군용 트럭을 구경했다. 길 건너에 있는 대학교 건물은 텅 비어 있었다. 88년도의 시위 이후로 전국의 대학 캠퍼스가 폐쇄됐기 때문이다. 군부가 젊은이들의 항쟁을 두려워한 탓에, 이 나라의 미래에는 의사나 변호사가 존재하지 않는다.

그 후로 며칠 동안, 우리는 가이드를 따라 대표적인 관광지를 둘러보았다. 랑군으로 돌아갈 날을 조용히 기다리며, 다가오는 시위가 이런 쇼윈도 같은 현실을 영원히 허물어주기를 기원했다. 남부행 기차를 타는 날을 하루 앞두고, 감시자는 우리를 이라와디 강에 떠 있는 작은 배로 안내했다. 민 진의 민주주의 신문은 바로 이 강의 이름을 딴 것이었다.

"소풍을 갑시다."라는 그의 말에, 우리는 '소풍'이 '물고기 밥이 되는 것'을 의미하는 걸까, 하는 눈빛을 교환했다. 일정에 없던 여행인 데다, 신혼부부 한 쌍쯤 없애버리는 건 일도 아닐 것 같은 전체주의의 어두운 기운이 뿜어져 나오고 있었다. 정부가 초청한 여행 도중에 쥐도 새도 모르게 사라져버린 운동가들의 이야기가 생각났다. 그래도 그중 한 명은 랑군의 교도소에서 시체로 발견되기라도 했다. 저 배는 그렇게까지 위협적으로 보이진 않았다. 정신을 똑바로 차리고 올라타는 수밖에 없었다.

서너 명쯤 타면 꽉 차는 규모로, 한쪽 끝에 선 뱃사공이 장대를 저어 움직이는 전통적인 목조 나룻배였다. 뜨거운 햇볕에도 뱃사공은 평온한 얼굴로 배를 출발시켰고, 우리는 유유히 강물을 거슬러 올라갔다. 배에서 꽤 거리가 있는 양쪽 강기슭에선 군인들이 휴식을 취하고 있었다. 우리 넷은 조용히 강물에 몸을 맡겼다. 장대가 물을 저을 때마다 부드럽게 물이 튀어 올랐고, 어부 한 명이 노래를 하며 지나갔다. 마침내 뱃사공이 오른쪽으로 몸무게를 실으며 육지에 배를 댈 때까지, 우리는 아무도 입을 열지 않았다. 가이드의 표정이 다시 굳어졌다.

"버마족의 전통 마을입니다." 우리가 나무 선착장에 발을 내딛자 그가 설명을 시작했다. 경사진 둑 위쪽으로 전통 의상을 입은 사람들이 한 줄로 서서 우리를 기다리고 있었다. 어릴 때 디즈니월드의 지구 마을에서 본 배우들 같았다. 사람들 뒤편에는 영화 세트장 같은 가짜 마을이 세워져 있었다. 일상의 흔적이라고는 전혀 없고, 가축도 쓰레기도 보이지 않는 곳에 점심상 하나만 덜렁 차려져 있었다. 다른 나라였다면 평범한 여행지로 봐줄 수도 있었을 것이다. 하지만 이곳에선 훨씬 더 잔인하게 느껴졌다. 여기서 불과 100마일쯤 떨어진 지점에서부터 이와 비슷하게 생긴 마을들이 하나둘 불에 탔고, 반항하던 부족민들은 군대에 의해 길들여졌다. 카렌족, 카친족, 카레니족, 산족. 국가법질서회복위원회의 지배를 거부하고 집과 자녀와 목숨을 빼앗긴 고대 민족들. 이곳의 초가지붕은 난민들이 묘사하는 불에 탄 가옥과 똑같이 생겼다. 우리의 점심 상에 올라온 쌀은 지뢰가 설치된 논을 상징하는 비석이었다. 이곳에 흐르는 정적은 집에서 멀리 끌려온 아이들을 떠올리게 했다. 병사들의 '위안부'가 된 소녀들과 전쟁과 살인에 익숙해진 소년들. 이 빛나는 복제 마을은 디테일 하나까지 완벽했다. 단 하나, 차이점이 있다면 이곳 사람들은 웃고 있었다. 북한식 선전 마을이었다. 오늘은 우리가 이곳의 손님이었다.

우리가 식탁에 앉자 사람들이 음식을 설명해주었다. 이 사람들은 대체 누구고 실제로는 어디에 살까? 저 복장을 벗고 나면 지친 몸으로 터덜터덜 집에 돌아가겠지. 여자들은 나를 쳐다보다가 시선이 마주치면 눈을 내리깔았다. 다들 나무껍질로 만든 천연 자외선 차단제인 '따나까'를 뺨에 바르고 있었다. 하지만 점, 원, 소용돌이 등등 모양은 각자 달랐다. 얼굴을 통해 자신만의 시각언어를 표현한 것이다. 우리는 만달레이와 랑군에서도 따나까를 바른 사람들을 자주 목격했다. 이 마을에서 유일하게 현실감이 느껴지는 동시에, 저 여성들의 본모습을 엿볼 수 있는 부분이었다. 이 사람의 대담성과 저 사람의 유머 감각이 따나까의 형태로 드러났다.

호텔로 돌아오는 길에 뱃사공은 햇볕에 그을린 내 콧등을 바라보았다. 그는 자신의 따나까를 꺼내들고 무릎을 꿇더니, 내 이마에 골고루 문질렀다. 그리고 남은 걸 코에 바르고 뺨에 문양을 그려주었다. 우리와 하나가 된 걸 환영한다며 성유를 부어주는 것 같은, 신성한 의식이었다. 가이드도 굳이 막아서지 않았다. 그렇게 우리는 햇볕이 내리쬐는 강 위에서 물살을 타며 만달레이로 돌아왔다.

• • •

아침에 다시 기차에 올라, 같은 선로를 이용해 남쪽으로 돌아왔다. 이 기차에도 도중에 폭발하지 않기만을 바라며 엔진 앞 평판차에 올라탄 가족들이 있을지 궁금했다. 내일이면 드디어 9일, 진실의 아침이 밝아오고 학생들이 떨치고 일어설 날이었다.

우리는 저녁을 먹으러 ABC 카페로 갔다. 분위기를 살펴보고 싶었다. 하지만 식당에 가보니, 문이 전부 잠기고 '영업시간 종료'라는 안내판이 붙어 있었다. 우리는 텅 빈 거리를 차로 달려 빈속으로 영빈관에 돌아왔다. 아직 통행금지 시간이 아닌데도 거리는 평소보다 어두웠다. 창문마다 블라인드가 내려져 있었다. 군인들이 군용 트럭의 뒤편에서 바리케이드를 끌어내렸다. 그들이 막고 있는 통행로에는 이미 사람의 흔적이 보이지 않았다.

"발각된 거야." 차에서 내려 영빈관 입구로 걸어가며, 대릴이 내 뺨에 대고 속삭였다. 우리는 짭짤한 크래커 몇 조각으로 허기를 달랜 후, 조용히 잠을 청했다.

다음 날 아침까지도 도로는 여전히 폐쇄돼 있었지만, 가이드가 점심 식사를 위해 우리를 시내로 데려다줄 무렵에는 다시 평소처럼 사람들로 북적거렸다. ABC 카페도 비록 조용하고 텅 빈 상태이긴 해도 문이 열려 있었다. 나는 화장실로 직행했다.

쪽지에는 이렇게 적혀 있었다. '시작도 해보기 전에 끝나버렸어. 어제 수백 명이 잡혀 들어갔어. 적의 효과적인 선제 타격이었지.' 민 진의 필체는 아니었다. 하지만 어투나 쪽지 전달 장소를 아는 것으로 보아 그의 동지가 쓴 게 분명했다. '하지만 여행을 활용할 기회는 남아 있어. ASSK가 널 보고 싶어 해. 15일 새벽에 차량을 보내줄게.' ASSK는 아웅 산 수 치의 줄임말이고, 15일까지는 앞으로 엿새나 기다려야 했다. 나는 쪽지를 접어서, 내가 감자튀김을 주문하는 동안 대릴이 읽어볼 수 있도록 다시 제자리에 놓았다.

우리는 이 군사정권이 반대 의견을 어떻게 탄압하는지 기록하려고 여기까지 왔다. 하지만 시위가 일어나기도 전에 꺾

여버렸으니 시위 진압 장면을 어떻게 촬영한단 말인가. 지금 녹화할 수 있는 거라곤 적막밖에 없었다.

인레 호수의 동쪽 기슭에 금빛 햇살이 쏟아지며, 9월 15일의 동이 텄다. 우리는 화장실 물탱크의 쪽지에 쓰여 있던 대로 영빈관 밖에서 기다렸다. 새벽 5시, 가이드는 아직 호텔에 도착하지 않은 이른 시각이었다. 우리가 기다리는 연락책도 보이지 않았다. 인적 없는 길에서 몇 분쯤 기다리다가 내가 먼저 입을 열었다. "이 사람도 체포된 건 아닐까요? 국가법질서회복위원회에서 시위 계획을 알아챈 것처럼 우리의 정체도 알고 있을지 모르잖아요." 그렇게 생각하자 오싹해졌다. 하지만 잠시 후, 자동차 한 대가 먼지를 날리며 다가와 우리 앞에 멈춰 섰다. 차에 올라타서 문을 닫자, 호텔의 야간 매니저가 어디론가 전화를 거는 게 보였다.

우리는 챙겨 나온 장비를 확인했다. 카메라 한 대와 필름을 숨겨 나올 BIC 볼펜이었다. 노트에는 우리가 묻고 싶은 질문을 암호로 적어놓았다. 전부 질문과 녹화를 위한 장비들이었다. 하지만 그게 다였다. 여권은 공항에 있었다. 가방은 호텔 방에 두고 왔다. 필름 한 통과 펜 외에는 아무런 보호장치도 없이 무자비한 정권에 대항하다니, 정말 살 떨리는 일이었다. 그럼에도 우리는 이 차에 올라탔다. 이미 루비콘 강을 건넜다. 미지의 세계로 뛰어드는 것 외에는 다른 방도가 없었다.

만남의 장소는 아웅 산 수 치가 소속된 정당의 당사로, 자택 외에 그녀의 출입이 허락된 유일한 곳이었다. 평범한 벽돌 건물이라, 저항의 본거지라기보다는 평범한 상점 같았다. 공작새의 실루엣이 그려진 깃발만이 이 건물의 진정한 목적을 드러내주고 있었다. 용맹스러운 공작새는 버마 민주주의의 상징이었다. 붉게 이글거리는 배경을 바탕으로 강렬한 황금색 공작새가 전투에 앞서 발톱을 하나 치켜들고 있었다. 2층 창문에 걸린 깃발은 건너편의 육군 감시초소를 마주보며 투우사의 망토처럼 펄럭였다.

군인들은 아직 일과를 시작하기 전인 것 같았다. 우리 차가 다가가도 아무런 기척이 없었다. 요리용 석탄도 차갑게 식어 있었다. 차가 구불구불 골목길로 들어섰고, 우리는 새벽 공기 속으로 내려섰다. 공기 중에 한데 고여 있던 냄새가 희미하게 풍겨왔지만, 살랑바람이 불며 모래 먼지를 일으켰다.

"이쪽이에요." 차에서 내린 운전사가 우리를 살짝 옆문으로 밀었다. 길 건너에선 아직도 인기척이 없었다. 우리는 이 도시를 자유롭게 돌아다니는 데 익숙하지 않았다. 막상 해보니 생각만큼 기분이 좋지는 않았다. 가이드와 함께 있을 때는 위험에 형태가 있었다. 하지만 그가 없는 지금은 모호하고 전능한 힘이 되어버렸다. 텅 빈 문도, 각진 그림자도 전부 위험해 보였다.

문에 걸린 빗장을 쓱 누르자 그대로 문이 열렸다. 여기서 자물쇠는 그저 장식일 뿐이었다. 병사들도 제 집처럼 드나들게 분명했다. 이런 엉터리 시늉도 참아내는 수 여사의 정당이 존경스러웠다.

1층은 아무런 가구도 없는 빈 공간으로, 곧 무너질 것 같은 발코니가 위층으로 뻗어있었다. 벽에는 아웅 산 수 치가 발코니 끝에 서서 아래층을 가득 채운 지지자들에게 연설하는 사진이 걸려 있었다. 하지만 오늘은 달랑 우리들뿐이었다.

"먼저 가시죠." 운전사가 계단을 올라가라고 손짓했다. 맨 위까지 올라가자 발코니 너머로 좁다란 복도가 나왔다. 남자는 우리를 앞서 가더니 문을 두드렸다. 잠시 후, 문이 열렸다.

그녀는 내가 생각한 것보다 훨씬 작았다. 주변에는 수행원도, 경호원도 없었다. 그녀 혼자 문턱에 서서 우리를 빈 방 안으로 맞아들였다. 어린아이처럼 작은 손으로 내 손을 마주잡았다.

"어서 들어오세요." 식민 잔재가 묻어나는 영국식 억양이었다. 뭄바이의 사립학교에서는 아직도 그런 식으로 영어를 가르쳤다. 그녀의 자세는 길 건너의 군인들처럼 군더더기가 없었다. 머리에는 고등학교 때 내 방에 붙어 있던 사진처럼 꽃을 꽂고 있었다. 그리고 눈빛은, 역시 그 사진처럼 강철 같았다. 하지만 이렇게 직접 만나 보니 강철 아래 애정도 담겨 있는 걸 확인할 수 있었다.

"초대해주셔서 감사합니다." 대릴이 인사했다.

"민 진의 친구라면 누구든 환영이에요." 그녀가 미소를 짓자, 방 안 전체가 포근해졌다.

우리는 기다란 목재 테이블에 둘러 앉았고, 대릴이 카메라를 꺼냈다. 창문에는 쇠창살이 달려 있었다.

"이 필름을 갖고 나가면, 저들이 막을 수 없게 버마 전역에 단파로 방송해달라고 언론사에 요청해주세요. 우리가 선거에서 이긴지 10년이 다 됐지만, 아직도 랑군 밖에서는 제 목소리를 들을 수가 없어요."

그 후로 한 시간 동안, 그녀는 경제, 인권, 소수 민족 말살에 관해 이야기했다. 국가 소유 가스관에서 이루어지는 노예 노동과 엘리트 계층의 배를 불리는 마약 거래를 규탄했다. 몇 년 후, 그녀는 자신이 언급한 이런 사람들을 버렸다고 비난받게 되지만, 이 날, 이 방에서는 누구보다도 뜨겁고 단호했다.

군부의 수장인 네 윈이 9를 행운의 숫자로 정하기 전까지만 해도 버마는 아시아의 곡창지대로 유명했다. 하지만 하룻밤 사이에 9로 나눠지지 않는 수의 통화는 전부 무효화되었다. 은행 시스템이 사라지자 일반 가정들은 100짯 단위의 화폐를 전부 집안에 숨겨두었다. 그러자 버마 국내에서 돈이 말라버렸다. 한때 동남아시아에서 가장 부유했던 나라가 순식간에 최빈국이 돼버린 것이다.

네 윈은 젊음을 유지하려고 돌고래 피로 목욕을 하고, 점쟁이들의 말을 그대로 따랐다. 하루는 밤중에 랑군의 주요 도로를 모두 폐쇄하고, 스스로 황제 복장을 한 채 뒷걸음으로 다리를 건너기도 했다. 한편으로는 인간 및 마약 거래를 눈감아줌으로써 얻은 이익을 스위스 은행 계좌로 장군들에게 수백만 달러씩 나눠주며 자신의 권력을 공고히 했다.

학생들이 조국의 수탈을 반대하고 나서자, 네 윈은 바로 그 장군들에게 랑군부터 만달레이까지 군중을 향해 발포하라고 명령했다. 이때가 바로 8888시위로, 이 사건을 계기로 수 치는 아버지의 역할을 이어받았고, 민 진은 다락방 은신처로 쫓겨나듯 몸을 숨겼다. 수천 명이 목숨을 잃었으며, 수 치는 가택연금을 당했다. 그로부터 11년이 지난 지금도 그녀에게 허락된 외출처는 지금 우리가 앉아있고 길 건너 병사들이 대문을 지키고 있는 이 건물뿐이었다.

인터뷰를 끝내기 전에, 그녀는 군부가 자신의 배를 불리려고 농촌 사람들을 가스관 작업에 투입해 노예처럼 착취하고 있다고 말했다. 이를 알게 된 미국의 자원 봉사 변호사들이 공해 상에서의 범죄로 해적들을 기소할 수 있는 100년도 더 된 법률을 찾아주었다. 이 법을 이용하면 캘리포니아 소유의 가스 회사와, 잘하면 장군들에게도 책임을 물을 수 있을 터였다. 그러려면 미국의 연방 대법원까지 사건을 끌고 가야 할지도 몰랐다. 지구 반대편에서 버마 주민들을 위해 대신 싸워주는 것이다.

나는 그녀의 이야기에 완전히 매료되었다. 이 자그마한 여성이 무자비한 군부를 물리치기 위해 길거리에서며 법원에서며 비폭력적인 싸움을 펼쳐 나가다니. 하지만 지금 그녀는 여전히 가택연금 상태였다. 아직 군정을 넘어뜨리지도 못했다.

그녀의 말이 아래층 빈 방보다 더 멀리 퍼져 나가게 하려면, 필름을 분해해서 숨겨야 했다. 우리가 플라스틱 케이스를 여는 동안, 수 치는 옥스퍼드 대학에서 티베트학을 가르치던 남편 마이클이 몇 개월 전에 암으로 사망한 이야기를 들려주었다. 그녀의 두 아들은 아직 학생인데, 부모 중 어느 쪽도 곁에 없는 상태였다. 군부는 그녀가 원하면 언제든 버마를 떠나게 해주겠다고 약속했다. 남편이 세상을 뜨기 전에 그에게 갈 수도 있었다. 지금 당장 슬픔에 잠긴 두 아들을 찾아가 안아줄 수도 있었다. 하지만 지금 떠나면 다시는 귀국할 수 없다는 걸 그녀는 잘 알고 있었다. 나는 영국의 한적한 교외 주택에서 어머니 대신 신문 기사를 스크랩하고 있을 그녀의 아들들을 상상해보았다. 지금 그들의 마음을 사로잡고 있는 건 원망일까 자랑스러움일까. 러시아에 있는 우리 아버지와 고등학교 졸업식 때 비어 있던 아버지의 자리가 생각났다.

필름이 플라스틱에서 분리되자, 나는 그것을 볼펜 케이스에 넣으려고 했다. 그러자 수 치가 내 손을 붙들었다. "거기는 유인용 필름을 넣도록 해요. 쓸모없는 필름을 숨겨놓고 저들이 압수에 성공했다고 착각하게 하는 거죠." 그러더니 자비로운 대모처럼 조용히 덧붙였다. "여기서 가지고 나가야 할 진짜 촬영분이 담긴 필름은, 대자연이 더 나은 은신처를 이미 당신 안에 마련해두었어요." 그녀는 인터뷰 필름을 탐폰보다 작은 실린더에 넣고는 비닐 랩으로 봉인했다. 그리고 내게 건네주며 말했다. "화장실은 복도 왼쪽에 있어요."

약 15분 후, 정문을 통해 밖으로 나가자, 병사들이 이미 초소를 지키고 있었다. 우리가 나오는 모습을 찰칵 하고 찍는 금속성의 셔터 소리가 들렸다. 우린 뒤를 돌아보지 않았다. 군인들이 붙잡지만 않으면 택시를 탈 수 있을 거라는 수 치의 말에 따라 큰 길을 향해 걸음을 옮겼다.

내 안에 숨겨진 필름의 내용은 경제나 내전에 대한 일반적인 논평을 뛰어넘는 것이었다. 그것은 버마 국민들에게 이대로 포기하지 말아달라고, 다시 일어나 달라고 요청하는 간절한 부르짖음이었다. 지난주 군부에게 선수를 빼앗겨 수많은 이들이 투옥된 이후로, 수 치가 내놓는 가장 선동적인 연설이었다. 이 말이 사람들의 귀에 들어가게 하는 건 이제 우리에게 달려 있었다.

"저기 택시가 온다." 대릴이 말했다. 하지만 거기까지 가기도 전에 군용 픽업트럭이 우리 앞에 멈춰 서더니 총을 든 남자가 소리쳤다. "어서 타."

민 진은 이렇게 당부했었다. 만약에 군인들에게 잡히면 고분고분하게 순종하라고. 격렬하게 저항하거나 옳고 그름을 따지며 분노하면 안 된다고. "네가 무사히 빠져나오면 그것만으로도 우리가 승리하는 거야. 영상까지 들고 오면 더 좋고." 그리고 이런 말도 했다. "놈들의 발에 침을 뱉고 싶어서 입이 근질거려도, 목적을 위태롭게 할 만한 행동은 절대로 해선 안 돼."

우리가 트럭 뒤편에 올라타자, 군인들이 뒤에서 방수천을 잠갔다. 손끝에서 맥박이 파닥거렸다. 교통사고로 차가 충돌하기 직전처럼 모든 게 느려지는 기분이었다.

트럭 뒤에 있는 건 우리 둘뿐이었지만, 우리는 본능적으로 아무 말도 하지 않았다. 나는 차가 몇 번을 꺾는지 외우기 시작했지만, 몇 분이 지나자 포기하고 말았다.

마침내 차가 멈춰서고 엔진이 꺼졌지만, 여전히 도심의 차량 소리가 귀에 들려왔다. 그렇게 멀리 오지는 않은 것이다. 인세인 교도소나 랑군 외곽의 수용소 같은 데는 아닌 게 분명했다. 안도감에 양팔이 다 저려왔다.

군인들이 차에서 내리는 소리가 들렸다. 잠시 후, 방수천이 열렸다. 낯선 호텔 앞이었다. "가서 짐 챙겨와." 키가 큰 군인이 말했다.

"여긴 우리 호텔이 아닌데." 대릴이 대꾸했다.

두 병사는 잠시 자기들끼리 버마어로 이야기를 나누었다. 그러더니 다시 방수천을 닫고 앞좌석에서 기다리고 있던 운전사에게 갔다. 트럭이 기우뚱거리며 출발했다. 시간을 벌려던 걸까? 아니면 진짜 실수였나? 우리가 짐을 챙겨 나오면 그 다음엔 어떻게 될까? 대릴이 내 눈을 똑바로 쳐다보았다. 아무 일도 없을 거라고 눈빛으로 말해주고 있었다.

술레 파고다를 지나는지 사원의 시끌벅적한 소음이 들려왔다. 잠시 후에는 아웅산 시장의 노점상들이 고래고래 소리를 질러댔다. 2주 전만 해도 처음 와보는 낯선 도시였는데, 이제는 거리의 소음만으로도 어디를 지나는지 알 수 있었다. 방수천 너머로 승려와 상인, 군인과 어머니들의 소리가 들려왔다. 모두가 총을 든 미치광이에 의한 희생자였다. 나도 모르는 사이에 나는 이들 모두를 사랑하게 되었다. 찻집에서 게임을 하고 있는 아이들이 자기들 앞을 지나는 우리 트럭을 구경하고 있을지 궁금했다.

차가 다시 멈춰서고 방수천이 열리자, 우리 호텔의 진입로가 보였다. 대릴이 영국인답게 냉소적인 미소를 지어 보였다.

"짐을 챙겨와요?" 그가 물었다. 키 큰 병사가 고개를 끄덕였다. 대릴의 농담에 짜증이 난 것 같았다. 하지만 그런 작은 농담이 우리가 아직 우리의 본질을 잃지 않았다는 걸 상기시켜주었다. 나는 대릴의 손을 꼭 쥔 채, 군인들을 뒤에 달고 우리 방으로 향했다.

그들은 제일 먼저 눈에 보이는 돈을 전부 수거해갔다. 그러고도 더 가진 게 없느냐고 묻기에, 우리는 구깃구깃한 지폐 몇 장을 더 꺼내주었다. 키 작은 병사가 얼만지 세지도 않고 그대로 잡아채갔다.

"출국세야." 그가 말했다.

가방 주머니에 들어 있는 유인용 필름이 보였다. 내 몸 안에 있는 진짜 필름이 느껴졌다. 몸수색을 하지는 않을지 걱정이 됐다. 하지만 그들은 우리를 다시 트럭에 밀어 넣고는, 우리 짐도 옆에 던져 넣었다. 슈웨다곤 파고다와 인레 호수의 소리가 들리는 걸로 보아, 공항으로 가는 길 같았다. 두 지점을 지나는 걸 마음속으로 차례차례 확인하면서, 작은 위안 위에 또 다른 위안이 얹혀졌다. 그러고 나서 세 번째로 방수천이 열렸지만, 눈앞에 나타난 건 터미널이 아니었다.

공항 근처이긴 했지만, 주변의 지형지물로 볼 때 인세인 교도소와도 가까웠다. 옆에 보이는 건물은 그 둘을 섞어놓은 듯한—철조망 울타리로 둘러싸인 비행기 격납고—모습이었다. 평온했던 마음이 순식간에 무너졌다. 우리를 전세기에 태우거나, 괜한 소란이 일어나지 않게 일반 승객들과 별도로 탑승시킬 수도 있다고 나 자신을 타일렀다. 하지만 잠시 후, 우리 픽업트럭 근처에 있던 승합차에서 죄수 한 명이 끌려나와, 얼굴에 헝겊이 씌워지고 두 손은 끈으로 묶인 채 안으로 호송됐다. 한쪽 팔은 살갗 때문에 겨우 붙어 있는 것처럼 축 늘어져 덜렁거렸다. 대릴의 손을 잡고 싶었지만, 그는 이미 저 앞에서 문 쪽으로 밀어 붙여지고 있었다.

내 옆에 있던 군인도 어서 따라오라고 나를 재촉했다. 안에 들어가 보니, 높다란 테이블이 하나 놓여 있고, 간수 몇 명이 그 주위에 옹기종기 모여 있었다. 군복을 입은 채 시멘트 바닥에 앉아 있는 아이들도 10여 명쯤 됐다. 포승줄에 묶인 남자는 거기에 없었다. 나는 그가 끌려 들어갔을 법한 철문을 쳐다보았다. 여긴 뭐하는 곳이지? 우리가 여길 나갈 수 있을까?

군인들이 나지막히 플라스틱 의자에 앉으라고 지시했다. 키 작은 병사가 우리 사이에 웅크리고 앉았고, 키 큰 병사는 테이블로 가서 담배에 불을 붙였다.

그렇게 몇 시간이 흘렀다. 나는 소년병들이 카드놀이를 하는 걸 지켜보았다. 9살이나 10살쯤 됐을까. 아이들이 입은 소형 군복에는 어깨에 작은 견장이 달려 있었다. 그중 한 명은 셔루트를 피우고 있었다. 버마 거리 어디에서나 손에 넣을 수 있는 담배였다. 아이는 음료수 병에 재를 털어 넣었다. 각자 자기 총이 한 자루씩 있어서 벽에 기대어 놓거나 무릎에 올려놓고 있었는데, 끝에 달린 단검까지 치면 아이들의 키보다 길이가 길었다. 그들은 누구 하나 웃는 법이 없이 연달아 게임을 이어갔다. 저마다 손동작에 따라 몸을 들썩였다. 눈빛은 마약과 상실감으로 흐릿해져 있었다.

간수들이 들어왔다 나갔다 했다. 이따금 소리도 질렀다. 하지만 대부분은 종이 뭉치만 이리저리 뒤적였다. 간수 한 명이 방에서 새로운 죄수를 데리고 나와 멀리 있는 방까지 마구잡이로 밀고 갔다. 문 너머에서 때때로 고통스러운 비명이 들려왔다. 군인 한 명이 우리를 돌아보고 씩 웃으며 "자동차 배터리."라고 말했다. 그 말을 믿어야 할지 말아야 할지 알 수 없었다. 어렸을 때 외삼촌이 점퍼 케이블을 잘못 꽂아 차에서 작은 불꽃이 터졌던 게 기억났다. 내 몸에 그런 전압이 흐르면 얼마나 아플지 상상해보았다. 나도 비명을 지르게 될까.

몇 시간 후, 우리는 문 안쪽으로 끌려갔다. 베이지색 타일이 깔린 복도가 좌우로 뻗어 있었다. 우리는 따로 떨어져 각자 다른 방에 들어갔고, 문은 바로 잠겨버렸다. 순식간에 벌어진 일이었다. 조금 전까지만 해도 함께였는데, 다음 순간 덩그러니 혼자 남겨졌다.

방 안에 있는 물건이라곤 의자 하나와 냄비 하나뿐이었다. 침낭은 없었다. 돗자리도 없었다. 장기수용을 위한 시설로는 보이지 않았다. 나는 한참 동안 감방 안을 빙빙 맴돌았다. 그러다가 바닥 한가운데 앉아 눈을 감았다. 마음속으로 가족들에게 내가 어디에 있는지 전달하려고 애썼다. 민 진에게도 내가 무사하다는 메시지를 보냈다. 저들에게 강간당하지 않게 해달라고 하나님께 기도했다.

이따금씩 정적을 뚫고 잔인하거나 고통에 찬 비명이 들려왔다. 며칠은 지난 것 같았지만 나중에 알고 보니 24시간이 채 되지 않아서, 군인 한 명이 문을 열고는, 내가 따라 나가도 된다고 알아차릴 때까지 가만히 서 있었다. 우리는 다시 제일 큰 방으로 이송됐다. 대릴이 거기에 있었고, 우리 두 사람의 여권도 보였다. 바닥에는 우리 짐 가방의 잔해가 널브러져 있었다. 볼펜은 사라지고 없었다. 가방의 안감은 전부 난도질이 돼 있었다. 처음 보는 간수가 우리 비자에 뭔가를 휘갈겨 쓰더니, 여권을 탁 접어서 우리에게 돌려주었다. 잠시 눈앞이 흐려졌다. 나는 눈물을 참았다. 안도의 눈물이었다. 여기에 남겨놓고 가야 하는 죄수를 위한 슬픔의 눈물이기도 했다.

격납고 밖으로 나가자, 동 트기 전의 마지막 어둠이 깔려 있었다. 어느새 더 많아진 트럭에는 죄수들 대신, 버려진 장난감 같은 무기가 잔뜩 쌓여 있었다. 나는 그 트럭들과 총 무더기와 철조망이 쳐진 바리케이드를 눈에 담았다. 저들은 고작 팻말을 들고 구호를 외치는 어린 대학생들을 잠재우겠다고 이 모든 폭력과 완력을 동원했다. 진실을 말하는 여자 한 명의 입을 막겠다고 이 모든 권력을 휘둘렀다. 내 안에 안전하게 자리 잡은 수 치의 말들이 느껴졌다. 오늘 패배한 건 군부였다.

● ● ●

방콕에 착륙하자, 민 진이 코 마와 다른 오두막 동지들과 함께 우리를 기다리고 있었다. 그들은 흔들리는 눈빛으로 비행기에서 내리는 우리를 바라보았다. 함께 어둠과 맞서 싸웠다는 동지애가 모두를 하나로 묶어주었다. 민 진이 안내한 식당에는 나무들이 바닥을 뚫고 자라나 있었다. 부자연스러울 만큼 알록달록한 칵테일을 마시며, 우리는 민 진의 질문에 수 치와의 인터뷰와 군인들에게 잡힌 일, 철조망 울타리가 쳐진 비행기 격납고에 대해 말했다. 하나씩 이야기를 풀어낼 때마다 흥분과 절망감이 교차했다.

다음 날 아침, 우리는 수 치와의 약속을 지키기 위해 BBC 라디오 방콕 지부의 문을 두드리고, 그녀의 인터뷰를 버마에 단파로 방송해줄 수 있는지 물었다. 그들은 우리의 자만심과 선의를 재보듯 일 분쯤 빤히 바라만 보았다. 그러다가 젊은 호주 출신 직원이 입을 열었다. "좋아요, 한번 해봅시다." 우리는 방송국 기술자들과 함께 필름을 재구성해서 녹음을 들어보았다. 버마 밖에서 수 치의 목소리가 울려퍼지는 건 거의

1년 만의 일이었다.

BBC가 인터뷰를 방송하고 얼마 지나지 않아, CNN에서 전화가 와서는 수 치의 말들이 랑군 시민들의 사기 진작에 어떤 영향을 미쳤는지 궁금하다며 내 의견을 구했다. 민 진은 여태껏 은신처에 숨어 지내는 동안 새로운 강령을 듣는 게 자신에게 얼마나 큰 의미였는지 가르쳐주었다. 그것은 그의 임시 감방 너머에서 저항의 불꽃이 계속되고 있다는 증거였다. 나는 국경을 따라 수백 마일에 걸쳐 다락방과 지하실, 창고에 숨어 있을 수백 명의 저항군 전사들을 떠올렸다. 이번 라디오 방송이 그들에게 얼마나 큰 힘을 불어넣었을지 상상해보았다. 그리고 태어나서 처음으로, 세상을 단순히 관찰하는 게 아니라 실제로 변화시키는 황홀감을 맛보았다. 영원히 이 순간에 머물고 싶었다. 하지만 9월이 거의 다 끝나가고 있었다. 옥스퍼드에서의 새 학기가 시작될 시기였다. 게다가 내가 구금됐었다는 소식을 들은 후로 엄마가 극도로 염려하고 있었다. 집으로 돌아가는 수밖에 없었다.

민 진은 공항에서 내게 작별의 입맞춤을 해주었다. 비행기 창밖으로 사랑스러운 정글이 아스라이 사라지는 걸 바라보며, 내가 살아 있다는 걸 느꼈던 나의 첫 경험도 희미하게 멀어져갔다.

07

나는 론지[●] 차림에 버마식 슬리퍼를 신고 옥스퍼드 교정
에 들어섰다. 영국스러움의 결정체인 이곳에서 나는 별난 아
웃사이더였다. 그럴수록 민 진과 토크빌의 기억을 나는 더욱
세게 부둥켜안았다. 기숙사 방에 숨어 CNN 편집자들과 이야
기를 나누는 게 나의 유일한 낙이었다.

내가 옥스퍼드를 선택한 건, 이곳의 유명한 국제법 프로그
램을 활용해 수 치와 민 진의 발자취를 따르고, 언젠가 힘없
는 사람들을 대신해 폭정에 대항하는 나만의 역할을 다하기
위해서였다. 하지만 개념적인 강의만이 이어졌고, 이곳은 자

---

● 긴 치마 형태의 옷

유의 전사들을 길러내는 대장간이 아닌 사교계의 살롱 같다는 생각이 점점 강하게 들었다. 나는 매주 과제로 에세이를 쓰고 개별지도 시간에 억지로 참석했다. 저명하고 괴팍한 교수들과의 일대일 세션은 셰리주와 코담배를 권유받으며 시작해서, 지금까지 논의한 내용은 현실 세계에 하나도 반영되지 않을 거라는 강한 의심만 품은 채 끝이 났다. 저녁이면 펄럭이는 대학 가운을 걸쳐 입고 비척비척 식당으로 향했다. 대성당풍의 높은 천장과 비에 얼룩진 스테인드글라스 창문들 사이로 유화 작품이 화랑처럼 늘어선 곳이었다. 나는 부자들 사이에 앉아서 버마 찻집의 나지막한 의자와 민 진의 오두막 바닥에 펼쳐놓고 먹던 대충 만든 음식들을 그리워했다.

겨울잠이라고 할 수밖에 없는 이 시기가 몇 개월쯤 지났을 때, 한 선배가 내 방문을 두드리고 들어와 에밋 피츠제럴드라고 자신을 소개했다. 3학년들이 신입생을 한 명씩 맡아 대학 내의 온갖 전통적인 규칙과 관습을 가르쳐주는, 이른바 나의 대학 '할아버지'라는 것이었다. 아일랜드 사람인 그는 조각 미남으로, 농담을 하다가 씩 웃으면 와인 향이 퍼지는 듯했다. 옥스퍼드 내의 파벌을 벤 다이어그램으로 그려봤을 때, 우리 사이에 자연스러운 교집합이 생겨날 확률은 0에 가까웠다. 그런데도 우리는 저녁마다 내 방에서 세상 어느 기숙사에서도 필연적으로 발생하게 돼 있는 철학 논쟁에 빠져들었다.

식물도 의식이 있을까? 일면식도 없는 사람 수천 명과 자신의 여동생 중 한쪽의 목숨만 구할 수 있다면 어느 쪽을 선택할 것인가? 이 모든 것은 시뮬라시옹인가?

내 방에서 우리는 동등했다. 하지만 문밖에 나서면 그는 조정 선수고 나는 아무것도 아니었다. 그는 예쁜 여자들과 데이트를 하고, 나는 방안에만 머물렀다.

그럼에도 그와 함께 철학과 웃음이 가득한 저녁을 보내면서 내 갑옷에도 서서히 구멍이 뚫렸고, 친구를 한번 사귀어볼까 생각하기 시작했다. 그러다가 상냥한 남아프리카인인 앤서니를 만났다. 그의 아버지는 테디베어 가게를 운영했고, 어머니는 학교 교사였다. 둘이 함께하는 밤이 이틀이 되고, 삼일이 되면서, 미처 의식하기도 전에 우리는 서로의 그림자가 되어 있었다. 그는 민 진이 아니었을 뿐만 아니라 그렇게 되려고도 하지 않았고, 첨탑과 돌로 된 비밀스러운 왕국에서 우리는 서로의 보살핌 속에 둘만의 쉼터를 발견했다.

앤서니를 따라 조정 경기장에서 핌스*를 마시고, 가장무도회에서 코스튬 차림으로 춤을 추면서, 버마에서의 추억은 내게 위로가 아닌 절망의 원천이 되었다. 버마의 학생들은 군부에 의해 파리 목숨처럼 스러져가고 있는데, 우리는 거들먹

---

* 진을 베이스로 한 과일주 – 역주

거리며 파티나 하고 있는 게 말이 되는가? 앤서니는 내게 웃음을 찾아주려고 애썼다. 그를 따라 대학가 술집에도 가보았지만, 거기서 벌어지는 바보 같은 술 마시기 게임들은 나를 더 깊은 수렁으로 밀어 넣었다. 어느 날 밤, 나는 앤서니가 내 방에 남겨둔 위스키를 전부 입에 털어 넣었다. 세상의 아픔을 느끼며 사는 게 너무 힘들다고 그에게 편지를 썼다. 그런 다음 왼쪽 손목을 칼로 그었다.

생각보다 피가 많이 흘러나와 내 숙제를 빨갛게 물들였다. 법전 위에 떨어진 핏방울이 둥그렇게 퍼져 나갔다. 민 진이 생각났다. 사형선고를 받고 다락방으로 피신한 그는 동포들을 위해 싸우겠다는 일념으로 기나긴 침묵의 세월을 보냈다. 내가 얼마나 바보 같은 짓을 했는지 퍼뜩 깨달았다.

나는 얼른 수건으로 손목을 세게 누르며 아래층으로 뛰어 내려가서는, 기숙사 밖으로 뛰쳐나가 도움을 청했다. 상처를 꿰매고 돌아와보니, 앤서니가 방에서 기다리고 있었다. 다음 날 아침, 그는 어젯밤 내 방에 들어와 피투성이가 된 쪽지를 발견한 이야기를 해주었다. 기차에 치이는 것처럼 고통스럽다고 횡설수설 적어놓은 걸 보고 내가 기차에 뛰어들 거라 확신했고, 경찰서에 전화해 옥스퍼드셔를 지나는 모든 기차의 속도를 시속 5마일로 늦춰달라고 사정했다고 한다.

에밋도 나를 찾아왔다. 그는 아일랜드인답게 새파란 눈으로 피가 말라붙은 내 편지를 한참 들여다보았다. 그리고 나를 돌아보며 말했다. "이봐, 애송이. 넌 쿵푸를 좀 배워야겠다. 세상의 고통이 온몸으로 느껴져서 두드려 맞은 것처럼 아프다는 거잖아? 퍽! 하고, 다른 사람들보다 훨씬 크게 반응하는 거지. 그런 충격을 일일이 다 받아들이면 매번 쓰러지고 말 거야. 하지만 쿵푸 고수들은 그렇게 자신에게 가해지는 힘을 바로 다음 동작으로 돌려버려. 강한 공격을 받을수록 더 큰 힘을 실어 보낼 수 있지. 너도 쿵푸를 연습해봐. 그럼 슈퍼 파워로 무장할 수 있을 거야."

일주일 후, 캠퍼스 중앙 뜰을 지나다가 국제사면위원회의 전단지를 보았다. 나는 전화번호가 적힌 종잇조각을 뜯어서 뒷주머니에 찔러 넣었다. 그해가 끝날 때까지 나는 가벼운 마음으로 활기차게 일했다. 학교 신문에 인권에 관한 글을 기고하고, '옥스퍼드 유니언'의 토론 행사를 기획했으며, 학생회관을 위한 캠페인을 조직하고, 양심수들을 위한 기금을 모금했다. 스펀지처럼 고통을 빨아들이며 그 안에 잠식돼버리는 일은 서서히 줄어들었다. 나 자신을 고통을 소화시켜 행동으로 변환시키는 컨버터로 의식하기 시작했다.

　　· · ·

　　2학년에 올라가서, 하루는 우편함을 열어 보니 어느 교수가 쓴 쪽지가 들어 있었다. 옥스퍼드 중심가에 있는 '퍼글 앤 퍼킨'이라는 술집에서 만나자는 내용이었다. 나는 교수와 그의 졸업한 제자 두 명과 함께 술집 위층의 초록색 벨벳 소파에 앉았다. 20대인 그의 제자들은 내게 태국 여행에 관해, 버마의 군부와 맞닥뜨렸던 경험에 대해 물었다. 그러더니 세상을 더 나은 곳으로 만들겠다고 결심한 사람 같다고 나를 평가했다. '알 카에다'라는 단체를 알아? 나는 아프리카 폭탄테러와 USS 콜 사건으로 이름은 들어봤다고 답했다. 그럼 탈레반은? 나는 그들이 거대한 불상을 폭파하기 전에 언론에 발표한 이상한 성명을 보았다고 말했다. 그러면서 탈레반 전사들이 어찌나 앳돼 보이는지, 다른 생에서는 여기 옥스퍼드에 다녔다고 해도 이상할 게 없을 것 같았다고 덧붙였다. 그들의 눈을 들여다보고 싶어서 TV 화면을 뚫어지게 응시했다는 말도. 두 사람은 서로 마주보며 웃었다.

　　대학 졸업 후에 무슨 일을 할지 생각해보았느냐는 질문에, 나는 그렇다고, 동남아시아에서 난민들을 돕는 일을 제안 받았다고 솔직히 말했다. 그들은 정중하게 고개를 끄덕이더니, 자기들이 다른 가능성을 제안해보고 싶다고 했다. 탈레반과

108

알 카에다 같은 극단주의자들이 앞으로 어떤 위협을 야기할지 알아내려면 나 같은 사람이 필요하다는 거였다. 하나의 시민사회가 얼마나 빨리 무너질 수 있는지 보통 사람들은 이해를 못하지만, 나는 '그쪽'에 살아봤으니 잘 알고 있을 거라면서. 그들이 말하는 '그쪽'은 샐러드 포크를 놓는 위치 같은 규범을 벗어난 어딘가를 뜻하는 것 같았다. 이야기를 들으면 들을수록 나는 그들이 싫어졌다. 그들은 자기들에게 힘을 보태줄 수 있을지 생각해봐달라고 했다. 이미 외국 정권에 침투해본 적이 있으니, 그런 걸 자기들을 위해 해주면 안 되겠냐면서. 그러면서 비밀 정보의 중요성을 강조했지만, 내 머릿속에 떠오르는 건 아버지의 안전 금고와 내 방바닥에 드러누워 '에브리바디 허츠'를 듣던 엄마의 모습이었다.

나는 딱 잘라 말했다. "전 그런 첩보 영화 같은 건 믿지 않아요." 그리고 덧붙였다. "맥주는 잘 마셨습니다."

그들에게 다시 연락이 오는 일은 없었다. 어디 소속이었는지도 결국 알 수 없었다—MI5(영국 국내 비밀정보국), MI6(영국 대외 비밀정보국), GCHQ(영국 정보통신부). 가끔 학교 식당의 교직원 테이블 쪽에서 그 교수님의 얼굴을 얼핏 보는 게 전부였다.

그해 봄, 학내의 유명한 토론 클럽인 '옥스퍼드 유니언'에서 내게 게스트 의전 담당을 맡아달라고 제안했다. 공항이나 기차역으로 초청 연사들을 마중 나가 호텔까지 데려다주고, 저녁 식사를 함께하며 다음날의 일정을 설명해주는 일이었다. 나는 토론의 리듬과 열정, 대립하는 양쪽에 동일한 시간을 부여한다는 원칙, 청중 앞에 선 사람이 건전한 의견을 개진하는 한 배경에 상관없이 모두를 존중한다는 전제 조건 등에 푹 빠져들었다. 제퍼슨적이고 고귀한 정신이었다. 정글에 있던 민 진의 책에 묘사되고 밑줄 그어져 있던 것도 바로 이것이었다. 하지만 유니언의 회장 선거를 앞두고 각종 책략에 짜릿해한 것도 잠시, 앤서니가 회계 담당으로 출마하자 제퍼슨적인 고귀함은 온데간데없이 사라지고 온갖 추태와 뒷거래가 눈에 들어오기 시작했다.

나는 작은 글씨로 쓰인 원칙과 규정이 유권자의 목소리를 무시하는 데 사용될 수 있는 다양한 방법을 목격하게 되었다. 교만과 잠재력의 가마솥 안에서 튀어나온 출세지향적인 정치가와 변호사들은 자기가 추천하는 후보에게 어떤 불가사의한 전략적 이점을 부여하기 위해 의사 진행 규칙상의 모순만 골라서 지적했다. 떠벌리기 좋아하고 허점을 잘 찾는 사람이 유리할 수밖에 없었다. 게임이 끝날 때쯤이면 이미 다음 라운드가 링에 올라와서, 다음 임기를 노리는 후보들이 학교 앞 술집에서 맥주잔을 들고 귓속말을 나누었다. 각 라운드 사이에 실제로 자치 활동을 할 시간 따위는 없었다. 이곳을 진짜 돌아가게 하는 건 후미진 사무실에서 머리에 연필을 꽂고 일하는 이름 없는 직원과 자원봉사자들이었다. 2001년 여름, 앤서니와 나는 그런 파워게임에서 도망쳐 나와, 스레브레니차 대학살로 고아가 된 보스니아 아이들을 돌보러 떠났다. 나는 20살이었고, 전쟁 직후의 삶을 직접 살아본 것도, 폭력이 어린 아이들의 사고 회로를 어떻게 바꿔놓는지 목격하는 것도 처음이었다. 이곳 아이들은 자기 아버지가 얼마나 잔인하게 죽임을 당했는지 서로 경쟁하듯 이야기했다. 마치 미국 아이들이 자기 아버지가 더 좋은 미식축구 표를 구해줬다고 싸우는 모습 같았다. "우리 아버지는 숟가락으로 눈알이 파였어." 한 소년이 자랑스럽게 말했다. 아이들은 학교에 칼을 가져왔다. 그리고 크로아티아 아이에게 돌을 던졌다. 6살밖에 안 된 여자아이에게. 하지만 그런 이면에는 이제 6살과 13살이 된 내 여동생들을 떠올리게 하는 뭔가가 있어서, 그들이 목격해야만 했던 참상을 생각하면 가슴이 아팠다. 마지막 밤에, 우리는 청소년 센터 체육관의 농구 코트에 담요와 베개를 깔아놓고 밤샘 파티를 했다. 6살짜리 크로아티아 소녀는 내 무릎으로 기어 올라와 잠이 들었고, 개중 나이 많은 아이 하나는 아버지의 폭력성을 물려받게 될까 두렵다고 고백했다. 영국으로 돌아오는 기차 안에서 나는 태국 난민캠프에 편지를 써서, 졸업 후에 함께 일해달라는 그들의 제안을 수락했다.

●●●

옥스퍼드에서의 마지막 학기를 앞둔 2001년 가을, 나는 엄마와 여동생들을 보러 워싱턴 D.C.의 집으로 향했다.

하루는 조지타운에 있는 우리 집 계단에서 커피를 홀짝이며, 건너편 공원에서 골든 리트리버인 샘을 산책시키는 엄마를 지켜보고 있었다. 그때, 이웃집 차인 폭스바겐 래빗이 정지 신호에 멈춰 섰다. 자동차 지붕이 열려 있는 상태였다. 이웃 남자는 얼굴이 하얗게 질려 있었다. "TV 뉴스를 틀어봐요." 그가 말했다. 내가 TV를 켜자마자 두 번째 비행기가 건물에 충돌했다.

동생들은 국립 대성당 부지에 있는 학교를 다녀서, 아메리칸 항공 77편이 펜타곤에 정면충돌한 직후에 교정 밖으로 대피했다. 엄마와 나는 샘을 우리 지프차에 태운 다음, 극심한 교통 정체를 뚫고 동생들을 데리러 달려갔다. 라디오에서는 전쟁이 발발했다고 방송했고, 포토맥 강 너머에선 검은 연기 기둥이 솟아올라 하늘 위로 퍼져 나갔다. "사태가 파악될 때까지 워싱턴 밖에 나가 있자." 동생 둘을 모두 찾고 나서 내가 제안했다. 우리는 교외에 문을 연 유일한 식당인 데니스 Denny's에 들어가 TV 뉴스를 시청했다. 머리가 빙빙 돌았다. 이 땅에 전쟁이 일어난 것이다. 나는 교복 차림으로 머리를

단정히 땋아 내린 여동생들을 바라보았다. 그리고 보스니아
에 있던 아이를 떠올렸다. 아이의 아버지와 숟가락과 눈알을.

어린 시절 친구인 리사도 이즈음엔 워싱턴에 살고 있었다.
우리는 바로 다음날 리사의 낡아 빠진 트럭을 몰고 둘이서 뉴
욕으로 향했다. 우리가 가야 할 이유는 없었다. 상처에 손가
락을 대보는 것 같은 본능적인 행동이었다. 뉴저지 턴파이크
고속도로부터 연기가 보이기 시작했다. 홀랜드 터널 입구의
톨게이트에 도착했을 때, 리사는 지갑을 놓고 왔다는 걸 깨닫
고 훌쩍이기 시작했다. 창구 안에 있던 여자도 같이 울었다.
그녀는 손을 흔들어 우리를 통과시켜주었다.

강 건너 다운타운의 길거리는 고등학교 역사책에서 본 히
로시마처럼 잿빛으로 뒤덮여 있었다. 가로등과 담벼락마다
빼곡히 붙어 있는 전단에는 누군가의 얼굴 사진이 보이고,
'사람을 찾습니다'라는 글자가 대문자로 쓰여 있었다. 울부짖
는 가족들의 절망적인 기도였다. 우리는 잿더미를 따라 남쪽
으로 걸어갔다.

그라운드 제로에서 몇 블록 떨어진 곳부터는 도로가 폐쇄
되어 더 이상 다가갈 수 없었다. 우리는 몇 시간째 말이 없었
다. 서로의 얼굴만 바라보고 있을 때, 바리케이드를 치고 있
는 소방관들이 눈에 들어왔다. "저희가 할 만한 일이 없을까
요?" 내 물음에 그는 포장을 뜯지 않은 물병들이 쌓여 있는

급수소를 가리켰다. 방호복과 호흡기를 착용한 응급 요원들이 공포에 질린 눈빛으로 몇 번씩 근무를 교대했다. 그중 한 명은 주변 동료들이 일하는 가운데 혼자만 빨간 테니스화를 집어 들고 멍하니 응시했다.

옥스퍼드로 돌아간 나는 자꾸만 악몽을 꾸고, 어딜 가나 연기 냄새를 맡았다.

• • •

이듬해 1월, 대니 펄이 카라치에서 납치됐다.

대니는 지난 몇 년간 내가 영웅처럼 생각해온 신문기자였다. 개인적으로 아는 사이는 아니었지만, 몇 번 마주친 적은 있었다. 워싱턴에서 내가 아직 고등학생이고 그가 〈월스트리트 저널〉의 햇병아리 기자였을 때였다. 그리고 나중에 동남아시아에서 내가 처음 기사를 쓰기 시작했을 때, 그는 내 글을 읽고 자상하게 조언해주었다. 나는 그의 느긋하면서도 강인한 성격을 늘 존경했다. 그는 이스라엘계 미국인이면서 파키스탄인들의 삶에 대해 공감하는 글을 써왔다. 그런 그가 결박당한 채 목덜미에 총이 겨눠져 있고, 그의 아내―첫 아이를 임신한―와 동료들은 그를 찾기 위해 미친 듯이 수소문을 하고 있었다.

그는 최근에 리처드 리드에 대해 조사하는 중이었다. 크리스마스 3일 전, 신발 안에 폭발물을 쑤셔 넣고 파리에서 마이애미로 향하는 아메리칸 에어라인 비행기에 탑승했던 영국인이었다. 대니는 사건의 열쇠를 쥐고 있었다. 리드와 친한 성직자가 카라치의 한 식당에서 그를 만나주겠다고 했다. 하지만 막상 도착해보니 보안상의 이유라며 약속이 취소돼 있고, 누군가가 그를 모르는 차에 태워 파키스탄 뒷골목으로 끌고 갔다.

그때부터 사진이 올라오기 시작했다. 대니가 쇠사슬 감긴 손목으로 들고 있는 신문에는 발행인란 밑에 매일 새로운 날짜가 찍혀 있었다.

그는 월스트리트 저널의 남아시아 지국장이었다. 나는 신문사에서 그의 무사 귀환을 위해 뒤에서 열심히 손을 쓰고 있을 거라 믿으며 불안한 마음을 달랬다. 그의 생존을 증명하는 사진의 옆면에는 공항에서 파는 납치 스릴러 소설의 광고가 들어가 있었다. 그런 소설에서는 몸값만 지불하면 주인공이 집으로 돌아와 아기의 탄생을 지켜보았다. 하지만 몇 주가 지나도 대니가 석방됐다는 소식은 들려오지 않았다.

첫 번째 사진이 게재된 지 4주째이던 어느 날, 나는 대학가의 낡아 빠진 지하 술집으로 터벅터벅 걸어갔다. 겨울 감기에 걸린 터라 바텐더인 렌에게 뜨거운 토디●를 만들어달라고 했다. 그때, 토끼 귀 모양의 안테나가 달린 TV에서 대니가 참수됐다는 자막이 지나갔다. 나는 축구공으로 배를 맞은 것처럼 숨을 쉴 수가 없었다.

그 후로 며칠간, 언론은 대니의 머리가 몸통에서 분리되는 영상만을 편집해 반복적으로 재생했다. 전문가들은 이게 알카에다의 소행인지를 두고 논쟁을 벌였다. 대니가 강요를 받아 중얼거린 성명이 방송되었는데, 그의 인류애 넘치는 세계관과는 거리가 먼 말들이었다. 차마 보고 있을 수가 없었다. 나는 새벽마다 강가로 나가 잔디밭을 산책했다. J.R.R. 톨킨과 C.S. 루이스가 기독교에 관해 토론하며 거닐던 잔디밭이었다. 나는 지금 무슨 일이 벌어지고 있는 건지 알게 해달라고 부르짖으며, 이것을 멈추려면 어떤 삶을 살아야 하느냐고 하나님께 큰 소리로 물었다.

이대로 태국에 가면, 나는 새로운 종류의 전쟁이 세상을 집어삼켰다는 걸 모른 척하며 익숙한 일에 몸을 던질 것이다. 하지만 걸으면 걸을수록, 숨는 건 도움이 되지 않는다는 걸 깊이 깨달았다. "왜?"라는 질문의 답을 찾지 않는 한, 사태의 본질을 몰라 계속 두려워할 게 뻔했다.

나는 조지타운 외교대학의 갈등과 테러 연구 석사과정에

---

● 스코틀랜드에서 감기 예방을 위해 마시는 칵테일 - 역주

지원했다. 합격 통지를 받고나서, 태국 NGO에 연락해 함께 할 수 없게 됐다고 알렸다.

• • •

조지타운 캠퍼스에 들어가자마자, 나는 벤의 장난감 흡혈 박쥐를 책상에 올려놓았다. 어릴 때 이것이 어떻게 작동하는지 알아보려고 아버지와 함께 이 플라스틱 박쥐를 분해했던 일을 상기하기 위해서였다. 내가 박쥐 때문에 악몽을 꾸고, 울면서 부모님을 깨우는 일이 계속되자, 아버지는 바닥에 나를 앉혀놓고 박쥐의 배를 열어 보여주었다. 그리고 부품을 전부 펼쳐놓았다. 눈에 초록불이 들어오게 하는 배터리며 박쥐가 빨아먹은 피처럼 보이려고 커다란 플라스틱 입안에 돌돌 말아놓은 직사각형 모양의 빨간 펠트천 등등. 그날 이후로는 그 박쥐가 무섭지 않았다.

논문 주제를 선택할 시기가 됐을 때, 나는 테러리즘도 흡혈 박쥐처럼 하나하나 분해해서 테이블에 올려놔보기로 결심했다. 국내외에서 200년간 발생한 모든 테러 공격의 데이터를 찾아서 그동안 간과됐던 패턴—물담배 바와 마드라사●의 점

───────

● 이슬람 종교 학교 - 역주

유율, 국경 경비원의 급여가 최저 임금보다 낮은 정도 등—을 찾아내려는 거였다. 나는 과거의 파급효과에 기반해 각각의 변수가 차지하는 비중을 정하고, 그것을 전부 하나의 알고리즘으로 묶어보았다. 그러자 어느 지역의 데이터든 입력만 하면, 그곳이 자기 의사와 관계없이 테러범들의 은신처로 사용될 확률이 즉시 계산돼 나왔다.

나중에야 안 일이지만 조지타운에는 CIA의 임원이 상주하고 있었다. 산타클로스처럼 생긴 댈러스 존스라는 아저씨였다. 그는 이 알고리즘에 흥미를 보이며, 자신의 동료들과 이야기를 나눠보겠느냐고 했다. 이번에는, 그의 친절한 눈매에 이끌려 그러겠노라고 답했다. 인간을 이해하고자 하는 그의 진지한 소망 때문이었는지도 모른다. 그가 소개해준 사람들은 내 마음에 쏙 들었다. 옥스퍼드에서 만난 남자들과는 달리, 이들은 호기심 많고 겸손했으며, '왜'로 시작하는 질문들에 큰 관심을 보였다.

그들은 알고리즘에 사용한 데이터를 어떻게 찾았는지 물었고, 나는 내 참고문헌 목록을 보여주었다. 그들은 모든 정보를 입력했다고 확신하느냐고 물었다. 당연히 아니라고 나는 대답했다. 제일 중요한 정보가 빠져 있었다. 상대의 신뢰를 얻은 후에 차 한 잔을 함께하며 도대체 왜 비행기를 건물에 충돌시키려 하느냐고 물어봐야만 나올 수 있는 정보였다. "제가 알고 싶은 건 그거예요." 내가 말했다.

"우리도 마찬가지야." 그들이 맞장구를 쳤다.

그리고 알링턴에 있는 호텔의 주소와 내가 그곳에 도착해야 할 날짜와 시간을 알려주었다. 그렇게 해서 면접과 시사 상식 시험, 채용 역할 놀이, 언어 적성 시험, 거짓말 탐지기 등의 기나긴 과정이 시작되었다. 그리고 마침내, 나는 스물두 살에 CIA에서 잠정 고용 제의를 받았다. 내가 수락하면 그들은 내게 비밀취급인가권을 부여해도 될지 검토할 것이고, 다양한 해외 경험으로 미루어 나의 합격은 충분히 예상되는 바였다.

이러한 채용 과정 중에 내가 사실을 고백한 사람은 짐이라는 친구밖에 없었다. 나와 같은 조지타운 외교대학 학생이며, 그 역시 CIA에 지원했던 것이다. 우리는 각자의 보안 서류를 넣은 봉투를 들고 동시에 핥았다. 그리고 "이제 꼼짝없이 DNA 샘플을 넘겨줘버렸네." 하며 깔깔 웃었다. 우리는 우리가 걸어 들어가려는 세상의 윤리에 관해 이야기를 나눴다. 서로에겐 뭐든 털어놓기로 약속했다. 그는 '권력 앞에 진실을 말하라'고 쓰인 동전을 내게 선물해주었다. 나는 그것을 내 책상 위 박쥐 옆에 나란히 놓았다.

우리는 채용 보안 검사가 진행되는 여름 동안 동남아시아로 트레킹 여행을 떠나기로 하고, 그 전에 먼저 앤서니가 있는 런던에 들렀다. 앤서니와 나는 일 년째 장거리 연애를 하고 있었지만, 외국 국적인 그에게 CIA에 지원했다는 말을 할 수는 없었다. 저녁 식사 자리에는 자연히 팽팽한 긴장감이 흘렀다. 그는 비밀스러운 공기를 감지하고 짐과 내가 사귀게 됐다고 지레짐작했다. 나는 아니라고 부인했지만, 대화가 내 진로에 대한 주제에 너무 가까워질 때마다 어색하게 말을 끊고 다른 이야기를 꺼냈다. 그는 날 믿어주지 않았고, 결국 우리는 눈물을 흘리며 헤어졌다.

"넌 거짓말을 너무 못한다." 짐이 내게 말했다. "그 부분을 좀 더 연습하도록 해."

우리는 지나가던 낚싯배를 잡아타고 메콩 강을 따라 내려가다 캄보디아 해변에서 노숙하는 아이들과 친구가 되었고, 태국에서 야간 보트를 타고 페낭으로 넘어갔다. 동티모르에 도착한 날은 그들이 인도네시아로부터 공식적으로 독립한 첫 날로, 정부에 아직 새로운 여권 도장이 마련되지 않은 탓에 세관원이 여권마다 직접 볼펜으로 'Hari Merdeka Timor Leste'라고 적어주었다. '동티모르 독립기념일'이라는 뜻이었다.

달리에는 오랜 전쟁으로 남아 있는 호텔이 없어서, 우리는 항구에 정박한 배의 선적 컨테이너에서 지냈다. 대통령궁은 꼭대기 층이 없어졌고, 소 한 마리가 진입로 앞을 어슬렁거리고 있었다. 경비대원들은 재건축에 대해 수다를 떨다가, 새로운 대통령 관저와 보안 기반 시설 등의 설계도를 슬쩍 보여주었다.

"배낭 여행객에게 저런 것까지 보여주다니 놀라운 걸." 그곳을 떠나며 짐이 말했다.

그날 밤, 우리는 콘크리트 부두에 앉아 두 다리를 바닷물 위로 늘어뜨렸다. 옆에서는 찌그러진 발전기가 시끄럽게 덜덜거렸고, 우리 둘 사이에는 빈 맥주병이 놓여 있었다. "그 경비원은 우리를 아무 생각 없는 배낭족으로 본 거야." 내가 말했다. "앤서니는 우리를 이루어질 수 없는 연인으로 보지. 워싱턴은 우리를 똑똑한 스파이로 보고. 우리 부모님은 아직도 방바닥에 세탁물을 늘어놓는 어린애로 봐. 그래서 진짜 우리는 도대체 어떤 모습인지 생각해본 적 있어?"

잠시 침묵이 흘렀다. 짐이 빈 병을 주워들며 말했다. "새로운 맥주 한 병이 절실히 필요한 인간들이지."

●  ●  ●

워싱턴으로 돌아온 일주일 후에, 외할머니가 돌아가셨다. 엄마는 내게 소식을 전하려고 짐의 집까지 차를 몰고 왔지만, 아무 말도 하지 못했다. 눈물범벅이 된 얼굴로 지프차 운전석에 앉은 채, 고통에 잠식된 사람처럼 내가 알아듣지 못할 말만 웅얼거렸다. 나는 장례를 위해 엄마와 함께 유럽으로 날아가서, 고인 접견 의식이 진행되는 동안 엄마의 옆을 지켰다. 검은 고무 받침이 달린 나무 상자에 들어간 할머니의 시신은 작고 뻣뻣하고 창백했다. 장례식이 끝난 후, 크리스천과 나는 차고에서 담배를 피웠다. "입양 서류에 서명하러 오셨을 때, 실은 어머니가 원했던 아이는 내가 아니었어. 하지만 내가 아무것도 모르는 척 선택받은 아이처럼 굴면 좋아하셨지." 크리스천이 말했다.

집에 돌아와보니, 미확인 발신자로부터 암호가 걸린 음성 메시지가 와 있었고, 그 번호로 전화를 했더니 보안 처리가 완료됐다는 소식이 흘러나왔다. 이제 민감한 특수 정보, 약칭 TS/SCI에 접근할 수 있는 일급 기밀 취급 인가를 받은 것이다. 극비에 부쳐진 프로그램이나 최고 보안 등급을 가진 사람도 손댈 수 없는 정보를 열어볼 수 있다는 의미였다. 다음 주에는 버지니아주 랭글리의 123번 국도에 있는 CIA본부에 보고하러 가야 했고, 그 전에 내가 이곳에 지원한 걸 아는 모든 사람에게 탈락했다고 알려야 했다.

나는 술이나 한 잔 하자며 짐을 불러냈다. 그리고 그의 눈을 똑바로 보며 거짓말을 했다.

"그래, 그 사람들이 그렇게 이야기하라고 시켰겠지." 짐이 말했다.

　나는 갑자기 눈물이 터져 나왔다. "나도 차라리 그랬으면 좋겠어."

　짐은 당황한 것 같았다. 내가 우는 모습을 처음 본 것이다. 그는 나를 위로해주었다. 내 말을 믿어주었다. 하지만 난 그를 믿게 하려고 우는 게 아니었다. 나의 진실을 아는 유일한 친구를 잃어버린 슬픔에 흘리는 눈물이었다.

08

내가 사랑하는 사람들 모두 내가 무슨 일을 하는지 몰랐다. 그저 다국적기업에 컨설턴트로 취직된 줄로만 알고 있었다. 엄마를 포함한 가족, 친구들 모두가. 내가 개발한 알고리즘으로 해외 시장의 불안정성을 예측하는 일을 한다고만 말해두었다. 물론 이건 CIA 훈련 중에 임시로 사용할 위장 직업이었다. 앞으로 몇 개월간의 힘든 고비를 넘기면 좀 더 영구적인 직업으로 대체될 예정이었다. 당분간은 조지타운에서 석사과정을 마칠 때까지, 표면상으로는 연방 정부의 관계사에서 평범한 컨설팅 일을 하는 것으로 해두었다. 그럼 내가 자주 산만해지고, 여기저기 바쁘게 오가며, 자꾸 자리를 비우는 이유를 설명하지 않아도 됐으니까. 게다가 대충 들어도 지루한 일이라 누가 꼬치꼬치 캐물을 염려도 없었다.

일주일 후, 처음으로 본부에 보고를 하러 들어갔다. 차에서 내려 보니, 주차장 한 구역에 베를린장벽이 세워져 있어 손으로 가만히 쓰다듬어 보았다. 정문 앞에는 네이선 헤일의 동상이 서 있고, 그 밑에 이러한 글귀가 새겨져 있었다. '조국을 위해 잃을 목숨이 하나밖에 없다는 게 애석할 뿐이다.' 실내에 들어선 나는, 거대한 대리석 표장을 지나, 별이 가득 새겨진 벽면 앞에 섰다. 별 하나하나가 임무 중에 사망한 요원을 상징했다. 그중에 로라처럼 팬암 비행기에서 목숨을 잃은 사람도 있었다. 맞은편 벽에는 두 개의 깃발 사이에 성경 구절이 쓰여 있었다. '진리를 알게 될지니, 진리가 너희를 자유케 하리라.'

나는 안내 데스크에 가서 출근 수속을 밟았다. 데스크 직원은 유니폼 위에 카디건을 걸친 중년 여성으로, 미소 속에 쌀쌀한 기운이 감돌았다. 그녀 앞에는 두 종류의 서류철이 쌓여 있었다. 파란색 서류철에는 이름이 쓰여 있고, 검은색에는 아무것도 없었다. "공작팀 Clandestine Service 훈련생인가요?" 그녀가 물었다.

"그게 뭐죠?" 내가 되묻자 그녀는 빙긋 웃었다.

그러더니 "본인이 거기에 해당하면 이미 알고 있을 거예요." 하며 내 서류철을 집어 들었다. 파란색이었다.

내가 이등 시민이라는 걸 이제야 깨달은 나는, 검은색 서류들에 눈길을 건넸다.

"그 사람들은 저 검은 서류철에 들어 있는 거죠?"

"이렇게 이해하면 돼요. 여기 들어오는 길에 주차장이 얼마나 큰지 봤죠? 매일 수천 명이 이곳으로 출근하는 이유는 단 하나예요. 그들을 지원하기 위해서죠." 그녀는 이렇게 설명하더니 검은 서류철들을 손가락으로 톡톡 두드렸다. "이 사람들을 안전하게 해외로 파견시키기 위해, 현장에서 살해당하지 않도록 지켜주기 위해, 그리고 그들이 보내오는 정보를 분석하기 위해서요. 공작원들은 창끝이에요. 나머지 우리는 그냥 낡고 평범한 나무 손잡이고요." 그녀는 피식 웃더니 판유리로 된 계단이 나 있는 중앙 로비로 나를 안내했다. 벽에는 자유를 외치는 시위대에 의해 끌어내려진 동구권 나라들의 깃발이 늘어서 있었다. 복도의 한쪽 끝에는 제지선 뒤에 자동차 한 대가 전시돼 있는데, 차체가 반으로 갈라져 CIA 요원들이 난민들을 숨겨 베를린장벽 밖으로 출국시키던 비밀 공간이 드러나 있었다.

발소리가 메아리처럼 울려 퍼지는 복도를 지나며 전쟁과 평화, 세계의 역사 그 자체를 보여주는 과거의 사진들을 대면하자, 검은 서류철을 부러워하던 마음이 눈 녹듯 사라졌다. 거의 백 피트마다 한 번씩 손잡이에 암호 자물쇠가 걸린 커다란 철문이 나타났다. 그리고 마침내, 그중 한 문 앞에 멈춰 섰다.

"자, 신입 아가씨, 다 왔어요. 동남아시아 팀이에요. 여기서부터는 당신 팀장이 안내해줄 거예요." 그녀가 문을 열자 책상 여러 개와 타자치는 소리만 가득한 거대한 방 크기의 안가가 모습을 드러냈다. 나의 새 보스는 턱수염을 기른, 자상하고 영리해 보이는 남자로, 코듀로이 바지에 코듀로이 양말을 맞춰 신고 있었다. 나이도 꽤 많아 보여서 은퇴를 코앞에 두었을 것 같았다. 그는 지금 우리가 있는 곳이 민감 특수 정보 시설인 스키프SCIF, sensitive compartmented information facility며, 사전 동의 없이 기밀문서를 저 문밖으로 가지고 나가서는 안 된다고 설명했다.

"문밖이라 함은 구내식당도 포함되네." 그가 말했다. "여기 요원들은 전부 기밀 취급을 허가받았지만, 그렇다고 자네에게 허용된 정보를 남들도 볼 수 있는 건 아니야. 자네 역시 남들의 정보에는 접근할 수 없고. 구내식당에서 식사할 때 대화 내용은 연애 이야기로만 한정하는 게 좋아. 하지만 여기에 연애를 할 만큼 한가한 사람은 없지. 그러니까 식사는 그냥 이 안에서 해."

나는 동남아시아의 알 카에다 분파조직인 '제마 이슬라미야'를 맡아, 외국 정부와 미국의 외교관들, 현장에서 비밀리에 활동하는 우리 공작원들이 매일 수백 통씩 보내오는 외교 전보를 읽고, 이런 정보를 종합해서 의회와 대통령에게 보고할 수 있는 형태로 요약해야 했다. 어렵고 분석적인 일이라 마음에 쏙 들었다. 대신 개인 생활에 시간을 할애하는 건 불가능해졌다. 대통령에게 브리핑하는 요원은 매일 동이 트기 전에 랭글리●에서 백악관으로 출발하기 때문에, 나는 밤마다 내 낡은 지프를 몰고 깜깜한 키 브리지를 건너, 정확히 새벽 3시 30분에 동남아시아의 위협 요소를 그 요원에게 보고했다. 그러고 나서는 하루의 열기가 시작되기 전에 주변을 산책하며 해가 뜨는 걸 구경했다.

그러다가 포토맥 강을 건너 조지타운으로 넘어가면 아직 대학원생이었기 때문에, 일과 학업을 힘들게 병행해야 했다. 밤늦게까지 학교 도서관에서 공부하다가 새벽녘에 랭글리의 내 책상으로 돌아왔고, 수면 부족으로 구내식당의 텁텁한 커피만 한없이 들이부었다. 피로는 명예로운 훈장이었다. 반쯤 열린 세면도구 가방과 임시로 만든 간이침대가 늘어갔다. 내 보스의 사무실 문에는 '식사 시간에 깨워주세요'라고 쓰인 루프트한자 항공사의 스티커가 붙어 있었다.

나는 CIA의 세계로 급속히 빠져들었다. 우리는 암호어와

---

● 버지니아주의 도시 이름으로, CIA 본부의 애칭으로 사용됨 - 역주

세 글자짜리 약어로 대화했다. 우리는 세상을 우리가 짊어지고 있다고 느꼈다. 우리는 위기 상황을 처리하기 위해 시도 때도 없이 불려다녔다. 지구상 어디선가 일어나는 일은 전부 우리에게 일어나는 것 같았다. 우리의 일거수일투족이 중요해진 것 같았다. 우리가 중요한 인물이 된 것만 같았다. 그건 중독성이 있었다.

동남아시아에서는 주로 테러단체의 활동지 근처에서 공격이 발생했다. 짐과 나는 2002년에 폭탄테러가 일어난 발리 섬에 갔다가, 가게 밖에 팔다리가 마구 흩어져 있었다는 상점 주인들의 이야기를 들었다. 당시의 나는 로라의 팔다리가 스코틀랜드 땅에 떨어졌을 때도 그런 모습이었을까, 하고 생각하는 게 고작이었다. 지금은 정보를 분석해서 다음 공격을 막을 수 있었다. 그때로부터 일 년이 지난 지금은, 매일 아침 목에 걸린 디지털시계에 숫자 코드를 입력해 전보 목록을 열었다.

새로운 위협에 관해 상세히 설명된 보고서를 하나하나 읽으며, 이 일을 미뤄두면 어떤 대가가 뒤따를지 따져보고, 긴급성 여부를 평가한다. 확실한 위협을 간과하면 훗날 길가에 더 많은 팔다리가 굴러다니게 된다. 하나의 가능성을 너무 일찍 닫아버리면 테러 지도자들을 체포할 기회가 사라진다. 그러다가 무고한 시민이 다치면 우리도 우리가 쫓는 놈들과 다를 바가 없어진다.

매일 아침 9시, 아드레날린과 카페인이 요동치는 상태로 전체 회의에 참석해 이러이러한 위험이 임박했으니 일이 더 진행되기 전에 공작팀에서 막아줘야 한다고 고함을 질러대는 건, 진이 빠지면서도 신나는 일이었다.

창끝에 해당하는 검은 서류철들은 이런 회의에 직접 모습을 드러내지 않았다. 그들 대신 참석하는 요원들을 나는 속으로 회색 서류철이라고 명명했다. 스파이처럼 생겼고 전문용어를 쓰지만 현장이 아닌 이곳 본부에 눌러앉아 있는 요원들. 그중 일부는 공작팀에 지원했지만 선발되지 못한 사람들이었다. 현재 훈련 중인 공작원들도 있었다. 하지만 최악은 근신이나 금주 명령을 받고 랭글리에서 쉬고 있는 전직 공작원들이었다. 그들은 B급 영화배우처럼 현재 활동 중인 요원들보다 더 거드름을 피웠다. 그리고 엄청나게 변덕스러웠다. 무언가를 증명해야만 하는 사람들이었으니까.

우리는 아무런 특징도 없는 회의실에 모여, 그날 아침 전보에서 발견한 제일 시급한 위협을 차례로 설명했다. 그리고 대통령에게 보고할 평가서를 작성하기 전에 각각의 잠재적 공격에 관해 더 알아봐야 할 점들을 나열했다. 그럼 회색 서류철들은 우리의 의문점들을 받아 적은 후, 자리로 돌아가자마자 현장 요원들에게 전달했다. 그럼 다음날 전보 목록에 그 질문의 답이 마법처럼 우리를 기다리고 있었다.

그런 질문들이 어떻게 답으로 돌아오는지 어느 정도는 짐작할 수 있었다. 현장 공작원들이 간밤에 자동차 안이나 뒷골목에서 비밀 정보원 혹은 테러 조직이나 해외 정부 안에 심어둔 스파이와 접선해 정보 확인을 요청한 것이다. 하지만 이언 플레밍의 소설 같은 흥미진진한 첩보 드라마는 본부 큐비클 안에서 돌아가는 우리의 분석 사이클과는 거리가 멀었다. 우리의 초점은 각기 다른 출처에서 유입된 정보의 실마리를 찾아내, 누가, 언제, 어디서, 무엇을, 어떻게, 왜에 대한 답을 찾아내고, 그걸 바탕으로 대통령에게 곧 닥쳐올 공격을 막기 위한 권한을 승인 받는 일이었다.

동남아시아의 경우에 가장 큰 위협은 알 카에다의 분파인 제마 이슬라미야로, 발리 테러가 자신들의 소행이라고 주장한 이 단체의 지도자, 일명 '함발리'라는 사내는 9·11 계획을 주도한 칼리드 셰이크 모하메드(CIA 내에서는 통상 'KSM'으로 지칭)와 오랜 친구사이였다. KSM과의 연관성 때문에 제마 이슬라미야는 미국의 경계대상 목록 최상단에 올라 있었는데, 그 근거를 파고 들어가면 세계무역센터가 무너져 내린 사건보다 훨씬 더 뿌리가 깊었다. KSM의 조카인 람지 유세프는 1993년에 세계무역센터에서 폭탄테러를 감행한 혐의로 현재 ADX 플로렌스—미국에서 보안 등급이 가장 높은 교도소—에 수감

돼 있었다. 필리핀으로 도주했다가 붙잡혔을 당시, 그가 항공기 11대를 동시에 납치해 후속 공격을 가할 계획을 세우고 있었다는 게 드러났다. 그중 한 대로 마닐라의 고층 건물을 들이받아 필리핀을 방문 중이던 로마 교황을 살해하고, 다른 한 대로는 지금 우리가 있는 바로 이 건물, 버지니아주 랭글리의 CIA 본부를 공격할 예정이었다.

유세프의 아파트에 화재가 발생해 응급요원들이 그의 계획을 발견한 덕분에 공격이 무산되긴 했지만, 민간 항공기를 미사일로 사용할 수 있다는 가능성은 그의 삼촌인 KSM의 머릿속에 그때부터 계속 저장돼 있었다. 그 아이디어가 결국 9·11 테러로 2,996명의 목숨을 앗아갔고, 몇 개월 뒤에 한 차례의 공격이 더 발생할 수도 있었다. 그리고 대니의 머리를 벤 손의 정맥과 반점이 KSM과 일치하는 것으로 밝혀졌다.

시간이 갈수록 KSM이라는 세 글자는 우리가 맞서 싸우는 악의 화신이 되었다. KSM이 제마 이슬라미야와 연관돼 있다는 사실 하나로, 나는 온종일 책상 앞을 떠나고 싶지 않았다. 대니와 로라, 그리고 9·11 희생자들을 위해 저들을 심판해야 한다는 생각이 점점 강해졌다. 내가 받은 전보를 꼼꼼히 읽고 중요한 세부 사항을 밝혀낼 후속 질문을 던지면, 또 다른 폭발을, 또 다른 참수를, 로어 맨해튼이 인간의 재로 뒤덮이는 또 다른 화요일 아침을 막을 수 있을 것만 같았다.

현장 공작원들이 내 질문에 대한 답을 찾지 못한 날이면, 키보드 위에서 손가락에 힘이 풀리며 맥없이 전보 화면만 바라보았다. 그럴 땐 심한 무력감을 느꼈다. 내가 할 수 있는 건 테러를 막는 데 필요한 데이터를 식별하는 것뿐지, 직접 비행기를 타고 답을 찾으러 갈 수는 없었다. 몇 년 전 9월 11일, 이런저런 소문만 무성하고 구체적인 답은 돌아오지 않았을 때 다른 분석가들도 이런 기분이었을까 싶었다. 나도 언젠가 정체불명이었던 음모 중 하나가 뉴스에서 고화질로 재생되는 장면을 목격하게 될까? 버지니아 북부의 안전한 무균실에 앉아 전보로 수신한 위협에 대처하기 위해 내가 정말로 최선을 다했는지 자문하며 괴로워하게 될까?

봄비가 창문을 두드리고 국기 게양대 앞에 깔린 텅 빈 의자들을 흠뻑 적시던 날, 나는 눅눅한 날씨 속에 조지타운 대학원을 졸업했다. 다행히 성적도 우수했다. 하지만 벽에 늘어선 장식물과 조각상들을 훑어보며, 나는 이곳에 대해 아는 게 하나도 없다는 걸 깨달았다.

수업에 얼굴을 내밀고 논문도 꼬박꼬박 제출했지만, 머릿속은 언제나 조금 전에 읽은 전보나 위협 보고서의 내용으로 가득해서, 파란색과 회색의 불도그 마크로 둘러싸인 교정의 분위기를 느낄 새가 없었던 것이다. 나는 그동안 함께 공부한 학생들을 둘러보며 저들 중 몇 명이나 나와 같은 길을 걷게 됐을지, 또 다른 민감 특수 정보시설, 아무런 표시도 없는 건물에서 일하게 됐을지 궁금했다. 우리 중에 이곳을 보금자리로 여겼던 사람은 몇 명이나 될까. 다른 어딘가에서 보금자리를 찾게 될 사람은 또 얼마나 될까.

졸업식을 치른 지 몇 주가 지나자, 팀장이 내게 편지 한 통을 내밀었다. 그리고 대견함과 아쉬움이 뒤섞인 표정으로 나를 바라보았다. "공작팀에서 자넬 데려가겠대." 검은색 서류철이 내 머릿속에서 번쩍였다. "자네가 학교를 마칠 때까지 기다렸던 거야. 나쁜 놈들." 팀장의 설명을 들으며 나는 아드레날린이 폭발했다. 여태까지 받아본 중에 가장 무서운, 하지만 정말로 간절히 원했던 초대장이었다. 나는 우리를 공격한 사람들을 이해하고 그걸 바탕으로 그들을 막아내기 위해 이 일에 뛰어들었다. 이 편지 한 통으로, 드디어 그들을 직접 마주할 기회가 주어질지도 몰랐다.

정보를 종합하고 브리핑하던 분석팀을 떠나는 건 기쁘면서도 서운한 일이었다. 지상에서 한 조각 진실을 엿보게 된 대가로 이제 하늘에서 내려다보던 조망은 포기해야 했다. 지금부터는 전체적인 그림을 볼 수도 없었고 퍼즐 조각들이 맞춰지면 어떤 모습일지도 알 수 없었다. 그래도 최소한 내가 직접 질문의 답을 찾을 수 있었다. 질문을 전송해놓고, 다음 날 아침에 적의 공격을 막는 데 필요한 데이터가 화면에 나타나기만을 마냥 기다리지 않아도 되는 것이다.

●　●　●

그 다음 주, 통지서에 쓰인 대로 본부의 강당을 찾아갔다. '버블'이라는 애칭으로 불리는 중세풍의 기괴한 돔형 건물이었다. 현관으로 들어가자 테이블 위에 검은 서류철이 쌓여 있었다.

"고유 번호가 어떻게 되시죠?" 보안 요원이 물었다.

내가 일곱 자리 숫자를 읊어주자 그는 서류 더미를 뒤져서 내 서류철을 건네주었다. "공작팀에 오신 걸 환영합니다, 태너 양." 그런 여자가 있나 하며 뒤를 돌아보고 싶은 충동을 겨우 억눌렀다. 이건 내 훈련명이었다. 같은 학급 사람들조차 서로의 진짜 신분을 알지 못하게 하려는 것으로, 우리 중 누군가가 현장에서 억류당할 경우에 대비한 추가적인 안전조치였다. 앞으로 감금이나 고문을 견디는 훈련을 받게 되겠지만, 상대가 캐내려는 정보를 모르는 게 가장 안전한 보호책인 것만은 틀림없었다.

나는 여닫이문을 밀고 강당 안으로 들어갔다. 사람이 앉아 있는 건 앞의 몇 줄뿐으로, 50명도 채 안 되는 인원이 검은 서류철을 무릎에 올려놓고 있었다.

"17반 훈련생들, 반갑다." 강단 위의 남자가 말했다. 사람이 이렇게 적다니 믿을 수가 없었다. "아마 자신들이 이 나라에서 가장 총명한 엘리트 집단이라고 이야기를 들었겠지. 하지만 난 그렇게 치켜세워줄 생각 없으니까, 귀한 대접 받을 생각일랑 접어. 지금도 저 밖에선 머리가 여러 개 달린 괴물들이 활보 중이고, 이 나라는 과거의 어느 때보다 제군들의 힘을 필요로 하고 있다. 결코 쉽지는 않겠지만 우리는 반드시 승리할 계획이다. 그러니 다들 훈련에 임할 각오가 돼 있길 바란다."

몇몇 신입생이 함성이라고나 할까, 해병대의 신참이 낼 법한 소리를 냈다. 대부분은 이야기에 완전히 몰입해서 조용했다. 한두 명 정도는 서류철을 만지작거렸다. 나는 같은 줄의 양 옆을 훑어보았다. 훈련생은 35세 미만이라는 나이 제한이 있었다. 그래서 대체적으로 젊기는 했지만 그것 말고는 공통점이 없어 보였다. 사립학교의 고교생처럼 한 팔을 쿨하게 의자에 걸친 부류가 있는가 하면, 낡아빠진 신발을 신고 옷을 수선해 입은 사람들도 있었다. 스포츠맨과 시골뜨기, 시인과 수학자들이 있었다. 나는 저들 각자가 어떻게 이 순간을 맞게 되었는지 궁금했다. 낯선 사람들 사이에 왠지 모를 동질감이 흘렀다. 야릇하게도 나는 그 안에서 집에 온 듯한 편안함을 느꼈다.

강단에 선 남자가 성조기와 CIA의 상징 표지 사이에서 말을 이어갔다. 그는 공작팀의 신입생들은 일 년간 현장에서 필요한 첩보 실무를 익히게 되며, 그런 훈련은 '농장Farm'이라고 불리는 외곽의 군사기지에서 이루어진다고 설명했다. 하지만 우선은 일정 기간 본부에서 근무하며 작전실이 어떻게 돌아가는지 배우고, 현장에서의 공작 활동을 평가해보는 기회로 삼으라고 했다. 그러면서 각자 서류철에서 자신이 어디에 배치됐는지 확인하라고 했다.

나는 앞으로 6개월간 어디서 지내게 될지 알아보기 위해 호흡을 가다듬으며 암호가 가득한 페이지를 손가락으로 훑어 내려갔다. 그리고 그 단어가 눈에 들어온 순간, 숨을 헉 내쉬었다. 대테러 센터Counterterrorism Center의 이라크 팀. 그야말로 전쟁의 한복판이었다. 알 카에다 이라크 지부의 지도자인 아부 무사브 알자르카위는 최근 들어 바그다드와 안바르의 목을 조르고 있었다. "좋은 데가 걸렸나봐?" 내 옆에 앉은 남자가 물었다.

"차량 폭탄테러와 공중폭격을 좋아한다면 그런 셈이지." 내 대답에 그는 빙긋 웃었다.

"그래도 거긴 난장판이 벌어지고 있는 중심지잖아. 난 서아프리카에 당첨됐어."

우리는 죽음에 근접한가 아닌가로 좋은 근무지를 판단하는 희한한 기준을 공유하고 있었다. 하지만 죽음에 가깝다는 건, 곧 죽음을 뒤집을 기회와도 가깝다는 이야기였다. 그런 양날의 검 같은 기이한 기준에 따르면, 대테러 센터의 이라크 부서는 확실히 노른자위였다.

하지만 정신적으로 엄청나게 힘들었다. 내게 처음 맡겨진 일은 똑같은 참수 영상을 연달아 수백 번씩 보고, 그때마다 조금씩 화면상의 다른 구역으로 초점을 옮겨서 범행 장소를 알아낼 단서를 뭔가 놓친 건 없는지 메모하는 거였다.

나는 수백 시간 분량의 브리핑 영상을 훑어보았다. 자르카위의 부관들 사이에 오간 통화 기록을 가지고 방 하나를 가득 채울 만한 지도를 만들었다. 그러다 보니 내 친구들보다 그들을 더 잘 이해하게 되었다. 어떤 기억이 지금까지도 그들을 괴롭히는지, 어떤 특정한 숫자의 배열이 그들에게 정서적으로 큰 의미를 지니는지, 그들 각자가 어떤 이유로 매일 아침 투쟁심을 불태우며 잠에서 깨는지.

우리는 일주일 내내 이런저런 브리핑에 끌려 다녔다. 그룹의 다양성 보강을 위해 새로운 공작팀 훈련생들도 추가되며, 거대한 우주선과 분리된 작은 팀이 형성되었다. 우주선은 우리가 작전지에 파견됐을 때 뒤에서 지원해줄 사람들이었다. 회의와 회의 사이에 우리는 이메일로 농담이나 뜬소문, 주말 계획을 주고받았다. 그리고 함께 만나 점심을 먹거나, 상사에게 요청받은 잡무를 처리하려 미로 같은 본부의 지하로 내려갔다.

구불구불 복잡하게 이어진 지하층의 가장 깊숙한 곳에는 복도 끝에 창구가 하나 있었는데, 모두에게 애증의 존재인 늙고 괴팍한 루스라는 사무원이 그 안에서 새로운 작전의 암호명을 만들어주었다. 우리는 아직 이름이 정해지지 않은 새로운 작전에 착수하기 위해, 방금 승인받은 서류를 황금 티켓처럼 팔랑거리며 거기까지 찾아가는 길을 익혔다. 서류를 루스의 손에 넘겨주면 창구의 셔터가 내려갔고, 얼마 후 다시 올라간 셔터문 사이로 그녀가 음흉한 미소를 지으며 우리의 다음 작전에 붙일 이름을 넘겨주었다. 이론상으로 그런 이름들은 무작위로 생성되었다. 하지만 서류를 접수한 훈련생을 향한 루스의 호감도와 묘하게 연관돼 있다는 걸 우리는 곧 알아차렸다.

"루스를 점심시간에 찾아가는 게 아니었어." 어느 날 남자 동료 한 명이 멈출 수 없는 식욕 작전OPERATION INCESSANT HUNGER이라고 전부 대문자로 쓰인 카드를 내보이며 말했다.

우리는 위층으로 돌아오는 길에 핫도그 기계에 들렀다. 공룡이 지구상에 존재하던 시절부터 CIA 본부의 지하를 지키고 있었다는 전설의 기계였다. 누가 설치한 건지는 아무도 몰랐다. 새로운 핫도그가 채워지는 걸 목격한 사람도 없었다. 하지만 그렇게 아무런 장식도 없는 두 복도의 교차로에 자리 잡은 채, 게슴츠레한 눈빛으로 지하 깊숙이까지 내려온 스파이들에게 수세대에 걸쳐 지글거리는 핫도그를 제공해주고 있었다.

나는 "영화 〈빅〉에 나오는 졸타 기계가 생각나네." 하면서, 핫도그 기계가 우탕탕, 칙칙 거리며 내 점심을 만드는 걸 지켜보았다.

"여기 우리의 운세가 나왔다." 동료는 농담을 하며 자기 주머니에서 꺼낸 카드를 기계에 갖다 댔다. 최우선 표적들을 머릿속에 담아두기 위해 대테러 센터에서 요원들에게 지급한 카드 묶음 중 하나였다. 카드마다 우리가 사살해야 할 테러범이 한 명씩 적혀있었다.

"하지 알 예메니?" 내가 물었다.

그는 고개를 끄덕였다. "나쁜 놈이야. 우리 쪽으로 배당했어. 마지막으로 목격된 곳이 알제리거든." 드디어 마지막 공정에 들어선 핫도그 기계가 요동을 쳤다.

"하지만 그게 본명이 아니라는 건 너도 알잖아." 기계에서 이제 렐리시 소스가 흘러나오는 걸 보며 내가 말했다. "그냥 '선생님' 같은 존칭일 뿐이야. 성지순례를 마친 예멘 사람이라는 뜻이라고. 예멘 인구는 대다수가 이슬람교를 믿고, 이슬람 신도들에게 성지순례는 반드시 마쳐야 할 의무야. 그러니까

'하지 알 예메니'는 한 사람이 아니고—전체 국민의 절반은 거기에 해당할 거라고."

기계가 딩동 소리를 내더니 기진맥진한 환호성을 지르며 내 핫도그를 내뱉었다.

그는 "뭐, 아무튼 내 야구 카드에는 그렇게 쓰여 있어." 하며 코팅된 직사각형의 종이를 내게 건넸다.

위층에 올라가자마자 나는 중앙 컴퓨터에 접속해 그 이름을 검색해보았다. 동료의 말 대로였다. 엄청난 용량의 파일이 화면에 떴다.

에이전시의 전보 시스템은 핫도그 기계만큼이나 시대착오적이었다. 전보 내용은 디지털 시대 이전의 천공 카드●처럼 암호해독이 불가능한 라우팅 마커를 사용해 전부 대문자로 기록했고, 관리비 보고서부터 임박한 공격에 대한 기밀정보까지 온갖 내용이 담긴 전보가 매일 수천 통씩 랭글리에 도착했다. 본문 속에 숨겨진 암호 기호 중에는 인물의 성 앞뒤로 대괄호를 두 개씩 붙이는 게 있는데, 이 사본을 해당 인물의 파일에 전부 기록하라고 시스템에 명령하는 신호였다. 가령, CIA의 해외 지부에서 보내오는 전보에 하지[[알 예메니]]라는 이름이 들어가 있으면, 그의 거대한 마스터 파일에 자동

---

● 종이 카드에 구멍을 뚫어 문자나 기호를 기록하던 컴퓨터 입력 매체 – 역주

적으로 복사되는 것이다. 그러니 시스템이 얼마나 바쁘게 돌아가겠는가.

이 수수께끼의 인물이 음모를 꾸미고 있다는 보고는 백 개가 넘었다. 전보를 보내온 곳은 세 개 대륙에 걸친 십여 개국으로, 전부 아랍어를 사용하지 않는 나라였다. 범지구적 테러와의 전쟁으로 이익을 보려는 광란의 시대가 열리자, 레이캬비크나 리우데자네이루에 있는 지부에서까지 현지 정보원에게 입수한 위협을 보고해왔는데, 이런 정보원들은 테러에 관한 내용이라면 검증되지 않은 정보라도 짭짤한 수익을 올릴 수 있다는 걸 알고 있었다. 정보원과 공작원이 둘 다 아랍어를 모르는 경우에, 일반적인 '선생님'들에 관한 위협 보고가 훨씬 더 많이 쏟아져 들어왔다.

나는 고위 간부들의 사무실이 있는 7층에 다녀와 내 큐비클 앞을 지나는 팀장을 잡아 세웠다.

"이런 사태를 막을 안전장치가 있을까요?" 내 물음에 그녀는 고개를 가로저었다. "그 자식들은 이름을 몇 개씩 사용하니까." 그게 지구의 숙적인 외계인들의 생물학적 이점이라고 설명하는 듯한 말투였다.

"아니요. 제 말은, 그들이 이름을 여러 개 쓰는 건 맞아요. 하지만 그런 문제가 아니잖아요. 이건 우리 쪽의 실수예요. 대졸 학력의 미국인이 저지른 범죄 목록을 만들어놓고, 그걸

근거로 대학을 졸업한 미국인들을 마구잡이로 잡아들이는 거나 마찬가지잖아요."

팀장은 "쉬운 일이 아니라는 건 누구나 알고 있어."라며 고개를 끄덕였다. 우리가 얼마나 큰 부담감을 짊어지고 있는지 이제야 이해했군, 하는 식으로.

"아뇨, 죄송해요." 나는 내 주장을 계속 밀고나갔다. "저는 이게 어려운 일이라고 말하는 게 아니에요. 우리가 잘못하고 있다고 지적하는 거예요. 이러면 무고한 사람들이 살해당한다고요."

그러자 팀장은 벽에 걸린 쌍둥이 빌딩의 포스터를 향해 휙 고갯짓을 하고는 퉁명스럽게 말했다. "이미 살해당했어."

나는 눈가리개를 하고 빙빙 돈 것처럼 머리가 어지러워져서 잠시 의자에 앉았다. 무고한 사람들이 살해당했다. 그래서 우리가 여기에, 방 크기만 한 안가들이 늘어선 이 베이지색 건물 안에 있는 거였다. 그런 일이 다시 발생하는 걸 막기 위해서. 하지만 그렇다고 해서 성지순례를 마친 예맨인을 모조리 죽이는 게 타당한 일인가? 현실적으로 봐도 무고한 사람을 희생시키면 우리의 자원을 낭비하고 미래의 적을 만들 뿐이다. 윤리적으로 보자면, 그런 행동을 함으로써 전쟁의 명분은 사라져버린다.

나는 대학원에서 공부한 부족한 아랍어 실력을 쥐어짜서

널리 사용되는 또 다른 존칭들을 검색해보았다. '솔트 핏'이라는 암호명이 붙은 아프가니스탄의 흑색 지역—비밀 감옥—에 관한 전보 하나가 눈에 들어왔다. 그곳에 수감된 칼리드 알 마스리라는 남자에 관한 내용이었다. '알 마스리'의 뜻이 '이집트에서 온 사람'이라는 건 언급돼 있지 않았다. 칼리드가 이집트에서 세 번째로 흔한 이름이라는 것도. 따라서 전 세계에 칼리드 알 마스리가 실제로 백만 명도 넘게 존재할 거라는 사실도 여기에는 나와 있지 않았다. 전보에는 그저 칼리드 알 마스리의 이름이 최우선 표적 목록에 올라있는 게 확인되어 마케도니아에서 이송됐다고만 적혀 있었다. 그리고 나중에 오인 체포였다는 걸 안 솔트 핏의 책임자는 그런 사실을 납득하고 칼리드 알 마스리를 송출, 즉 공개적으로 잘못을 인정하지 않은 채 석방했다고 전보는 전하고 있었다.

내가 그 전보의 이면에 담긴 비인도적인 진실의 전말을 알게 된 건, 그로부터 몇 년이 지나서였다. 해외 정보 감시법 FISA의 요청으로 언론에 공개된 내용에 따르면, 당시 알 마스리는 아내와 두 자녀가 있는 집으로 돌아가던 길이었는데, 현지 경찰들이 미국 어느 기관의 감시자 명단에서 그의 이름을 발견했다. 마침 명절 기간이라 이 경관들은 미국인들이 주는

---

● 마케도니아의 수도 - 역주

포상금에 평소보다 더 굶주려 있었다. 그래서 알 마스리를 모텔 방에 가둬두고는 스코페*에 있는 CIA 지부에 연락했다. 그곳의 부국장은 오로지 존칭 하나에만 근거해서 본부 대테러 센터와의 협조하에 검은 옷차림에 복면을 쓴 잠입 팀을 출동시켰다. 순식간에 제압당한 칼리드는 당신들 누구냐고, 아내를 불러달라고 미친 듯이 소리쳤다. 그들은 대답하지 않았다. 그저 조용히 그의 옷을 자르고 기저귀를 채운 다음, 점프슈트를 입히고 눈가리개를 씌웠다. 그리고 진정제를 주사했다. 아프간행 비행기에 태웠다.

한참 만에 깨어난 그는 자신이 법의 보호를 받지 못한다는 통보를 받았다. 그는 구타와 전기 고문을 당했고, 굶주림에 시달렸다. 매주 아마도 의사인 것 같은 남자가 와서 그의 혈액과 소변 샘플을 채취해 갔다. 그 모든 일을 겪으면서도 그는 결백하다는 주장을 고수했다. 그리고 최후의 수단으로 단식 투쟁에 들어갔다. 그러자 교도관들은 코에 관을 꽂아 영양을 공급했다.

4개월 후, 그를 결박하고 강제로 영양을 주사했던 누군가가, 내가 버지니아에서 화면상으로 접한, 그 무미건조한 전보를 작성했다.

**오인 체포였음이 확인됨.**

그들은 알 마스리를 알바니아의 어느 흙길에 내려주며 뒤돌아보지 말고 떠나라고 했다. 그는 척추에 영구적인 손상을 입었다. 몸무게가 60파운드●나 빠졌다. 남편이 자신을 떠났다고 생각한 아내는 이혼 승인을 받은 상태였다. 그는 머리 위의 전등이 윙윙 소리를 낼 때마다 몸을 부들부들 떨었다.

아무도 그에게 미안하다고 사과하지 않았다.

이 모든 사실을 접하기 전, 아직 책상 위에 핫도그를 올려놓은 훈련생이었던 나는, 화면에 펼쳐진 솔트 핏의 전보를 가만히 응시했다. 대괄호 두 개를 묶어 대문자로 박아놓은 칼리드 [[알 마스리]]라는 이름에선 열정만 넘치고 무지한 사람들의 뻔뻔한 자신감이 묻어났다.

"존칭 문제는 해결해야 해요." 나는 팀장에게 말했다.

"그 이야기는 그만둬." 그녀는 컴퓨터에서 눈도 떼지 않은 채, 손을 흔들어 나를 내쫓으려 했다.

"알 예메니뿐만이 아니에요. 칼리드 알 마스리도 똑같은 일을 당했어요." 팀장은 그 이름을 알아들었지만 타이핑을 멈추지는 않았다. 이런 경우가 스무 건, 서른 건은 될 거예요. 우리가 공작을 개시하지 않은 사람들이 더 있을 거예요. 제가 접근 권한이 없어서 못 본 기록들도 있을 거고요."

---

● 약 27kg – 역주

"알았어." 그녀는 여전히 화면에 시선을 고정시킨 채 말했다. "너한테 그걸 바로잡을 권한을 줄게."

순간 말문이 막혀버렸다. 나는 1년차 훈련생이었다. 내가 뭘 어떻게 바로잡는단 말인가.

잠시 동안 팀장이 키보드를 두드리는 소리만 이어졌다.

"좋아요." 나는 대답했다. "대신 제가 바로잡기 전까지 체포는 멈춰야 해요."

그녀는 이제야 나를 쳐다보았다. "지금 제정신으로 하는 말이야?"

"우리는 무고한 사람들을 닥치는 대로 납치하고……"

팀장이 내 말을 가로막았다. "의회에서 추궁당하고 싶어? 나는 또 다시 9 · 11이 일어난 다음에 망할 놈의 테러범 한 명을 풀어줬다고 고백하느니, 차라리 무고한 개새끼들을 백 명씩 체포하겠어."

"거꾸로 된 것 같은데요." 내가 중얼거렸다.

"뭐라고?"

"벤저민 프랭클린의 명언을 인용하신 거잖아요. '무고한 사람 한 명을 고통받게 하느니 죄인 백 명을 놓아주는 게 낫다.'"

팀장은 나를 무섭게 노려보며 말했다. "그건 미국 시민에 한해서지."

09

처음으로 교도소에 방문해 억류자를 접견할 기회가 왔다. 나는 히잡을 쓰고 들어갔다. 상대는 후드를 뒤집어쓰고 왔다. 그는 면회가 시작되기 전에 후드를 벗었다. 나는 그대로 있었다. 우리는 카프카 이야기를 나눴다. 내가 코란을 인용하자 그는 놀라워했다. 그가 말콤 엑스를 인용하자 이번에는 내가 놀랐다.

나는 그의 감방에 창문은 있느냐고 물었다. 그는 있다고, 아주 작기는 해도 밤이면 오리온자리가 보인다고 했다. 자기가 그 별자리를 좋아하는 건, 인간은 같은 진실을 보면서도 서로 다르게 표현한다는 걸 가르쳐주기 때문이라고 했다. 서구에서는 영웅적인 사냥꾼을 기리는 뜻에서 오리온자리라고 부른다. 아랍에서는 똑같은 별자리를 '진주 목걸이'라 부르며 고통에서 자라나는 지혜를 칭송한다. 마흐무드가 처음 접견실에 들어왔을 때는 어두운 후드를 뒤집어 쓴 사람에게서 그런 이야기가 흘러나올 거라고는 상상도 못했다.

하지만 면회가 끝날 무렵이 되자, 비록 군사적으로는 여전히 서로가 적이었지만, 어딘지 모르게 친근한 분위기가 흘렀다. 그는 어느 가구점의 밀실이 '프랑켄트럭'에 실릴 폭발물의 저장소로 사용된다고 알려주었다. 프랑켄트럭이란 CIA에서 트럭을 매개로 한 폭파 장치를 일컫는 속어로, 자살폭탄테러범이 운전대를 잡고, 동료 한 명 정도가 지붕에 올라탔다. 하지만 마흐무드는 공격 대상에 대해서는 입을 다물었다. 민간인들의 목숨이 달려 있었다. 이건 물고문도, 폭발물이나 못 폭탄의 위치를 밝혀내기 위한 강도 높은 취조도 아니었다. 천천히, 공들여 신뢰를 쌓아야 했다. 그렇게 또 다른 몇 개의 테트리스 조각이 하늘에서 떨어졌다.

• • •

랭글리에서 보내는 시간이 길어질수록 앤서니와의 통화 시간은 줄어들었고, 이 문제를 해결하려면 그와 헤어지는 수밖에 없었다. 하지만 그는 자기가 미국으로 건너오겠다고 했다.

버지니아로. 싱크대에 빈 시리얼 그릇이 쌓여 있는 내 비좁은 방 하나짜리 아파트로.

앤서니는 외국 국적이었기 때문에, 나는 그와 같이 사는 건 고사하고 키스조차 하면 안 됐다. 이러한 금지 조치를 풀려면 부부가 되는 방법밖에 없었다. 그러면 심사위원회도 예외를 허용해줄 터였다. 하지만 내 직업을 모르는 앤서니에게 이런 이유로 결혼하자고 말을 꺼낼 수는 없는 노릇이었다. 대신 나는 혼인 관계를 맺으면 장기 체류 비자가 나오니 그렇게 하자고 제안했다. 그는 웃었다. "언제부터 이렇게 감상적인 인간이 됐어, 인디?" 나를 인디아나 존스에 빗댄 거였지만, 그게 아니었다. 나는 감상적으로 구는 게 아니었다. 실은 그가 온다는 생각에 점점 더 두려워졌다. 하지만 이 갈림길 끝에서 그와 헤어진다는 생각이 조금 더 두려웠다. 그렇게 해서 앤서니는 덜레스 공항으로 날아오게 됐다.

나는 도착장에서 풍선을 든 사람들에게 둘러싸여 그를 기다렸다. 문을 걸어 나온 그에게서 익숙한 체취를 맡자 2년이라는 세월이 무색하게 느껴졌다.

"비행은 어땠어?" 내가 물었다.

그는 "머리 잘랐네." 하며 내 머리칼 끝을 손으로 어루만졌다.

공항 밖 주차장에선 줄지어 늘어선 자동차들 위로 초대형 성조기가 나부끼고 있었다. 그는 우리가 한때 알았던 사람들의 소식을 전하며 나의 침묵을 메워주었다. 나는 지금부터 일어날 일로 머리가 꽉 차 있었다. 사랑하는 사람에게 이런 일을 겪게 하다니, 어이없을 만큼 부당한 행동이었다. "빨리 집에 가고 싶다." 그는 이렇게 말하며, 지금부터 우리 집으로 가는 줄만 알고 내 지프에 올라탔다.

하지만 내가 차가 향한 곳은 알링턴에 있는 한 건물로, 주차 요원 복장을 한 남자가 내 신분증을 확인했다.

"이층으로 가세요. 휴대폰은 차에 두시고요." 그가 말했다.

앤서니는 눈을 동그랗게 뜨고 내가 창문 올리는 걸 지켜보았다.

"지금부터 불편한 일을 겪게 될 건데, 그냥 솔직하게 굴면 금방 끝날 거야." 내가 말했다.

"리얼리티 방송의 오디션이라도 보는 거야?" 그가 농담을 던졌다. 불안하면 농담을 하는 게 그의 버릇이라는 걸 잊고 있었다.

"뭐, 비슷해." 나는 대답을 얼버무리며 휴대폰을 글러브박스에 넣었다.

건물 안에 들어가 보니, 승강기 옆에 몇 개의 상호와 호실이 쓰여 있었다. 치과와 회계사무소들. 진짜인지 위장용인지는 알 수 없었다. 전부 진짜라고 해도, 201호에서 무슨 일이 벌어지고 있는지는 모를 터였다. 앤서니가 내 손을 잡았다.

승강기 문이 닫히고 다시 열리는 동안, 나는 내가 이러는 게 정말로 그와 함께하고 싶어서인지 자문해보았다. 그저 헤어지기 싫은 마음에 이러는 건 아닌지. 아니면 그 두 가지가 결국 같은 것인지.

대기실 테이블에는 쌓인 너덜너덜한 〈이코노미스트〉 잡지들 사이에 '장신구는 모두 벗어주십시오'라는 안내문이 세워져 있었다. 안내 데스크를 지키는 사람은 없었다. 한쪽 구석에 걸린 벽시계 위로 감시카메라가 눈에 띄었다.

마침내 안쪽 문이 열리더니, 문 안에서 한 남자가 일련의 숫자를 읽어 내려갔다.

나는 고개를 끄덕였다. 실제 신분이 노출되는 걸 방지하기 위해 기관에서 부여한 내 고유 번호였다.

"이쪽으로 오시죠." 그가 손짓했다. 우리는 기하학 무늬와 고리 모양이 어우러진 나일론 카펫을 밟으며 베이지색 복도를 따라 내려갔다. 도중에 방문을 여러 개 지나쳤다.

잠시 후, 그가 우리를 앞지르더니 어느 방문 옆에 있는 키패드에 번호를 입력했다. 문이 열리며 작은 사무실이 나왔다. 한쪽에 책상이 놓여 있었다. 다른 쪽에는 의자가 하나 보였다. 의자를 둘러싸고 커다란 후광처럼 전선들이 뒤엉켜 있었다. 어떤 선들은 다이얼에, 또 어떤 선들은 고무 밴드와 고리, 벨트에 연결돼 있었다. 그리고 한쪽 옆에는 끈에 묶인 팔목을 받쳐줄 푹신푹신한 지지대가 있었다.

"저건 거짓말탐지기잖아." 앤서니가 말했다. 그러더니 "〈제리 스프링거 쇼〉에서 봤어." 하며 웃음을 터뜨렸다. 우릴 안내한 남자는 웃지 않았다. "괄약근을 조이면 기계를 속일 수 있다던데 사실일까?" 앤서니가 물었다. 엄청나게 긴장한 것이다. 귀 끝까지 빨갛게 달아올라 있었다. 그를 안아주고 싶었지만 귓속말로 지령을 내린다고 오해를 살까봐 그만두었다.

"그냥 솔직하게 얘기하면 돼." 나는 똑같은 이야기를 반복했다. 남자는 나를 복도로 데리고 나가, 벽에 커다란 창문이 달린 옆방으로 안내했다. 고무창을 댄 가죽구두에 테디베어 양말을 신은 앤서니가 의자에 앉아 전선에 둘러싸여 있는 게 보였다. 그는 책상에 놓인 꽃 화분을 내려다보고 있었다.

"부디 친절하게 대해주세요." 내가 말했다.

"저는 맡은 일을 하는 것뿐입니다." 남자가 대꾸했다. 그러고는 다시 그 방으로 돌아가 앤서니의 가슴에 전선을 연결했다.

이윽고 남자가 책상 끄트머리에 앉았다.

"오늘이 무슨 요일인지 말씀해주시겠습니까?" 그가 입을 열었다.

"저기요. 이게 대체 뭐죠?" 앤서니가 물었다.

"이따가 설명해드릴 겁니다. 먼저 제 질문에 답을 해주시죠."

한참 동안 침묵이 흘렀다.

"일요일이요." 앤서니가 말했다.

"감사합니다. 지금 여기는 어느 주죠?"

"버지니아 같은데요."

"감사합니다. 세금 신고를 일부러 누락한 적이 있으신가요?"

남자가 억양 없는 목소리로 물었다. 앤서니는 거울을 향해 눈을 깜빡였다. 그래도 내가 여기에 있는 줄 아는 것이다. 자신이 혼자가 아니라는 걸 알고 있었다.

"지금 뭐하는 거죠?" 그가 다시 물었다.

"그렇게 시간을 끌지 않으면 훨씬 빨리 끝날 겁니다."

"네, 아마도요. 대충 얼버무려서 신고한 적이 있는 것 같아요. 영국에서요. 여기가 아니라. 하지만 헷갈려서 그런 거예요. 나쁜 마음을 먹었던 게 아니라고요. 저는 회계사가 아니니까요."

아주 잘하고 있었다. 이런 일에 익숙지 않아 보일수록 유리했다. 허둥대도 괜찮다. 괴짜처럼 굴어도 괜찮다. 세금을 속였어도 괜찮다. 스파이라는 의심만 받지 않으면 된다.

남자는 기계처럼 감정 없는 목소리로 기본적인 질문을 몇 가지 더 던졌다. 그리고 책상에 내장된 프린터에서 긴 출력물을 꺼내 구불구불한 선들을 살펴보았다. 거기에 실제로 어떤 의미가 담겨 있는지, 아니면 전부 심리전의 소품일 뿐인지 나로서는 알 수 없었다. 저 남자조차 그 답을 모를 가능성도 있었다.

"저기요. 제가 여기에 계속 있어야 할 의무라도 있나요?"
앤서니가 물었다.

"아니요. 지금 당장 나가셔도 됩니다. 하지만 그러면 다시는 약혼녀를 만나실 수 없을 겁니다."

그러자 처음으로 앤서니의 얼굴에 진심으로 두려워하는 기색이 돌았다. 내가 위험에 처해 있다고 생각한 것이다. 남자도 그걸 눈치챘다.

"그분에겐 아무 일도 없습니다. 당신이 그녀에게, 아니면 우리에게 해가 되지는 않을지 확인하려는 것뿐이에요."

앤서니는 웃어야 할지 도망가야 할지 모르겠다는 표정을 지었다.

"아마릴리스 폭스 씨는 미국 중앙정보국 소속입니다." 남자가 설명했다. "그 사실을 아셨나요?"

앤서니는 그를 빤히 쳐다보더니, 거울로 시선을 돌렸다가 다시 그를 바라보며 고개를 저었다.

"구두로 응답해주시죠." 남자가 말했다.

"아니요." 앤서니가 답했다.

"완성된 문장으로 대답해주십시오." 남자가 말했다.

앤서니가 아까보다 좀 더 오래 그를 노려보았다. "아니요. 저는 아마릴리스 폭스가 미국 중앙정보국 소속이라는 걸 몰랐습니다." 얼이 나간 것처럼 공허한 목소리였다. 남자는 사인펜을 들고 인쇄된 그래프의 변곡점을 표시했다. 그러자 앤서니가 조금 누그러진 목소리로 덧붙였다. "하지만 만약에 그렇다면, 아마릴리스에겐 그럴 만한 이유가 있었을 거예요."

나는 갑자기 눈물이 터져 나왔다.

"정보기관에서 일하고 있거나, 일했던 경험이 있으십니까?"

"폭력적인 저항 운동을 하는 단체와 연관돼 있거나, 연관됐던 적이 있으십니까?"

남자는 단조로운 목소리로 계속해서 질문을 이어갔다.

"공산당원이거나, 공산당에 가입했던 적이 있으십니까?"

앤서니가 피식 웃었다.

"지금이 2003년인 건 알고 계시죠?"

테스트가 끝나고 남자가 문을 열었을 때, 나는 앤서니가 화를 낼 걸 각오하고 나일론 카펫이 깔린 복도에서 기다리고 있었다. 잠시 동안 그는 무표정한 얼굴로 나를 바라보았다. 하지만 곧 빙그레 웃었다.

"에이, 뭐야. 그런 비밀스러운 일을 한다고 내가 겁내면서 도망칠 줄 알았어, 인디?"

오래전에 떼어놓았던 나의 일부에게 다시 받아들여진 것 같은 기분이었다. 그는 나의 예전 세계, 나의 현실 세계에서 처음으로 내 진짜 모습을 알아봐준 사람이었다. 그런데도 나를 사랑했다. 그런 사실만으로도 내가 온전해지는 느낌이었다. 그래서 과거와 현재 사이에 균열이 생겨버린 걸 애써 못 본 척 했다. 그와 함께 집에 돌아와 짐을 풀었다.

● ● ●

CIA에서는 곧바로 약속 이행을 촉구하며 우리를 압박해 오기 시작했다. 어서 결혼을 하지 않으면 둘이 같은 침대에서 자도 좋다는 잠정적인 허가가 취소될 판이었다. 시청에서 결혼식을 치르겠다고 하면 당황한 우리 가족들이 이런저런 질문을 쏟아낼 게 뻔했다. 스물세 살에 하는 결혼이 진심으로 보이려면 엄청나게 로맨틱한 인상을 줄 필요가 있었다. 게다가 앤서니는 예전부터 큰 성당에서 결혼하고 싶어 했다. 나 때문에 겪은 일을 생각하면 그 정도 소원은 들어줘야 할 것 같았다. 파산 위험을 감수하고 격식을 갖춘 성대한 결혼식을 올려야 했다.

당시에 나는 바그다드 납치 사건을 맡아, 참수 영상의 오디오와 미국인 포로들이 구금돼 있을 것으로 예상되는 지역들의 길거리 소음을 맞춰보고 있었다. 결혼 준비에 신경을 쓸 여력이 없었다. 그런데도 보안과에서는 내 결혼식 진행 상황에 국가의 안보가 달려있기라도 한 듯 매주 질문지를 보내와 점점 더 나를 압박했다. 결국 나는 엄마에게 연락해서 함께

드레스를 보러 다니기 시작했다.

그릇을 고르거나 피로연 안내문을 확인하면서 엄마는 조심스럽게 물었다. 정말 할 거야? 아직은 좀 어린 나이 아닌가? 조금만 더 생각해보면 안 돼? 나는 내 삶을 이미 조국에 바쳤다고 엄마에게 이야기하고 싶었다. 국가가 요구하는 대로 하고 있을 뿐이라고. 다른 선택의 여지가 없는 것 같다고 털어놓고 싶었다. 하지만 대신 이렇게 능청을 떨고 말았다. "지금이다 하고 확신이 들 때가 있잖아요."

저녁이면 남자 동료들과 술을 걸치고 싶은 마음을 떨쳐내고 동네 술집에서 앤서니와 보드게임을 했다. 〈스크래블〉, 〈트리비얼 퍼슈트〉, 〈리스크〉. 우리는 감자튀김을 먹으며 일 얘기는 꺼내지 않았다. 강렬한 음악 사이에 흐르는 정적처럼 이런 시간들이 마음을 진정시켜주기는 했다. 때로는 이거면 충분하다는 생각도 들었다.

어느 화창한 4월의 오후, 우리는 워싱턴 국립 대성당에서 결혼식을 올렸다. 메아리가 울릴 만큼 웅장한 건물이지만, 내게는 고등학교 시절 점심 때마다 몰래 숨어들어 혼자서 공상을 펼치던 친밀감 넘치는 은신처였다. 이곳의 신도석이나 구석 자리에서『호밀밭의 파수꾼』,『죄와 벌』,『싯다르타』,『생쥐와 인간』을 읽었다. 지하 예배당 들어가 우주와 로라와 하나님과 대화를 나눴다. 그래서 '아베 마리아'의 첫 마디가 흘러나오고, 여동생들이 내 앞에서 성당 중앙 통로를 걸어 내려가기 시작하자, 오랜 친구의 품에 안긴 것처럼 마음이 포근해졌다.

나는 진짜 이름을 평생 알지 못할 옛 직장동료들 옆을 지나며 제단을 향해 나아갔다. 머리 위로 솟아 있는 스테인드글라스 창문에는 달에서 가져온 돌조각●이 박혀 있었다. 엄마가 읽어주던 『어린왕자』에서 하늘의 별이 다 자기 것이라며 별을 세던 남자가 생각났다. 엄마는 아무리 자기 거라고 우겨도 인간은 우주의 한 조각도 소유할 수 없다고 가르쳐주었다. 이라크에 있는 알 카에다에게도 누가 그걸 좀 가르쳐줬으면 싶었다. 그리고 똑같은 짓을 하고 있는 우리나라의 군 장성들에게도.

앤서니는 자신에게로 다가가고 있는 나를 다 안다는 표정으로 바라보았다. 이미 세금으로 낸 돈은 내 것이 아닌 것처럼 나는 그에게 나를 온전히 내줄 수 없었다. 정부는 내게서 십일조 이상을 가져갔다. 돈궤는 이미 말라버렸다. 하지만 그는 나를 사랑하기에 최선을 다할 것이고, 나도 그를 사랑하기에 어떻게든 노력해볼 것이다.

그날 저녁에는 비가 세차게 내렸다. 피로연을 마치고 집으로 향하던 우리는 도중에 차를 멈추고 뛰쳐나왔다. 그리고 결

---

● 아폴로 11호가 채집해 온 월석으로, 이를 전달받은 성당에서 우주를 주제로 한 스테인드글라스를 제작함 - 역주

혼식 복장으로 링컨 기념관의 계단에 나란히 앉아 우산 속에서 빗소리를 들으며 담배를 나눠 피웠다.

"너희 상관들은 이제 행복해할까?" 그가 물었다.

"그 사람들의 사전에 행복이라는 단어는 없을걸." 내가 말했다. 비의 장막이 우리를 둘러싸고 있었다. "하지만 난 행복해."

그리고 그 순간엔, 정말로 그랬다.

• • •

바로 다음 달, 나는 핵무기 및 생화학무기가 테러범들의 수중에 들어가는 걸 막는 대테러 센터의 대량살상무기 팀으로 이동 발령을 받았다. 우리의 초점은 이란이나 북한 같은 국가 단위의 프로그램이 아니었다. 철저히 비국가 단체—주로 알카에다와 그 분파들—와 그들에게 물건을 공급하는 밀수업자들에게 한정돼 있었다.

이란과 북한 핵무기 프로그램의 고위 당국자 같은 전통적인 표적들에게는 CIA 요원이 국무부 소속 외교관으로 가장해 접근할 수 있다. 하지만 우리의 표적—무기상과 그들의 고객인 테러범들—은 CIA 요원은 물론이고 국무부 직원과 엮일 일이 전혀 없었다. 그들이 보기에 우리는 다 같은 미국 정부의 하수인이기에, 미국 정부—다른 나라 정부도 마찬가지지만—에서 나왔다는 낌새만 느껴져도 기를 쓰고 피해 다녔다.

따라서 CIA에서는 이런 유형의 표적들에게 조금 다른 접근법을 사용한다. 외교관인 척하는 대신에 사업가나 국제 구호가 등 관료적인 냄새를 풍기지 않으면서 표적의 세계에 접근할 수 있는 신분으로 위장한 NOCNonofficial officer, 즉 비공식 요원을 파견하는 것이다.

신분을 위장하는 건 현장 공작원들만이 아니라 지휘 본부 역시 마찬가지다. 비공식 요원들이 워싱턴에 올 때마다 랭글리를 방문하는 건 너무 위험한 일이다. 123번 국도에서 우회전하는 모습을 봐서는 안 될 사람에게 우연히 들키기라도 하면 수십만 달러를 들인 정교한 위장이 헛수고가 돼버린다. 그래서 작전 지휘는 버지니아 북부에서 외곽으로 깊숙이 들어간 지역, 평범한 사무용 건물의 고층에 자리한 평범한 사무실에서 이루어진다.

상업 시설로 위장한 안가에서 일하는 건 처음이었다. 실은 사무용 건물에서 일하는 것 자체가 처음이었다. 나는 그 특별할 것도 없는 일상성을 마음껏 음미했다. 건물 1층에는 루비 튜즈데이●가 있었다. 화장실에선 법률사무보조원들이 립스틱을 수정하며 수다를 떨었다. 그들은 사라진 핵배낭을 추적

---

● 미국식 레스토랑 체인 - 역주

하고 천연두와 탄저균의 변종을 중간에서 가로채는 사람들이 자기들 사이에 섞여 있는 줄은 꿈에도 몰랐다. 하지만 그들의 존재는 확실히 도움이 되었다. 매번 위협 보고서에 사상자 추정치를 적어 넣을 때 그들의 얼굴이 머릿속에 떠오른 것이다. 그런 아름답고 영광스러운 일상을 살아가는 사람들을 보호하는 게 우리의 임무였다.

우리는 이중문이 달린 22층 사무실에서 수십 건의 위협 보고서를 작성했다. 테러 조직을 도청해서 알아낸 계획을 바탕으로 끔찍한 시뮬레이션을 돌려보았다. 가장 어려운 건 정책 입안자들이 이해할 수 있도록 예상 피해 규모를 전달하는 거였다. 로어 맨해튼의 인구, 미국 공립학교에 등록된 학생의 수, 미국 전체의 상수도 급수량 등의 수치를 들먹여야 했다.

한 보고서에서는 자살폭탄테러범이 자기 몸을 바이러스에 감염시켜 뉴욕 지하철에 탑승한 후, 목숨이 끊어질 때까지 호흡을 계속하는 순교 작전을 다뤘다. 우리는 시뮬레이션을 돌려보았다. 도시 붕괴 시점, 즉 뉴욕 인구의 10퍼센트가 사망하기까지 2주가 걸린다는 결론이 나왔다. 테러범 한 명이 수십만 명의 사상자를 낼 수 있는 것이다.

"이래서 비대칭 전쟁이라는 말이 나온 건가?" 나는 옆 책상 동료에게 말하며 탄식했다.

"그럼 히로시마 원폭은 뭐였는데?" 그가 되물었다.

10

내가 하는 일이 얼마나 중요한지를 무슨 기도문처럼 외면서 나는 앤서니와의 관계가 소원해지는 현실을 정당화했다. 남자 동료들에게 둘러싸여 있는 커다란 사무실에서는 그게 통했다. 우리는 시큼한 커피를 홀짝이며 새벽을 맞거나 자정이 넘어 테킬라를 들이마시며 우리가 막아낸 재앙의 규모로 자기 자신을, 그리고 서로를 평가했다. "그게 왜 잘못된 건지는 너도 알지?" 어느 날 밤 동료들과 아이리시 펍에서 어울리다 비틀비틀 집으로 돌아가는 길에 앤서니가 물었다. "너희는 재앙을 막아냈다는 자기만족을 위해 끊임없이 새로운 재앙을 만들어내야 해."

불편할 만큼 간단한 논리였다. 하지만 나는 내 책상에 잔뜩 꽂힌 빨간색 케이블들을 떠올리며 항변했다. "다행히 알 카에다가 이미 수백 가지 재앙을 만들어놔서 우리가 스스로 만들 필요는 없거든."

행정상의 이유로, 그것도 지구상에서 가장 어려운 엘리트 작전 훈련에 들어가기 한 달 전에 결혼하는 건 좋은 생각이 아니었다는 게 금세 밝혀졌다. 나는 가을부터 유인, 비밀 연락, 접촉, 전달, 추적 탐지 등 기본 과정을 배우는 CIA의 현장 첩보술 코스를 밟게 됐다. 거기서 선발된 일부만이 '농장'이라고 알려진 버지니아의 비밀 기지로 옮겨가 더욱 전문적인 작전 훈련을 받게 된다.

나는 소그룹으로 묶인 훈련생들과 매일 밤낮으로 워싱턴 구석구석을 돌아다니며 연락 지점에 분필로 신호를 표시하고, 뒤에 따라붙는 자동차의 번호를 확인하며, 우리를 미행하는 훈련생들과 진짜 염탐자를 구분했다. 그러면서도 주변을 지나는 일반 시민들은 눈앞에서 무슨 일이 벌어지는지 까맣게 모르는 채 평범한 일상을 영위하고 있다는 사실을 염두에 둬야 했다.

첫 번째 테스트가 주어졌다. 평가 항목은 유인술로, 공공장소에서 포섭 대상을 찾아내 그들에게서 말을 이끌어내야 했다. 이 단계의 목표는 '두 번째 만남,' 즉 훗날 다른 장소에서 더 깊은 대화를 이어갈 기회를 만드는 것이다. 이게 성공하면 표적과 관계를 형성하고, 이를 바탕으로 상대가 보유하고 있는 정보에 접근할 수 있었다. 대테러 센터에서 일해본 경험에 비추어 그런 정보가 얼마나 귀중한지는 나도 잘 알고 있었다. 포로가 참수되기 몇 시간 전에 흘러 들어오는 수감 장소의 위치. 알 카에다측 연락책에게 소련제 전술핵을 팔러 가는 무기상의 이름. 보안상의 허점을 이용해 어느 연구실 냉동고에 보관된 치명적인 생물학적 무기를 훔쳐내려는 헤즈볼라의 계획 등등.

훈련 중에 배정되는 포섭 대상은 전부 가상의 캐릭터로, CIA의 작전관case officer들이 연기했는데, 이들은 훈련생인 우리가 언젠가 저렇게 되고 싶다고 소망하는 산전수전 다 겪은 실제 스파이들이었다. 자신이 갈고닦은 기술을 다음 세대에 전수하겠다는 의무감을 드러내는 작전관도 꽤 있었다. 하지만 일부는 3년간의 활동을 마치고 지친 몸으로 본부로 돌아와 요직이 주어지기만 목을 빼고 기다리는 사람들이었다. 마지막 유형은 창끝이 되어 어딘가로 파견을 나갔다가 임무를 망치고—혹은 누군가를 다치게 하고—남은 기간 동안 벌을 받는 의미에서 이 일에 투입된 부류였다.

교관이 우리 앞에 놓인 테이블에 서류철을 하나씩 던져주었다. 전부 검정색이었다. 내 것을 열어보니 얼룩점이 없는 것만 빼면 고르바초프와 똑 닮은 중년 남자가 북적이는 술집의 카운터석에 기대어 있는 사진이 나왔다. 문자 정보는 빈약했다. 그는 카자흐스탄의 공무원이었다. 그리고 카자흐 정부의 승인 하에 머지않아 실행될 어떤 공격에 관한 정보를 갖고 있었다. 그는 개인적으로 그 작전에 반대했다. 하지만 무시되었다. 카자흐 지부는 그를 성공 가능성이 있는 포섭 대상으로 생각한다. 그밖에 개인적인 약력이 몇 줄 적혀 있었다. 알마티에 있는 카자흐-아메리칸 대학에서 경영학을 공부했고, 부전공은 영화학이었다. 미국 야구 카드를 수집한다. 애완견을 기른다. 제일 끝에 첨부된 건 감시 보고서였다. 자택과 사무실, 애인의 집을 오갔다. 일요일이면 파네라Panera 빵집에 자주 간다고도 기록돼 있었다. 나는 훈련소 근처에 있는 식당을 배정한 작위성에 미소를 지었다. 일단 거기를 가봐야 할 것 같았다. 나머지 내용을 눈으로 훑었다. 주로 뒷자리에 앉는다고 쓰여 있었다. 그리고 항상 파이를 주문한다고.

　나는 교외에 있는 파네라 주차장에 차를 세웠다. 훈련받는 동안에는 닷지 스트라투스를 렌트해서 타고 다니는 중이었다. CIA의 차기 공작원들을 알아내기 위해 러시아나 중국에서 파견된 현실 세계의 감시자들에게 신분을 들키지 않기 위해서였다. 내 낡아빠진 지프는 너무 눈에 잘 띄었다. 나는 백미러를 힐끗 들여다보았다. 성적이 매겨지는 첫 번째 과제였다. 거울에 비친 내 모습을 보니 자신감이 떨어지려고 했다.

얼룩덜룩한 피부, 초조한 눈빛,

아직 젖살이 다 빠지지 않은 통통한 볼.

영화에서 보던 스파이는 이런 모습이 아니었다. 하지만 그렇다면 스파이처럼 보이는 스파이보다 내가 더 안전할지도 몰랐다.

빵집 안에는 일요일에 브런치를 먹으러 나온 사람들이 출입구까지 늘어서 있었다. 메뉴판 위로 눈만 살짝 들어 내부를 살피다가 왠지 우스운 기분이 들었다. 넓게 퍼져 있는 테이블과 의자는 거의 다 주말을 맞은 여피족들이 점령하고 있었다. 내가 여기에 와 있다는 걸 모르는 척 하며 카자흐 정보원의 흉내를 내고 있는 괴짜 작전관의 모습은 보이지 않았다. 잠시 이 모든 게 꿈이 아닐까 하는 생각이 들었다. 어딜 가나 CIA 요원들이 자기를 감시한다고 생각하는 실성한 사람들처럼. 그때, 그의 모습이 눈에 들어왔다. 커피 진열대 뒤편에 위스키라도 홀짝이는 사람처럼 어깨를 잔뜩 웅크리고 앉아 있었다.

드디어 찾아왔다. 무언가 엄청난 실수를 해서 훈련 프로그램에서 쫓겨날 첫 번째 기회가. 나는 호흡을 가다듬고 그에게로 다가갔다. 그의 옆 스툴은 비어 있었다. 신참 훈련생을 위한 배려가 분명했다. 나는 그 자리에 앉아 노트북과 책을 꺼냈다. 그는 내가 던질 첫 마디를 기다리고 있었다. 나는 그가 기다리게 놔두었다. 너무 떨려서 그런 것도 있었다. 하지만 그러는 편이 더 자연스럽다는 판단도 작용했다. 나는 노트북의 이메일 창을 열고 가상의 상대에게 가짜 편지를 작성하기 시작했다. '미리 경고해주셔서 감사합니다. 저는 워싱턴에 연줄이 있으니, 당신을 도와드려야 할 할 책임감을 느낍니다. 무슨 말인지 아시겠죠.' 그러고는 잠시 커서가 깜박거리게 놔두었다. 옆자리에서 내 화면을 훔쳐보는 게 느껴졌다. 그가 어떤 표정을 짓는지 쳐다보고 싶었지만 애써 참았다. 그리고 한숨을 내쉬었다. 한 박자 더 기다렸다. 그런 다음 화면 잠금 단축키를 눌렀다.

"저기 혹시." 내가 말을 걸자 그는 깜짝 놀랐다. "제가 화장실에 잠깐 다녀올 동안 짐을 봐주실 수 있으세요?" 그는 노트북과 책, 그리고 내 얼굴을 차례로 바라보았다. 그리고 고개를 끄덕였다. 책은 내가 집에 있던 소설에 직접 표지를 만들어 씌운 소품으로, 제목은 「랫팩● 시크: 글래머, 프리덤, 미국식 쿨의 도래」였다.

화장실에 들어간 나는 문을 닫고 숫자를 세기 시작했다.

---

● 프랑크 시나트라, 딘 마틴, 새미 데이비스 주니어 등으로 구성된 1950~60년대의 5인조 배우 그룹—역주

하나, 둘, 셋.

거울에 비친 내 얼굴을 다시 들여다보았다.

열넷, 열다섯, 열여섯.

아까보다는 나아 보였다.

스물둘, 스물셋, 스물넷.

잘만 하면 이번 관문을 통과할 수 있을 것 같았다.

스물여덟, 스물아홉, 서른.

화장실 문을 열고 그가 제자리에 있는 걸 확인했다. 딘 마틴과 시나트라가 열창하고 있는 사진을 물끄러미 바라보고 있었다.

"감사합니다." 하며 자리에 돌아와 앉았다. 잠시 정적이 흘렀다. 기다림의 순간이 영원처럼 느껴졌다. 마침내 그가 "좋은 시절이었죠?"하며 자신을 퇴짜 놓았던 여학생을 가리키듯 내 책 표지에 있는 사진으로 고갯짓을 했다.

"그러게요. 저도 그 시절에 태어났으면 얼마나 좋았을까 싶어요. 그래서 편지를 수집하고 있어요." 나는 수줍은 듯 웃으며 그를 바라보았다. "랫팩이요. 그분들의 편지나 소장품을 기회가 있을 때마다 사 모으고 있죠."

그의 표정이 밝아졌다. "언제 한번 보고 싶네요." 이제 대화를 이어가기가 한결 쉬워졌다.

"아, 안 그래도 디지털화를 해볼 생각이에요. 온라인으로도 볼 수 있게요. 제 서랍 안에만 넣어두면 너무 아깝잖아요. 그런데 말만 그렇지 아직 손도 못 대고 있어요."

"그거 아쉽네요." 초대의 여지를 활짝 열어주는 말투였다.

"하지만 원하시면 언제든 보여드릴 수 있어요. 제 짐도 맡아주시고 여러 가지로 친절하게 해주셨잖아요. 흘러간 시대의 가치를 아는 분이라면 얼마든지 환영이에요. 그땐 모든 게 지금보다⋯⋯" 나는 잠시 말을 멈췄다. 한쪽 구석에 있는 텔레비전 화면이 눈에 들어왔다. "훨씬 단순했잖아요."

"맞아요, 그 말도 정말 공감해요." 뉴스 앵커가 전하는 테러 소식을 들으며 그가 말했다. "이런 걸 다 벗어나서 한 시간쯤 프랭크 시나트라에 푹 빠져 있고 싶네요."

나는 빙긋 웃었다. "그럼 그렇게 하시죠. 어디로 연락드리면 될까요?" 그는 전화번호를 적어주다가 동작을 멈추더니, 잠시 나를 빤히 바라보았다.

"인상적인 첫 만남이었어, 신입." 그는 자기 캐릭터를 던져버렸다. 테스트는 끝난 것 같았다. 카자흐인은 사라지고 브루클린 억양을 쓰는 작전관만 남았다. "먼저 부탁을 하면서 시작하는 건 좋은 접근법이었어. 멍청한 놈들은 그냥 삐죽삐죽 다가와서는 지정학적인 긴장성 틱 장애라도 있는 사람처럼 어색한 말을 불쑥 내뱉어버리거든. 그런데 왜 랫팩이지?"

"선배님은⋯⋯ 아니, 이 남자는⋯⋯ 오래된 미국 야구 카드를 수집하잖아요. 그런 건 너무 뻔한 취미로 느껴지기도 하지만. 조 디마지오, 마릴린 먼로, 시나트라—뭔가 전부 비슷한 느낌이었어요. 일종의 향수를 불러일으키는 사람들이죠. 걱정거리가 없는 세상을 향한 동경이라고나 할까요."

작전관은 크게 웃었다. "전형적인 프로이트 신봉자군." 하며 고개를 가로저었다. "하지만 맞아. 좋은 스파이는 제임스 본드인 동시에 심리학자여야 하니까."

"여자 스파이도 마찬가지죠." 내가 말했다.

"그렇지." 그는 뒷주머니에서 평가지를 꺼냈다. 10여 개의 평가 항목이 길게 나열되어 있고, 각 항목 옆에는 만족, 보통, 미흡이라는 칸이 그려져 있었다. 우수함 같은 건 없었다. 이 세계에선 살아남느냐 아니냐가 전부였다. 훌륭할 필요는 없었다. 작전관은 볼펜을 딸깍 누르고는 만족 칸을 따라 선을 죽 이어 내려갔다. 자기 의견을 남기는 맨 아래 칸에는 이렇게 썼다. '모든 방면에서 에이스. 벨벳 해머● 천직을 찾은 것 같음.' 그리고 종이를 4등분으로 접더니 내게 건네주고는 먼저 자리를 떴다.

버지니아 북부의 통근길 중간쯤에 낡은 시골 펍처럼 꾸며

---

● 맛은 벨벳처럼 부드럽지만, 알코올 도수가 높아 망치로 맞는 것처럼 알딸딸하다는 의미의 칵테일 이름 - 역주

놓은 '아일랜즈 포 코트'라는 술집이 있었는데, 나와 제일 친한 남자 동료 둘—마이크와 데이브—이 거기서 나를 기다리고 있었다. 두 사람 다 통과는 했지만 '보통'과 '미흡'을 몇 개씩 받았다고 실실거리며 털어놓았다. 우리는 기네스 맥주를 들이키며 서로의 평가지를 자세히 읽어보았다. "벨벳 해머라고?" 데이브가 물었다. 그리고 그때부터 나를 그 별명으로 부르기 시작했다.

훈련에 속도가 붙었고, 우리는 매번 평가가 끝날 때마다 모여 이야기를 풀어놓으며 허풍을 떨었다. 앤서니도 가끔 합류해서 우리의 술주정에 영국식 유머를 더해주었다. 다들 그를 좋아했다. 나는 그가 좋았다. 하지만 서서히, 그러다가 급속히, 그만이 우리의 이야기를 따라오지 못하게 됐다.

앤서니는 우리가 사용하는 약칭을 못 알아들었고, 우리가 늘어놓는 농담의 요점을 이해하지 못했으며, 우리가 배우는 첩보술이나 본부에서 분석하는 위협에 대해 알아서도 안 됐다. 그는 외부인의 접근을 막기 위해 고안된 베일의 저편에 있는 사람이었다. 사람들이 왜 CIA 내부에서 연애를 하는지 이해가 되기 시작했다. 자정 훈련이 끝나고 알링턴에 있는 우리 아파트에 들어가 보면, 오페라 음악이 쾅쾅 울려 퍼지는 가운데 앤서니는 눈을 감고 거실 바닥에 주저앉아 있고, 옆에는 반쯤 비운 위스키 병이 놓여 있었다. 그는 자기도 면

접을 보게 해달라고 부탁했다. 자기도 우리 일에 합류하고 싶다고. 나도 노력은 해봤지만, 이 일은 그렇게 돌아가는 게 아니었다.

훈련 과정이 끝나갈 무렵, 상관이 나를 자기 사무실로 불렀다. 나는 25살이라는 나이 제한보다 한 살이나 어린데도, 고급 작전 훈련을 바로 이어가게 되었다. 즉, 6개월간 비밀 기지에서 지내며 집에는 돌아갈 수 없다는 말이었다. 가족과 친구들은 내가 따분한 다국적기업에서 컨설팅 일을 하고 있는 줄 알았다. "일단 진탕 마시고 잠도 좀 보충한 다음에, 사랑하는 사람들과 좋은 시간을 보내. 3주 후면 자네는 사라질 거니까." 상관의 조언이었다.

나는 웃으며 물었다. "6개월이 확실한가요? 영원히가 아니라?" 상관은 짓궂은 미소를 지으며 말했다. "그건 자네의 상상력에 맡기겠어."

• • •

맑고 쌀쌀한 어느 겨울날, 앤서니는 동이 트기 직전에 나를 123번 국도에 있는 주유소에 내려주었다. 나는 그에게 키스를 하고 그를 홀로 남겨둔 채, 동료들로 북적북적한 베이지색 승합차에 올라탔다. 앤서니는 피코트 주머니에 두 손을 찔러 넣은 자세로 텅 빈 주유소 앞마당에 꼼짝도 않고 서서 나를 지켜보았다.

우리는 긴장감을 숨기려 농담을 주고받으며 랭글리의 친숙한 대문으로 들어섰고, 거기서 승합차를 내려 까맣게 칠한 버스로 갈아탔다. 우리가 가게 될 농장은 '베르타니아 공화국 ROV'이라는 가상 국가의 〈트루먼 쇼〉 같은 세트장으로, 우리는 그곳에서 지구상에서 가장 힘든 첩보 훈련을 받게 될 예정이었다. 각자가 이곳 수도인 워맥의 미국 대사관에 파견된 작전관이 되어 맡은 역할을 수행해야 했다. 서로에게서 신분을 보호하기 위한 가짜 이름도 주어졌다. 하지만 그런 부분만 빼면 모든 게 진짜 같았다. 실제로 성조기가 펄럭이는 대사관 건물이 있고, 마을 광장에는 나무 정자가 세워져 있었다. CNN 같은 케이블 뉴스 채널도 있어서, 칼린 총리가 이런 일을 했다느니, '아르테미스의 아들들'이 어디를 폭파했다느니 하며, 이 가상 세계에서 일어나는 일을 매일같이 보도해주었다. 베르타니아 민주주의 인민 공화국이라는 북한식 불량국가를 비롯해 주변 국가에서 외교 방문을 하는 일도 있었다.

파네라 빵집에서처럼 우리가 이 거대한 게임 안에서 마주하게 되는 베르타니아 공화국의 시민들은 뉴스 캐스터며 허풍 심한 상대국 외교관이며 할 것 없이 전부 강사 임무를 받아 농장에 투입된 CIA 요원들이었다. 하나같이 얼마나 다재

다능한지 놀랄 지경이었다. 한밤중에 뒷골목에서 은밀히 만나 극비 정보를 넘겨주기 위해 6인조 멕시코 전통음악 밴드로 위장해서 나오는 식이었다. 이전 훈련 프로그램에선 언급이 없었던 프로다운 조언도 잊지 않았다. 벽돌에 신호를 표시할 때 분필이 아닌 롤레이드● 알약을 쓰면 혹시라도 붙잡혀 몸수색을 당할 때 의심을 덜 산다든지.

그들에게 이런 소중한 지혜를 전수받을 수 있는 건, 매일 밤 작은 골방 크기의 안가인 스키프SCIF에 다섯 명 정도가 모여 앉아 교관의 감시 아래 전보를 읽고 첩보 보고서를 작성하는 한두 시간이 전부였다. 나머지 시간에는 모두 자기 캐릭터를 유지하며 다가올 가짜 선거가 이 나라의 가짜 화폐 가치에 미칠 영향을 이야기하고, 베르타니아 민주주의 인민공화국에서 국경을 넘어오는 무기의 양이 급증하고 있다고 의심하며, 아르테미스의 아들들 같은 폭력성 강한 가짜 무장단체들의 테러 위협을 염려했다.

우리는 대사관 파티에 참석하고, 포섭 대상을 만나고, 정보원으로 끌어들였다. 우리는 차 안의 비밀 공간에 메모를 숨긴 채 기지를 빠져나갔다가 도로변에서 무시무시한 불심검문을 당했다. 그러면 컵홀더에 숨긴 내용이 발각되지 않아 무사히

---

● 미국 제산제 브랜드명 – 역주

졸업할 수 있기만을 빌며 자갈밭에 무릎을 꿇고 앉아 있어야 했다.

위기 상황은 빠르게 고조되었다. 얼마 지나지 않아 매일 밤 임박한 위협을 알리는 누군가의 방문이나 모의 테러 공격으로 잠에서 깨어났다. 끊임없이 감시당했고, 서로 경쟁해야 했으며, 우리의 한계를 훨씬 뛰어넘는 수준으로 시험을 당했다. 현장에서 성희롱을 당할 수 있으니 미리 준비시킨다며 여자 훈련생들의 몸을 더듬는 저급한 교관들도 있었다. 나이든 교관들은 훈련생들이 인터넷은 물론이고 휴대폰만 사용해도 고함을 질러댔다. 본부의 부서장들은 재능 있는 훈련생을 찾겠다고 교관으로 위장해 들어와서는, 다른 부서장들이 채어가지 못하게 자기가 점찍어둔 훈련생을 몰래 방해했다.

따라서 우리는 여러 차원을 복합적으로 생각하며 게임을 펼쳐야 했다. 우선은 베르타니아 공화국에서 교관들이 연기하는 허구의 캐릭터들을 포섭해야 했다. 두 번째로는 실제로 우리의 졸업 여부를 결정하는 교관들을 찾아 점수를 따야 했다. 그러면서 장기적인 차원에서, 훈련을 통과할 경우 실제로 맡게 될 업무를 위해 가고 싶은 본부의 부서장에게 잘 보여야 했다. 그리고 이 모든 활동의 밑바탕에서는 자기 자신의 캐릭터를 깨뜨리지 않아야 했다.

심신이 지쳐갔다. 하지만 이 모든 걸 동시에 어떻게 해낼지

고민하다가는 쓰러지고 말 게 분명했다. 그렇게 우리는 아무 생각 없이 굴러가는 법을 익혀나갔다.

어쩌다 한 번씩 주말에 휴가가 주어졌다. 앤서니에게는 말 하지 않았다. 그를 마주할 자신이 없었다. 그는 생생한 현실 이었다. 그가 질문을 쏟아내면 나는 거기에 대답하기 위해 수 많은 가상 인물에 관해 발설할 수밖에 없었다. 그래서 대신 홀리데이 인과 레드 로빈스●에서 동료 훈련생들과 어울렸다. 미국 교외 도시의 익명성을 즐겼다. 멀티플렉스 극장에서 영 화를 보았다. 크래커 배럴●●에서 팬케이크를 먹었다. 그렇게 늘 함께 시간을 보냈다.

● ● ●

농장에서의 생활이 몇 주차에 접어들자, 우리는 '탐색, 평 가, 전개, 영입, 운영, 종료'라는 정보원 포섭의 전 과정을 경 험해보게 되었다. 탐색은 대사관 파티나 '타운'에서 벌어지는 각종 행사에서 흥미로운 정보에 접근할 수 있는 사람들을 분 간하는 스파이 용어다. 여기서 흥미롭다는 건 테러 공격을 막

---

● 햄버거 체인점 – 역주
●● 미국 가정식 레스토랑 – 역주

거나 적의 계획을 내다볼 수 있는 정보를 뜻한다. 평가는 우리의 목표물에게 그런 접근권이 있는지, 우리의 접근에 호의적으로 나올지, 만약 그렇다면 어떤 면에서 그러한지 본부와 함께 확인하는 작업이다. 전개는 시간과 재능이 필요한 단계다. 몇 주, 몇 개월, 몇 년에 걸쳐 관계를 맺어가야 한다. 서로의 공통점을 찾아 신뢰를 쌓는다. 그러다가 서서히 '워싱턴에 특별한 연줄'이 있다는 사실을 조금씩 흘리면서 간을 본다. 그리고 결국 마지막 한 방으로 포섭한다. 최악의 경우에는 정보 접근의 대가로 다른 무언가—약, 비자, 부채 탕감을 위한 현금 등—를 제공하는 거래가 이루어진다. 제일 좋은 건 영적으로 충만하면서도 위태로운 시기를 두 사람이 공유하는 것이다. 본인과 가족의 목숨을 서로 지켜주면서 세상을 좀 더 안전한 곳으로 만들어보자고 믿음의 도약을 하는 것. 이런 관계들이 몇십 년씩 지속되며 전쟁을 종식시키고 다양한 위협을 막아왔다. 역사를 바꾸어왔다.

CIA 본부의 정문 옆에는 나무가 세 그루 있었다. 우리 공작원들과 그러한 관계를 공유하고 지금까지도 무명으로 남아 있는 3명의 소련 정보원을 기리는 뜻이라고 했다. 세 사람은 핵전쟁을 막기 위해 알려지지 않은 활약을 했다. 그들이 아니었다면 우리는 지금 이 자리에 존재할 수 없었다. 작전 훈련이 이렇게 힘든 이유도 그들의 용기를 헛되게 하지 않기 위해서였다. 우리가 일을 그르치면 정보원들이 대가를 치르게 된다. 날이 갈수록 점점 더 많은 훈련생들이 실수의 대가를 목격하게 됐다. 빨간불에 멈춰선 정보원의 머리에 총알이 박혔다. 그들의 자녀가 결박되거나 살해된 사진이 날아왔다. 물론 전부 가짜였지만, 우리가 훈련 중인 가상의 세계에서는 깊이 각인될 만큼 생생한 사건이었다. 차량 검문과 수용소 수감, 고문…… 이것들이 지상 최대의 공포로 다가왔다.

정보원을 잃은 훈련생은 농장을 떠나야 했다. 남은 훈련생들은 포섭 과정을 계속해나갔다. 다음 단계는 운영으로, 정보원과 원만한 관계를 지속해나가는 것이었다. 정보원들은 수년간, 때로는 수십 년간 그 자리에서 활동하며 같은 직업을 유지했다. 때로는 지금보다 정보 접근성이 큰 직책으로 진급해달라고 부탁받기도 했다. 분석관들이 보내오는 질문에 답하고, 임박한 공격에 대해서 우리에게 경고해줄 수 있도록 말이다.

장거리 전보를 통해 우리 현장 요원들에게 도착하는 분석관들의 질문은 '요구사항'이라고 불렸다. 그것은 의학 용어 같은 단어들과 다소 불쾌할 수 있는 가정들로 가득 채워져 있었다. 그중에서 우리의 역할은 제일 중요한 질문을 골라 상대의 입맛에 맞게 다듬고, 자동차나 호텔 등 약속 장소가 정해진 다음 접선 때 정보원에게 전달하는 것이었다. 정보원을 포섭한 이후의 접선은 전부 은밀하게 이루어진다. 사전에 정해놓은 신호를 통해 약속을 잡는데, 이런 신호는 우리의 뒤를 이을 새로운 현장 요원에게 정보원을 넘겨주게 되거나, 혹은 최악의 경우를 대비해 미리 문서화해서 본부에 보고해놓아야 했다.

새로운 정보원이 추가될 때마다 우리가 알게 되는 신호 전달과 접선 기술도 하나씩 늘어났다. 출퇴근길이면 분필이나 창문 블라인드 같은 전통적인 방식 외에, 우리 중 누군가가 이 세계에 행해놓았을 물리적 변화가 눈에 띄었다. 그리고 더 새롭고 참신한 아이디어들도 쏟아져 나왔다. 어떤 요원은 스타벅스 기프트카드를 즐겨 사용했다. 스타벅스 웹사이트에 카드 번호를 입력하면 잔액을 확인할 수 있었다. 그는 자신의 정보원들에게 카드를 하나씩 나눠주며 이렇게 말했다. "나를 봐야 할 일이 생기면 커피를 사 마셔요." 매일 인터넷 카페의 컴퓨터에서 카드 번호를 확인했고, 잔액이 내려가면 그날 접선하자는 신호로 받아들였다. 그렇게 하면 매일 차를 몰고 신호 표시 구역을 돌며 일일이 확인할 필요가 없었다. 그리고 스타벅스 카드 번호로는 개인의 신분을 알 수 없으니 전반적으로 상당히 안전한 방법이었다. 나는 그게 마음에 들었다. 하지만 나이 많은 교관들은 그렇게 생각하지 않았다. 냉전 시대의 참전용사들은 분필을, 좀 더 젊은 요원들은 실리콘과 와

이파이를 선호한다는 걸 우리는 대번에 알아차렸다.

정보원이 만나자는 신호를 보내오면 우리는 미리 정해진 장소로 향했다. 교관들이 온갖 약어를 쏟아내며 설명한 작전 지로서의 특성을 충족하는지 하나하나 확인한 후에 사전 파악을 마치고 섭외한 곳이었다. 픽업 지점 같은 단순한 장소도 행인들의 눈길을 피할 가림막이 있고, 입구와 출구가 따로 있으며, 보안 카메라나 경비원이 없는 건 물론이고 경찰서나 학교처럼 위험한 지역과는 충분히 떨어져 있는 데다, 24시간 내내 접근이 가능해야 하며, 우리 정보원 같은 지위와 신분의 사람이 왜 가끔 꼭두새벽에 그곳에서 혼자 서성거리는지 설명할 만한 합당한 이유가 있어야 했다.

픽업 지점을 선정하는 데 들인 노력을 생각했을 때, 미행을 허락하는 건 가당치도 않은 일이기에, 여기서 곧장 회의 장소로 향할 수는 없었다. 그래서 우리는 멀리 에두르는 추적 탐지 경로, 일명 SDRsurveillance detection route를 발동했다. 이때의 목표는 충분한 시간과 거리를 두었음에도 지속적으로 모습을 드러내는 차량이나 사람을 식별하는 것이다. 예를 들어, 같은 길에서 요가 매트를 매고 있는 똑같은 할머니를 두 번 보았다면 그건 단순히 방향이 같은 걸 수도 있다. 하지만 멀리 떨어진 다른 길에서 시간차를 두고 그 할머니를 두 번 보았다면, 우리를 추적하고 있을 가능성이 있다. 거기서 좀 더 나아가면, 전체 경로에서 같은 사람이 여러 번 노출되는 걸 방지하기 위해 7~8명으로 구성된 감시조가 우리가 왼쪽이나 오른쪽으로 꺾을 때마다 사람을 바꿔가며 따라 붙는 경우도 고려해야 했다. 쥐와 고양이가 도시 구석구석을 누비며 추격전을 펼칠 때, 이길 수 있는 유일한 방법은 최대한 방향을 자주 틀어서 미행자가 바짝 따라붙게 만드는 것이다. 그리고 쇼핑몰이나 출입구가 여러 개인 지하철역에 들러 상대가 안으로 따라 들어오게 만들면 승부는 더욱 확실해진다. 그러는 와중에도 우리는 그저 따분한 오후에 볼일이 있어서 돌아다니는 것처럼 무관심해 보여야 했다. 즉, 상점이나 체육관, 정비소 등 정당한 방문 목적이 있는 장소를 중심으로 방향을 전환하도록 경로를 설계해야 하는 것이다. 그리고 정보원이 언제 만나자고 신호를 보내올지 알 수 없기 때문에, 그런 위장 장소는 낮에든 밤에든 자연스럽게 드나들 수 있는 곳이어야 했다.

픽업 지점과 추적 탐지 경로가 이렇게 중요하다는 건, 어쩌다 농장에서 잠시 쉴 수 있는 짬이 나더라도 작전지를 물색하기 위해 주변을 돌아다녀야 한다는 뜻이었다. 데이브는 이렇게 농담을 던졌다. "나중에 은퇴하면 여기로 돌아와서 몰래 드나들기 좋은 식당을 열까 봐. 그럼 매년 훈련생들만으로도 장사가 쏠쏠할 거야."

정보원이 정보 접근권을 잃거나, 그렇지 않더라도 이 일을 그만두고 싶은 시점이 찾아오면, 포섭 주기의 마지막 단계에 들어선다. 바로 종료 단계다. 영화에서 자주 보는, 무슨 일이 벌어진 건지는 모르겠지만 벽에 피가 튀어 있는 그런 종류의 종료는 아니다. 이때는 한 시대의 종말을 고하며 감사와 존경과 추억을 나누는 품위 있고 가슴 뭉클한 대화가 오간다. 작전관이 계속 함께하기를 원해도 정보원 쪽에서 자기 역할은 이미 끝났다고 깨달을 때가 있고, 그 반대인 경우도 있었다.

하지만 오랫동안 서로를 의지해온 전우로서, 우리의 전쟁은 이제 끝났다고 두 사람이 함께 결정을 내리는 경우가 더 많았다. 수십 년간 크고 작은 위험과 그에 따른 보상을 함께 나눠온 두 사람이 갑작스러운 종료를 맞이하게 됐을 때, 이를 완벽하게 대비할 방법은 없다. 농장에서 겪은 한껏 축약된 시간표 속에서도 종료는 가장 힘든 과정이었다. 나의 진실을 공유하고 있는 극소수의 사람들에게 작별을 고해야 하는 것이다.

각 단계가 진행될 때마다, 우리는 스키프에서 가짜 전보를 작성해 본부에 상황을 알렸다. 스파이 소설에는 등장하지 않지만 이 역시 훈련의 일부, 임무의 일부였다. 서류 작업은 끝도 없이 이어졌다. 관심 대상을 묘사하고, 업무 추진을 신청하고, 추적을 요청하고, 차후에 취한 연락에 관해 설명하고, 포섭을 위한 접근법을 통일하고, 대상자가 상대국을 위해 일하지 않는다는 걸 증명하고, 정부 담당자에게 허가를 받아야 했다. 그리고 목표물을 정보원으로 포섭한 뒤에는 본부 분석가나 정책 입안자들과 끊임없이 '요구사항'을 주고받아야 했다.

이런 서류들은 보안 컴퓨터로 작성했다. 그리고 맨 위에는 배포처, 즉 여기서 다루는 정보 혹은 주제와 관련된 국가의 지부 목록을 추가했다. 접근 권한이 있는 사람들이 CIA의 기밀 검색 엔진에서 찾아볼 수 있게 고유주소와 전보의 주제를 드러내는 암호를 붙였다. 그리고 마지막으로 기밀 범주를 정했는데, 이때 한 번의 판단으로 누가 언제 이 문서를 읽을 수 있는지가 결정됐다.

현실 세계에서 전보는 지부에서 작성할 때는 보안 인터넷으로, 현장의 비공식 요원이 작성할 때는 비밀 통신장치를 통해 제출됐다. 하지만 농장에서는 구식 프린터 용지에 출력해서 중앙 강의실에 있는 교관의 우편함에 직접 집어넣었다.

공작 활동이 점차 늘어나면서 전보 작성을 마치는 시간도 점차 뒤로 밀려났다. 그래도 밤에는 농장에도 평화가 찾아왔다. 하루의 열기가 가라앉고 멀리서 오가는 자동차 행렬도 사라지고 나면, 주위에는 풀벌레 소리만 가득했다. 각 건물 앞에는 아무 때나 사용할 수 있는 자전거가 몇 대씩 세워져 있었다. 그 광경을 보면 어린 시절에 크리스천과 시리얼 상자를 잘라 자전거 바퀴살에 끼워 넣고 오토바이 소리를 내며 달리던 게 떠올라 가슴이 뭉클해졌다. 매일 밤 마지막 전보를 출력하고 나면, 나는 그나마 체인이 빠질 가능성이 제일 적어 보이는 자전거에 올라탔다. 그리고 신기하게도 디킨스 시대의 물건처럼 생긴 가로등 불빛 아래로 나아갔다. 나니아 연대기에 나오는 툼누스의 등불 같기도 했다. 페달을 밟으며 해안가를 달리는 동안 숨소리가 바람 소리와 합쳐졌고, 나는 광활하게 펼쳐진 숲과 너른 하늘에 내가 맡은 임무와 내 몸을 맡겼다. 하루 중에 유일하게 혼자가 될 수 있는 순간이었다. 신선한 공기를 마시며, 자부심과 피로감과 자유로움을 만끽했다. 하지만 제대로 시동이 걸리기도 전에 어느새 강의실 앞으로 돌아와야 했다. 그리고 하루분의 문서를 우편함에 밀어 넣고 비척이며 숙소로 향했다.

날이 갈수록 훈련 속도는 기하급수적으로 빨라졌다. 1월에는 매주 월요일에 한 번씩 실시하던 공작 훈련이 6월이 되자 일주일에 4~5번으로 늘어났다. 우리는 지퍼백에 넣은 지도 한 장과 나침반, 방수 노트북만 달랑 들고 며칠씩 숲과 절벽을 누비고 다니며 정보원을 만나는 독도법을 익혔다. 우리 차의 전면 그릴로 앞차의 뒷바퀴를 내리찍어 상대 차를 뒤집는 기술과 무장한 민병대가 몰려들거나 매복을 당했을 때 그에 대응하기 위한 운전법을 배웠다. 교관들은 캠퍼스 주변 도로에 가짜 폭탄을 심어두었다. 길가에 차를 세우고 트렁크를 열면 폭탄이 발견될 때도 있었다. 차에 심어둔 폭탄을 발견하지 못하면 통구이가 되었다는 가정하에 농장에서 사라지는 운명을 맞이해야 했다. 훈련 기간의 막판에 들어서자 이제 총기 소지 자격이 주어졌다. 글록 권총과 M4 자동 소총이었다. 시가지 전투 시나리오에 따라 가짜 도시는 사람 모형으로 가득 채워졌다. 그중 일부는 정당한 표적이었고 대부분은 보통의 사람들이었다. 민간인을 사살하게 되면 그대로 퇴학이었다. 실제 표적을 맞혔다 해도 작전 목표를 달성하거나 안전을 확보한 직후에는 바로 응급처치를 해줘야 했다. 이런 규칙을 강조하는 게 인류애 때문인지 심문을 위해 적을 살려두기 위해서인지는 분명치 않았지만, 자기 손으로 상처 입힌 사람을 치료해주는 건 혼란스러울 만큼 다정한 행위였다. 우리는 지혈대로 출혈을 막고, 총을 맞은 폐가 들썩이는 걸 보면서 흉부의 상처에 슈퍼마켓 비닐봉지를 씌워 테이프로 막는 법을 배웠다.

"훌륭한 솜씨였네." 검문소 매복에 대응하는 훈련이 끝난 후, 교관 한 명이 내게 말했다. 나는 내 표적이었던 인형을 내려다보았다. 피로 물든 튜닉이 목에서 가슴까지 길게 찢어져 있었다. 응급처치로 가슴에 붙여놓은 비닐봉지에선 '월마트'라는 글씨가 번쩍이고 있었다.

11

농장 생활이 막바지에 이른 어느 날, 누구도 예상 못한 순간에 갑자기 기지 안에 사이렌 소리가 요란하게 울려 퍼졌다. 시뮬레이션이 종료되었다는 뜻이었다. 폭발이 멈췄다. 심문이 끝났다. 테러범과 정부 각료로 분해 연기하고 있던 교관들은 회의 도중에 일어나 자리를 떴다.

우리는 세상의 종말을 맞고도 살아남은 생존자들처럼 조용해진 가짜 마을의 광장에 잠시 그대로 서 있었다. 우리의 세계가 증발해버린 마당에 이제 뭘 어떻게 해야 할지 막막해진 것이다. 그리고 이틀간의 어정쩡한 휴가가 시작됐다. 개인적인 시간이 주어진 게 몇 주 만인지 몰랐다. 하지만 우린 평소처럼 서로에게 기대지 않았다. 각자 흩어져서 혼자만의 시간을 누렸다. 시험에 통과한 건지 전부 헛수고였는지도 아직 확실치 않은 상태였다. 만약에 통과한 거라면, 그 다음엔 뭐지? 한 시뮬레이션이 끝나고 다음 시뮬레이션이 시작되나?

가상 게임이 너무 급작스럽게 끝나버리자 불안감이 엄습했다. 매일 섬광을 동반한 폭발음을 듣고 경찰에게 검문을 당하며 생사의 갈림길을 위태롭게 걸어왔는데, 하루아침에 강물에 부는 산들바람 같은 평화가 내려앉았다. 연극이 사라지고 헐벗은 무대만 남은 것이다. 나는 홀로 호숫가에 앉아, 오늘 아침에 훈련이 종료된 것처럼 사이렌 소리 하나로 진짜 전쟁에 막이 내리게 할 방법은 없을지 자문해보았다.

그렇게 신비하고 고독한 이틀이 끝나갈 무렵, 나는 마을 광장을 거닐다가 여태껏 정자에서 한 번도 못 봤던 남자와 마주쳤다. "거긴 내 자린데."라고 말을 걸자, 상대는 그저 싱긋 웃으며 자기소개를 했다. "난 딘 폭스라고 해." 나는 잠시 그를 가만히 바라보다가 말했다. "맥주나 마시려고 식당에 가던 길인데, 한 잔 갖다 줄까?"

두 시간 후, 우리는 한곳에 소집되어 각자의 운명을 전해 들었다. 딘과 나는 둘 다 통과했다. 그의 봉투에는 '아프가니스탄'이라고 쓰여 있었다. 내 봉투를 열어보니 '댄과 면담'이라는 메모가 나왔다. 나는 그걸 딘에게 보여주며 "이런 국가명은 못 들어봤는데."라고 너스레를 떨었다. 그는 씩 웃으며 말했다. "차드 옆에 있어." 바보 같은 아프리카 유머였다. 내 심장이 마구 날뛰었다.

나는 내 훈련 지부장인 댄을 찾아갔다. 그리고 내가 비공식 요원으로 선발됐다는 소식을 들었다. 제일 어렵긴 해도 모두가 탐내는 직무였다. CIA 공작원들은 대부분 외교관으로 위장한 채 파견되어 낮에는 미국 대사관에서 하급 서기관으로 일하고 밤이면 첩보 대상을 좇았다. 냉전 시대의 방식대로 해외 정부의 인사를 끌어들이는 공작이라면 그것만으로도 충분하지만, 테러단체들은 미국에서 왔다면 외교관이든 첩보원이든 똑같이 보았다. 미국 정부를 위해 일하는 사람은 누구나 그들의 표적이었다. 테러 네트워크에 침투하려면 완전히 다른 종류의 신분이 필요했다. 사업가, 예술가, 구호 활동가. 후속 훈련을 받으러 본부에 들어가서는 내 프로필과 임무에 맞는 구체적인 위장 신분을 만들어야 했다. 하지만 지금은 일단 내게 맡겨진 직책의 중대성을 가슴 깊이 아로새겼다.

지부장은 내게 술을 따라주었다. 그러면서 비공식 요원은 영광스러운 일이지만 결코 쉽지는 않을 거라고 충고했다. 외교관으로서의 면책특권이 주어지지 않는다는 뜻이니까. 언제 어디서든 나를 곤경에서 구해줄 관용 여권이 있으면 안주머니에 '감옥 무사 통과' 티켓이 꽂혀 있는 거나 마찬가지지만, 나는 그럴 수 없었다. 매일 대사관에서 일하며 진짜 내 모습을 아는 사람들에게 둘러싸여 있다는 안정감을 느낄 수도 없다. 아무런 안전망도 없이 홀몸으로 지구상에서 제일 위험한 지역을 돌아다녀야 한다. 하지만 내가 지원한 분야에서 가장 중요한 일, 가장 큰 재앙을 막아내는 일을 할 수 있었다.

훈련을 통과한 다른 동료들과 승합차에 올라타자 갑자기 정신이 아득해졌다. 내가 가게 될 곳은, 또 저들이 임무를 시작하게 될 곳은 과연 어디일까? 우리는 광활한 훈련 기지를 가로질러 활주로가 단 하나뿐인 비밀 이착륙장으로 향했다. 지구상에서 가장 힘든 작전 훈련을 마친 우리들의 졸업식이 펼쳐질 곳이었다. 누군가가 스테레오로 '파이널 카운트다운'●을 크게 틀었다. 모두가 노래를 따라 불렀다. 창문을 열자 뜨거운 공기가 얼굴을 빠르게 스치고 지나갔다. 가슴이 쿵쾅거렸다. 잠시 후, 우리는 무대 위에 성조기가 나부끼고 의자가 잔뜩 깔려 있는 비행기 격납고에 다다랐다. 국장이 탄 헬리콥터가 도착했고, 우리는 한 명씩 무대로 올라가 그와 악수를 나눈 후, 집에는 가져갈 수 없을 졸업장에 잠깐씩 눈길을 주었다.

해가 지고, 다시 떠올랐다. 밤새 술독에 빠진 것처럼 마셔댄 우리는 이렇게 가상의 삶을 마감하고, 검게 칠한 버스의

● 스웨덴 하드 록 밴드 '유럽'의 히트곡 – 역주

어두운 온기 속에서 꾸벅꾸벅 졸며 행복하게 워싱턴으로 돌아갔다.

성냥갑 같은 알링턴 아파트에 들어선 나는, 앤서니라는 형태의 현실을 마주할 준비를 했다. 하지만 막상 들어가 보니 짐 상자 몇 개만 덜렁 남아 있고, 고양이는 동네 동물 보호 센터에 맡겼다는 쪽지가 보였다.

앤서니가 떠났다. 텅 빈 정적 속에서 안도감이 차올랐다.

• • •

나는 다시 대테러 센터의 대량살상무기 전담팀에 배치되어 핵과 생화학무기가 국제 테러 집단의 수중에 흘러들어가지 않게 막기 시작했다. 전 세계를 돌아다니며 작전을 수행했고, 어쩌다 한 번씩 짐을 새로 꾸리러 돌아와서는 새로운 가명을 위한 서류를 수령하고, 브리핑과 브리핑 사이에 잠깐씩 눈을 붙이는 게 고작이었다.

몇 개월 후, 팀장이 나를 자기 사무실로 호출하더니, 이제 좀 더 영구적인 위장 신분을 찾아야 할 때라고 말했다. 워싱턴을 기반으로 하는 컨설턴트라는 직업은 가족이나 친구들을 속이기에는 무난했지만—내가 방문하는 국가의 세관이나 출입국 심사원까지도—우리가 노리는 궁극적인 목표물에 가까이 접근하기에는 정부와 연관돼 있다는 냄새를 너무 풍겼다. 지금까지 나는 수감자들에게 사정 청취를 듣거나 우방 국가의 정보 조직과 함께 작전을 기획하고 감시하는 일을 해왔다. 하지만 내가 직접 테러 조직에서 정보원을 포섭해 운영하려면 워싱턴 정가의 색채를 띠지 않는 위장 신분이 필요했다.

"자넨 25살짜리 백인 여성이야." 팀장이 말했다. "그걸 회피하려 하지 마. 오히려 잘 활용해봐. 자네가 예멘이나 리비아, 파키스탄 북서부 변경에 갈 만한 이유가 뭐 없을까?"

제일 먼저 구호 활동이 떠올랐지만, 그런 건 이미 우리가 수천 번 써먹은 위장이었다. 그런 방법을 써먹을 때마다 실제 구호가들이 현지에서 의심을 사지 않고 활동할 기회는 점점 줄어들었다. 언론인이나 다큐멘터리 감독도 생각해볼 수 있었다. 아무런 소속도 없던 시절, 태국과 버마에서 이미 해본 일이기도 했다. 하지만 그런 신분은 오래 유지할 수 없었다. 내 기사나 영상이 인터넷에 올라오지 않는다는 걸 상대가 눈치챌 테니까.

"예술품은 어떨까요?" 내가 물었다.

"자세히 얘기해봐."

우리 부모님이 예술품을 수집하신다고 나는 이야기를 꺼냈다. 동생도 그 분야를 공부하고 있었다. 나 역시 그 세계에 빠져들었다고 하면 다들 믿을 것이다. 중국이나 인도 같은 신흥 시장의 예술품들이 소더비나 크리스티 경매에서 최고가를 경신하고 있는 상황이니 만큼, 젊은 사업가가 중동이나 아시아, 아프리카에서 새로운 시장을 개척할 거라고 하면 충분히 그럴듯해 보일 것이다. 특히 중국은 정부나 범죄 그룹이나 예술품 시장을 돈세탁 경로로 애용하기 때문에, 본격적인 접근이 가능할 거라고 나는 설명을 덧붙였다. 전리품을 취급하는 고미술상을 소개받을 수 있을지도 몰랐다. 그리고 무엇보다 밀봉한 상자와 짐 가방을 짊어지고 오지를 돌아다닐 명분을 얻을 수 있었다.

팀장은 잠시 머리를 굴리더니 고개를 끄덕였다.

"좋아. 집안에 그런 배경이 있다니 그럴듯하겠어. 예술품 시장은 필요할 경우에 지하세계로 들어갈 수 있을 만큼 뒤가 구린 곳이니까. 그걸로 경력을 만들어봐."

'경력을 만드는' 일에는 수백 시간의 노동력이 수반된다는 걸 나는 머지않아 깨닫게 됐다. 우선 어디서 질문을 받든 수익 모델에 관해 답할 수 있게 가짜 사업계획서와 재무제표를 준비해야 했다. 웹사이트를 제작하고 실존하는 회사라는 걸 확인시켜주기 위해 디지털 상에 이런저런 잡다한 검색 기록을 만들어놓아야 했다. 명함도—내 것은 물론이고 이게 실제 직업이라면 내가 그동안 만났을 업계 관계자들의 것까지—찍어서 준비했다. 그동안 참석한 컨퍼런스 티켓을 위조해서 배낭 안에 아무렇게나 뒹굴어 다니게 하고, 누군가 내 휴대폰이나 디지털 계정을 해킹할 경우에 대비해 가상의 수신자들과 지난 1년간 주고받은 이메일 트래픽까지 만들었다. 이것들 모두 "저는 토착 예술품을 거래해요."라는 단 한 마디를 뒷받침하기 위한 일이었다. 하나의 인격 자체를 새로 만들어내는 것이다.

위장 신분을 꾸며나가는 것과 더불어, 농장 이후의 생활을 위해 처리할 일이 몇 가지 남아 있었다. 나는 비밀 통신장치를 제작하기 위해 과학기술팀Directorate of Science and Technology이라는 곳에 들렀다. 현장에 나가 본부와 연락을 취하려면 이 장치가 필요했다. 대부분의 공작원들은 대사관에 있는 CIA 지부에서 보안 컴퓨터로 전보를 보내지만, 나는 비공식 요원이라 대사관에 출입할 일이 없었다. 과학기술팀에서는 나 같은 비공식 요원들을 위해 노트북 컴퓨터에 내장해 어디든 들고 다닐 수 있으며 물리적인 트랩도어와 온라인 암호를 복잡하게 조합해 세관원이 조사해도 들킬 염려가 없는 통신 시스템을 만들어주었다. 이런 시스템은 처음부터 해당 비공식 요원을 염두에 두고 제작하는데, 나는 예술 사업을 진행하게 되었으니 그에 맞는 비밀 통신장치를 개발할 시기가 된 것이다.

나는 첨단 기기가 가득한 창고에서 기술자들과 회의를 하며, 내가 시작할 사업을 구체적으로 실명했다. 그들은 연필로—그 방에서 유일한 구식 물건이었다—메모를 했고, 몇 주 후에 휴대폰과 함께 긴 사용설명서를 건네주었다. 안에 내장된 통신장치의 잠금을 풀려면 설명서에 적힌 순서를 그대로 따라야 했다. 자판 입력 사이사이에 여러 가지 버튼과 스위치를 누르고, 미술 관련 웹사이트를 방문하고, 루브르박물관의 사진을 편집하는 것이었다. 어릴 때 갖고 놀던 닌텐도 게임에 비밀스럽게 캐릭터의 파워를 올리는 명령어 조합이 있었는데, 이건 바로 스파이 버전의 '코나미 코드'였다. 내가 만날 적들이 뻔히 들여다볼 화면에 정부의 핵심 비밀에 접속할 통로를 숨겨놓다니 뻔뻔스럽다는 느낌도 들었다. 나는 그걸 마치 배트맨의 직통전화처럼 얼른 숨겼다. 이것만이 본국의 아군들과 나를 연결해주는 비밀통로였다. 나의 부적이었다. 그러자 외로운 마음이 한결 사그라들었다.

과학기술팀을 나와 복도를 내려가자 옷감과 가죽, 레이스가 주렁주렁 걸린 완전히 새로운 방이 하나 나왔다. 재단의 귀재들이 서류가방과 드레스, 코트에 각종 은닉 장치를 부착해주는 곳이었다. 그들은 투미Tumi 가방을 하나 꺼내놓고 나를 기다리고 있었다. "제가 제일 좋아하는 가방이에요. 전문적이고 익명성이 보장되며 바퀴도 튼튼하지만 사치스럽지는 않죠." 여자 직원이 말했다. 나는 그 위풍당당한 고급 가방을 보며 얼굴을 찌푸렸다.

"좀 더 히피나 배낭족에 가까우면서 인류애 넘치는 예술가다운 건 없을까요?" 내가 물었다.

여자는 활짝 웃었다. 그리고 "잠시만 기다리세요." 하더니 옷감들 속으로 사라졌다. 잠시 후 다시 나타난 그녀의 손에는 태국 야시장에서 바로 들고 온 듯한, 천으로 된 호보백이 들려있었다.

"바로 그거예요." 내가 말하자 그녀는 눈을 찡긋했다.

나중에 가방을 받으러 갔을 때, 그녀는 자신이 추가한 세 개의 칸막이를 보여주었다. 각각 크기가 다른 이 칸막이들은, 끈과 덮개를 특정한 조합으로 잡아당겨야 열리도록 돼있었다.

"마법 같네요." 내가 감탄하며 말했다.

"전 그저 제 일에 최선을 다하는 평범한 머글이에요." 그녀가 대답했다.

마지막으로 들른 곳은 몇 층 위에 있는 메이크업 스튜디오로, 거울로 둘러싸인 방 안에 라텍스 코와 안경, 가발들이 걸려있었다. 추적 탐지 경로SDR를 테스트할 때 감시를 따돌리려면 내게 맞는 변장 도구가 필요했다. 하지만 내 눈에는 잡화점에서 파는 할로윈 복장처럼 우스꽝스러워 보일 뿐이었다.

"이런다고 누가 속아 넘어갈지 모르겠네요." 나는 60년대

풍의 보브컷 가발 안에 내 미리카락을 쑤셔 넣고 있는 남자에게 말했다.

"이건 멀리 해외에서 들여온 제품이에요." 그의 말투에선 프랑스 억양이 묻어났다. "이걸 써보세요." 그가 안경을 하나 씌워주었다. 가발보다 더 터무니없어 보였지만, 두 가지가 합쳐지자 서로 상쇄 효과를 일으키며 어설프면서 둔한 사서처럼 보였다.

"알았어요. 솔직히 이런 걸 쓰게 될지는 모르겠지만, 꼭 써야 할 때가 온다면 좋은 변장이 될 것 같네요."

남자는 발끈한 표정으로 그 두 가지 소도구에 내 CIA 고유 번호를 달고, 얼굴을 본뜰 점토 비슷한 걸 가지러 갔다. 점토가 굳을 때까지 똑바로 누워 빨대로 숨을 쉬면서, 나는 그가 필요한 시간보다 나를 더 오래 눕혀놓고 있다고 확신했다. "기욤의 신경을 건드리지 마." 팀장의 캐비닛에서 매부리코처럼 생긴 라텍스를 발견했을 때 그가 이렇게 충고했던 게 기억났다. 이제야 그게 무슨 뜻인지 이해가 갔다.

새로운 위장 신분이 견고해질수록, 현실은 거기에 가려졌고 점점 더 멀어져갔다. 나는 이 신분으로 첫 번째 여행을 다녀오고, 두 번째 여행까지 무사히 마쳤다. 처음에는 착륙 후에 세관에서 심문받을 게 두려워 비행 중에 세부 정보를 강박적으로 암기했다. 하지만 새 신발에 길이 드는 것처럼, 얼마

안 가 자연스러워졌다.

현실 세계는 내게서 점점 더 멀어져갔다. 앤서니와의 결혼은 무효화되었고, 관련 서류는 뜯지도 않은 채 부엌 식탁에 방치되었다.

나는 포토맥 강에 있는 식당에서 가족들과 브런치를 먹으며, 토착 미술품 거래에 손을 대보려 한다고 말했다. 그다지 설득력 있는 이야기는 아니었다. 내가 다국적기업에서 일하는 것도 가족들은 잘 이해를 못 했다. 하지만 멀리 떨어진 나라에 가서 그곳의 예술품을 찾으러 다니는 게 그들이 아는 내 모습에 더 부합했다.

"그래, 이게 바로 버마에서 저항운동을 하던 우리 언니지." 여동생이 큰 소리로 외쳤다. 가족들이 믿어주어서 다행이었다. 그렇다면 알 카에다 조직원들에게도 충분히 통할 테니까.

"수용소에 끌려 들어가지만 마." 엄마가 농담을 했다.

"그럴 가능성은 없어요." 나는 웃으며 답했다. 지금까지 지어낸 말들 중에 제일 큰 거짓말이었다.

딘과는 가끔씩 휴식기가 겹칠 때마다 만났다. 그는 아프가니스탄으로 떠날 준비를 하며 준군사 훈련을 받고 있었다. 나는 두 가지 정체성을 넘나들며 대부분의 시간을 공항에서 보냈다. 그는 내가 무슨 일을 하는지 잘 몰랐고, 나도 그의 임무를 거의 알지 못했다. 우리는 서로의 거리를 인정하는 방식으로 친밀감을 쌓아나갔다. 그는 내가 하고 있는 다층적인 위장 게임에서 자신이 어느 위치에 있는지 이해하는 것 같았다. 내가 토착 예술품을 수집하러 다니는 줄 아는 가족들보다는 진실에 근접해 있지만, 안가에서 내게 밀봉된 봉투를 건네주며 읽기 전에 서명부터 시키는 우리 팀장보다는 멀리 떨어져 있다는 것을.

딘은 파키스탄-아프가니스탄 국경에 배치될 준비를 하며 수염을 기르고 있었다. 적진에서 그의 유일한 방호구가 되어줄 수염은 벌써부터 내가 그에게 너무 큰 애착을 갖지 못하도록 해주었다. 결과적으로는 나로부터 그를 보호해주었다. 우리는 함께 웃고 마시며, 늑대처럼 커다란 나의 반려견인 키플링을 데리고 조지타운 운하를 산책했다. 그가 떠나기 전에, 나는 상자 안에 작은 봉투를 빽빽이 담아 선물로 주었다. 봉투 앞면에는 일주일 간격으로 총 6개월분의 날짜가 적혀 있고, 열어보면 우스운 그림이나 농담이 나오게 되어 있었다. 그런 다음 그를 차에 태우고 덜레스의 민간 공항으로 가서, 검정색으로 칠한 전세기에 올라 아프가니스탄 고원지대로 떠나는 것을 지켜보았다.

그가 떠나보낸 게 내게도 도움이 됐다. 작전이 점점 늘어나서 집중해야 할 시기였다. 훈련 동기들은 대부분 외교관 신분으로 국무부 직원 행세를 했고, 대사관이나 군사기지의 튼튼한 담장과 경비초소가 그들을 보호해주었다. 하지만 나는 면책특권도 없었고, 주변 동료들로부터 받는 위로나 보호도 기대할 수 없었다. 비밀 통신장치를 통해 대부분은 만나본 적도 없는 본부 사무관들에게 기본적인 지시를 받는 게 고작이었다. 내가 그런 고립감에 적응해가고 있을 무렵, 아프가니스탄의 전방 작전기지FOB에 가 있던 딘도 비슷한 상황에 처해 있었다. 내가 위장 신분 속으로 더욱 깊이 녹아들어갈 때, 그는 야간 투시경을 쓰고 M4 카빈용 탄환을 둘러맨 채 실내 청소● 하는 법을 배웠다. 한때 〈내셔널 지오그래픽〉의 사진작가였던 그는 이제 다른 렌즈를 통해 피사물의 크기를 재고 있었다.

우리는 사소한 내용을 적은 편지를 서로 교환했다. 그가 안전 구역 안에서 강아지에게 어떤 훈련을 시켰는지. 우리 집 마당에 어떤 꽃이 피었는지. 어딘지 모르게 예스러운 느낌이었다. 2차 대전 시대의 연애편지처럼 별것 아닌 이야기를 하고 있지만, 그 안에 모든 감정이 담겨있었다.

서로 떨어져 각자의 임무를 수행한 2년 동안, 그는 가끔씩 휴가를 받고 나는 작전과 작전 사이에 틈을 내서 둘이 함께 온두라스나 바하마 같은 곳에서 시간을 보냈다. 우리는 며칠

---

● "저 안의 인간들을 사살하라"의 완곡한 표현

간 완전히 긴장을 풀고 서로를 탐욕스럽게 들이마셨다. 그러고 나면 그는 다시 전세기를 타고 오지로 향하고, 나는 어느 외국 카페로 회의를 하러 떠났다. 우리가 서로에 대해 아는 것은 정자에서 만난 첫날에 그대로 머물러 있다는 사실을 애써 외면한 채로. 시간이 갈수록 휴가를 나온 그가 잠결에 나를 격렬하게 붙잡고 씨름하는 경우가 늘어났다. 하지만 아침이 되면 다시 다정하게 키스를 해주었다. 우리는 각자가 자신을 붙잡고 있는 악령과 싸울 수 있게 서로 방해하지 않고 기다려주었다.

딘은 한 번에 3달씩 임무를 떠났고, 새벽 시간에 전화를 걸어 기지에서 기르게 된 원숭이나 순찰 중에 했던 장난에 대해 이야기를 쏟아내곤 했다. 하지만 전투에 대해선 한 마디도 하지 않았다. 그의 숙소를 지켜주는 방폭벽 너머에 어떤 위험이 도사리고 있는지 넌지시 내비친 적도 없었다. 하지만 일주일에 한 번 꼴로 통화 중에 전화가 끊겼고, 내 방은 갑자기 침묵에 잠기곤 했다. 나는 그럴 때마다 위성 문제일 거라고 마음을 달랬지만, 한편으로는 폭격을 당한 건 아닌지 두렵기도 했다.

그는 이메일로 사진을 보내왔다. 세탁 세제와 소총이 잔뜩 쌓인 노점에서 꾸벅꾸벅 조는 노인. 도자기 파이프를 돌려 피우면서 한쪽에선 담배를 들이마시고 옆에서는 기침을 해대며 낄낄거리는 소년들. 비밀 여학교에서 히잡을 쓴 머리를 책에 파묻고 수학 문제를 푸는 학생들. 탈레반 통치 지역에서 찍은 일상의 단편들이었다. 동시에 딘의 참모습, 그가 말로는 표현할 수 없고, 절대 표현하지도 않을 다정함이 엿보였다. 나는 이 낯선 사람들을 자세히 들여다보며 딘을 더욱 사랑하게 됐다. 비록 그는 이 사람들 사이에서 생존을 위해 싸우고 있지만 말이다.

딘은 어쩌다가 한 번씩, 어딘가에 비친 자신의 모습도 찍어보내주었다. 첫 번째는 화물 컨테이너의 벽면에 붙어 있는 흡착 거울에 비친 모습이었다. 처음 기지에 도착했을 때 숙소로 배정받은 곳이었다. 그는 키가 크고 팔다리가 길며, 헝클어진 머리에 소년처럼 부드러운 눈매를 하고 있었다. 피부는 매끈하고 깨끗했으며, 눈빛은 총명하고 장난기가 어려 있었다. 다음에 그의 사진이 도착한 건 9주 후였다. 그런데 이번에는 다시 수염을 덥수룩하게 기른 데다가, 레이밴 선글라스를 쓰고 가슴팍에 M4를 맨 채로 등을 웅크리고 있었다. 그와 함께 서 있는 다른 남자들도 전부 비슷한 복장에 무장을 하고 있었다. 딘의 내면에 있던 소년은 이미 사라지고 없었다.

나는 가면을 쓴 그들의 눈을 들여다보았다. 이제 그들이 딘의 가족이었다. 그들은 함께 크로스핏을 했다. 무료한 시간을 함께 때웠다. 거의 한 몸이나 다름없었다.

그중에 한 명은 나도 '농장'에서부터 아는 사람이었다. 맷이라는 동료였다. 그의 여자친구도 나와 친구였다. 도중에 맷이 다른 여자와 혼인 중이라는 게 탄로가 났다. 그는 서류상의 관계일 뿐이라고 해명했다. 전쟁이 끝나고 집에 돌아오면 다 정리할 거라고 했다. 그러면서 그는 나에게도 추파를 던졌다. 화가 머리끝까지 난 내가 어찌 해야 좋을지 고민하고 있을 때, 그가 야간 순찰 중에 총을 맞았다.

동창생이—비록 야비한 녀석이라고 해도—전투 중에 총을 맞고 쓰러지다니, 나는 이런 일을 받아들일 마음의 준비가 되어 있지 않았다. 특수부대에 들어가 해외 전투에서 총격전을 벌이는 건 CIA가 할 일이 아니었다. CIA 요원들은 전쟁에 최적화되어 있지 않았다. 그런 일을 위해 있는 것은 군대였다. 수십억 달러의 군비와 수백만 명의 남녀 군인들이 바로 그 목적을 위해 전장에 투입되고 있었다. CIA 요원들은 다른 종류의 임무를 맡고 있었다. 국가안보를 위한 도청과 조사, 관계 형성, 신뢰 증진 등 적과의 관계에 시간과 노력을 투자하는 감정적인 작업이었다. '농장' 졸업생이 그런 일 대신 최전선에 배치되는 건 군사적인 긴장이 고조된 시기에 한해서였다. '군사력 증강surge'이라는 작전이 시행된 이 당시가 바로 그런 시기 중 하나였다.

'농장'을 졸업한 직후에 전쟁 지역으로 차출되는 건 본인의 경력에도 치명적이었다. 공중 지원과 야간투시경에 의지해 군용차로 살상을 하고 다니는 나날이 몇 개월씩 이어지면, 칵테일파티와 테러 집단의 안전 가옥을 흔적 없이 오가는 미묘한 작전 수행 능력이 마모되고 만다. 전투에 투입되고 1~2년이 넘어가면 '농장'에서의 훈련은 무용지물이 되고 만다. 딘이 선발된 게 정말 싫었다. 왜 뽑혔는지는 알았다. 민첩하고 침착하면서 실력이 좋았으니까. 하지만 그는 한밤중에 습격에 나서거나 방아쇠에 손가락을 걸고 상대를 죽이지 않으면 내가 죽는다는 두근거림을 느끼려고 이 일에 지원한 게 아니었다.

물론 CIA 요원들도 목숨을 잃는다. CIA 로비의 벽에 박힌 희생자를 기리는 별들이 늘 그런 사실을 상기시켜주었다. 하지만 우리가 마주하는 건 다른 종류의 위험이었다. 우리의 목숨을 지켜주는 건 무기가 아니라 위장 신분이었다. 우리가 얻고자 하는 건 상대의 목숨이 아니라 신뢰였다. 군인들은 말썽거리를 보면 그것을 섬멸하려 한다. 첩보원들은 말썽거리와 친구가 되려 한다. 아프가니스탄에 급파되어 야간 순찰 중에 총격을 당하기 전까지는 말이다.

맷은 다행히 생명에는 지장이 없었지만, 그의 부상은 딘이 직면하고 있는 공격, 우리가 대화할 때마다 그가 감추려고 하는 위험을 떠올리게 했다. 매일 누군가가 총에 맞을까 걱정하는 건 무척이나 지치는 일이었다. 그걸 극복하는 유일한 방법은 오직 일에만 파묻히는 거였다.

핵공격이 벌어질 게 확실하다, 심지어 임박했다는 첩보가 매주 들어오는 형국이라 일에 집중하는 건 어렵지 않았다. 수십 년 동안 전 세계의 브로커들은 대량살상무기의 전구체와 구성 물질을 시장에서 거래해왔다. 일부는 돈과 권력을 좇는 마키아벨리적 목적을 위해, 또 다른 이들은 모든 나라가 국방에 동일한 권리를 가져야 한다는 신념에 의해. 후자의 주장을 따르자면, 핵무기를 모든 국가에 동일하게 허용하거나 금지해야 한다. 매우 설득력 있는 논리이기는 하지만, 이미 핵을 보유한 국가에서는 무기를 버릴 생각이 없고, 모든 나라가 핵무기를 보유하고 있는 세계는 전혀 안전하게 느껴지지 않다는 게 문제다. 그럼에도 '부자 나라들만 핵을 갖고, 가난한 나라는 핵도 가질 수 없다'라고 서구 세계를 비판하는 목소리가 높은 가운데, 최종 목적이 평화든 은퇴 후의 안락한 생활이든, 암시장을 돌아다니거나 핵무장을 원하는 국가에 민군 이중 용도 부품을 공급하며 막대한 수익을 거두는 이들도 상당수 존재했다.

내가 다시 안전 가옥에 자리 잡았을 무렵, 핵무기 밀거래 네트워크 중 가장 유명한 곳이 발가벗겨지고 있었다. 파키스탄 금속공학자인 압둘 카디르 칸이 이끄는 네트워크였다. 우리가 받아보는 보고서에서는 그들이 핵을 공급하는 대상이 민족국가 차원에 한정돼 있지 않다고 결론을 내리고 있었다. 칸의 네트워크는 20여 년간 거의 아무런 제재도 없이 활동해왔다. 처음에는 파키스탄의 핵 프로그램을 지휘하다가, 차츰 리비아, 이란, 북한에 원심분리기의 설계 도면과 부품을 공급하고 그 대가로 현금과 파키스탄의 시스템을 테스트하기 위한 우라늄을 건네받았다. 그러다가 칸이 제공하는 핵기술을 리비아로 운반하던 선박이 나포되었고, 무아마르 카다피는 군사적 파국을 피하기 위해 일방적으로 핵 프로그램을 포기한다는 공식 성명을 발표했다. 압둘 카디르 칸이 갑작스럽게 수세에 몰리자, 그를 위해 거래를 해오던 브로커들이 입을 열기 시작했다.

'이슬람 핵무기'를 퍼뜨리던 파키스탄의 거래 상대는 불량 국가들만이 아니었다는 전보가 빠른 속도로 유입되었다. 알카에다가 브로커들에게 접근해왔다는 매우 걱정스러운 보고가 여러 건 들어왔다.

위협 보고가 빗발치자, 우리는 자금과 인력을 집중적으로 지원받았다. 대테러 센터 대량살상무기 팀의 안가는 아무런 특색도 없는 위장용 사무 건물의 2층 전체를 차지하는 규모로 확장되었다. 방문객들은 아래층에 있던 시절처럼 평범하게 유리로 된 리셉션 구역에서 심사를 받고, 다시 복도 끝으로 돌아가 전화기와 기타 송신 장치를 꺼내놓은 후에야 두 개의 특수 민감 정보 시설 문을 통과해 안으로 들어갈 수 있었다.

나는 이번 검거에서 살아남은 브로커들에게 집중하기 위해 위층으로 올라갔다. 그들은 기존 네트워크를 기반으로 테러단체와 또 다른 네트워크를 형성해가고 있었다. 우리는 국가 차원의 핵무기 프로그램을 해체하는 팀들과 협력하기도 했지만, 우리가 감독하는 대상은 알 카에다 같은 철저하게 비국가적인 단체들이었다. 그밖에 존스타운 집단 자살사건이나 1995년 도쿄 지하철에서 사린가스를 살포한 옴진리교 같이 주기적으로 등장해 끔찍한 폭력 사태를 일으키는 종말론적 사이비종교 단체도 우리의 담당이었다.

나는 더 많은 정보를 얻기 위해, 칸을 도와 국제적으로 핵을 확산시킨 혐의로 유럽과 아시아에서 재판을 기다리고 있는 수감자들을 찾아갔다. 그리고 테러단체와의 거래에 관해 물었다. 대부분은 내 질문을 피했지만, 딱 한 명—스웨덴인—만은 당당하게 자기 의견을 펼쳤다.

"칸 박사는 운동장을 평평하게 만드는 데 일생을 바쳤어요." 그가 정확한 영어로 말했다. "그는 자신의 조국이 전쟁터에서 인도에게 굴욕을 당하는 걸 목격했어요. 그리고 자기 자신도 파키스탄 국경을 넘다가 열차에서 인도 군인에게 수

모를 당했죠. 그 군인은 박사가 제일 아끼는 펜을 빼앗아갔어요. 그리 대단한 물건은 아니었어요. 하지만 군인은 자기 힘을 과시하려고 일부러 가져간 거예요."

"그래서 아끼는 펜을 빼앗겼다는 이유로 테러범들의 핵폭탄 제조를 도울 결심을 했다고요?" 내 목소리는 내가 듣기에도 힐난하는 말투였다.

그는 나를 평가하듯 살짝 고개를 뒤로 젖혔다. 그러고는 어깨를 으쓱했다. "모멸감은 강렬한 감정이에요." 그가 침착하게 말했다. "핵무기는 존중의 다른 이름일 뿐이에요. 누구나 존중받길 원하잖아요? 당신이 테러범이라고 부르는 사람들도 마찬가지예요."

우리는 잠시 침묵을 지켰다. 그의 말은 틀리지 않았다. 하지만 그게 진실이라고 해서 범죄가 용서되진 않는다.

"게다가 그들이 보기엔 당신들이 테러범이죠." 그가 마지막으로 덧붙였다. 집으로 돌아오는 길에, 프랑크푸르트 공항에서 한 소년을 보았다. 자기 어머니의 히잡 안을 헤집어 보는 보안요원들을 지켜보고 있었다. 예전에 한 은행원이 어느 집의 소유권을 회수하면서 거기 사는 여성의 집 열쇠를 쓰레기통에 버렸다. 아들이 만들어준 열쇠고리가 금속제 통에 부딪치며 쨍그랑 소리가 났다. 몇 개월 후, 그 은행원이 살해됐다는 기사가 신문에 실렸고, 나는 어느 정도 이해가 갔다. 권력이라는 구둣발이 땅을 쿵쿵거리면 개미들은 도망친다. 하지만 언젠가 그러지 않는 날이 온다. 스웨덴 포로와 만난 후 나는 마음이 불편해졌다. 느슨한 규제를 뚫고 나간 핵무기가 모욕당한 사람들의 손에 들어가면 모두에게 비극적인 결과가 뒤따를 수밖에 없었다.

안가로 돌아온 나는 회의실 벽에 브로커들의 지도를 그려나가기 시작했다. 가지가 뻗어나갈수록, 칸의 네트워크가 무너졌다고 해서 핵 테러의 위험이 줄어들지는 않았다는 걸 실감하게 됐다. 오히려 더 심화되고 있었다. 한때 카다피와 김정일에게 물건을 팔던 딜러들이 이제 알 자와히리나 오사마 빈라덴를 우선순위에 올려놓고 있었다. 팀장에게 이 조사 결과를 보고하자, 그는 회의실 테이블에 서류 상자를 떨어뜨렸다. 그리고 "젠장."이라고 내뱉었다.

서류철 안에는 2001년 이후에 발생할 뻔했던 수십 건의 핵 위협과 관련된 자료가 들어 있었다. 그중 '드래곤 파이어' 건은 나도 이미 알고 있었다. 9·11테러로부터 1개월 후, 알 카에다가 뉴욕 모처에 10킬로톤의 핵무기를 감춰두었다는 첩보가 들어온 것이다. 출처는 '드래곤 파이어'라는 암호명이 붙은 CIA 정보원이었다. 이 정보는 상당히 신빙성이 있다고 판단되어, 워싱턴이 붕괴할 경우를 대비해 부통령을 포함한 야당의 예비 내각을 한 달 이상 미공개 장소로 피신시켜야 한다는 주장이 제기되었다. 다행히 그런 일은 벌어지지 않았지만, 상자 안의 다른 서류철들을 살펴보면 그런 시도는 끊임없이 이어져왔다. '핵 심판'이나 '미국판 히로시마'라는 말들이 보고서마다 등장했다. 알 카에다의 성직자들은 미국 정치의 희생양이 된 이슬람 민간인들의 복수를 위해 4백만 명의 미국인을 죽여야 한다고 선포했다. 그만한 살상 목표를 달성할 수 있는 무기는 단 하나, 버섯 모양의 구름이었다.

내가 보고서를 읽어 내려가는 동안, 팀장은 나를 뚫어지게 바라보았다. "그냥 넘어가선 안 되겠지?" 그가 물었다. 나는 고개를 끄덕였다. "우리는 여태까지 등급을 나눠 순차적으로 처리했어. 이미 구체화된 공격을 막는 데 집중했지. 하지만 이제는 우리도 긴 게임에 돌입해야 해. '농장'에서 갓 졸업한 신입 두 명이 들어왔어. 필요하면 데려가서 써먹어. 공급망의 일부라도 차단할 수 있는지 보자고."

그렇게 해서 나는 26살이라는 나이에 갑자기 신입 요원 두 명과 행정 사무관, 수많은 지원 스태프를 거느리게 됐다. 세상의 운명을 쥐락펴락 하기에는 우리 모두 너무나도 어렸다. 하지만 그게 CIA의 방식이었다. 실력 있는 공작원들은 서른다섯 살까지 정체가 완전히 발각될 정도로 열심히 일했다. 한번은 훈련 중에 상관에게 이런 말도 들어보았다. "20년간 벽장 안에 틀어박혀 있으면 위장 신분을 안전하게 유지할 수 있어. 하지만 단 한 명의 생명도 구하지 못하겠지. 그러니 밖으로 나가. 정보원을 포섭해. 테러 위협을 막아. 그러다 보면 언젠가 그만 물러나라는 통보를 받을 거야. 하지만 아무것도 안 하며 빈둥거리는 것보단 그게 낫지." 그러면서 커피를 칵테일처럼 들어 올렸다. "잘 기억해둬. 넘어질 거면 앞으로 넘어지라고."

정체가 드러난 공작원도 계속 일할 수 있었다. 전 세계에 퍼져 있는 지부나 기지를 담당하거나 본부에 돌아와 관리직을 맡을 수도 있었다. 하지만 위장을 하고 스스로 창끝이 되어 실제 사건을 담당하는 건, 기관 내에서 제일 젊은 부류였다. 우리가 바로 그런 사람들이었다. 위장 신분이 아직 깨끗하고, 어깨에 힘은 잔뜩 들어간, 실전 경험이라고는 전혀 없는 우리가.

우리는 네트워크에서 뻗어나간 가지를 도표로 제작해서 핵 전구체가 다른 손으로 넘어가지 못하게 막는 임무를 맡았다. 우선 구매자 행세를 하기로 결정했다. 나는 신입 중 한 명인 닐에게 도청된 메시지를 철저히 조사해서 어떤 무기상이 새로운 고객에게 적극적으로 반응하는지 순위를 매겨보라고 했다. MIT 박사 출신인 닐은 우리 요원으로서 사교적인 칵테일 파티에도 참석했지만, NSA에서 암호를 두드려대고 있어도 전혀 어색하지 않을 만큼 매력적인 천재였다. 내게서 회의실

지도를 넘겨받은 그는 핵 전구체 거래로 유명한 판매자들에게 빨간색 동그라미를 쳐놓고, 인맥의 깊이와 신뢰도에 따라 순위를 매겼다.

우량 구매자를 많이 확보한 판매자일수록 테러단체에 접근할 가능성이 높아지지만, 그런 이들은 새로운 고객이 절실하지 않기 때문에 우리가 연락해도 만나줄 가능성이 적었다. 이상적인 목표는 베테랑 브로커와 연계돼 있지만 자기가 확보한 구매자는 적은 부류였다. 그런 사람을 찾아 만남을 성사시키고, 잔챙이 딜러를 통해 그 세계에 발을 들여놓으면 그와 연결된 거물과 접촉할 길이 열릴 터였다. 야캅이라는 헝가리계 무기상이 업계 최고의 브로커와 연관돼 있지만 여전히 거의 모든 문의사항에 답을 해주고 있었다.

"승부사 기질이 있다면 승부를 걸어올 거예요." 닐이 말했다. "거물 밑에서 독립하려는 견습생일지도 몰라요."

우리는 우리만의 안전한 성을 빠져나와 아래층에 있는 '치폴레'나 '판다 익스프레스'에서 휴식을 취하며 그에게 어떻게 접근하는 게 최선일지 전략을 궁리했다. 주변은 온통 치마 정장이나 스니커즈 차림으로 점심을 먹고 있는 쇼핑객들이었다.

"루시 스탠튼 씨?" 어느 날 노천 푸드코트에서 어떤 볼이 빨간 여자가 우리 옆 자리에 앉아 있는 아이 엄마에게 다가오며 말했다. 아이 엄마는 별로 관심이 없어 보였다. "저는 젠하고 아는 사이예요." 얼굴이 불그레한 여자는 계속 말을 이어 갔다. "우리 아이와 댁의 아이를 놀이 친구로 맺어주면 어떻겠냐고 하더라고요." 그러자 아이 엄마의 표정이 밝아졌다. 그리고 막내 아이를 자기 무릎에 앉혀 오늘 처음 보는 볼 빨간 여자에게 앉을 자리를 마련해주었다. 닐이 나를 돌아보며 말했다.

"바로 저거예요. 우리도 추천인이 필요해요. 젠처럼 우릴 이어줄 친구 말이에요." 나는 아이스티를 마시며 고개를 끄덕였다. 낯선 이를 무턱대고 반겨줄 사람은 없었다.

"그런 걸 부탁해볼 친구가 있을까?" 내가 물었다.

"카이트 윙은 어떨까요." 이렇게 개방된 외부 장소에서 암호명을 대놓고 말하는 건 위험했다. 우리 안가의 정체가 어디선가 새어나갔을지도 모르고, 외국 정부에서 우리를 감시하고 있을지도 몰랐다. 포토맥 강 건너 러시아 대사관에 배치된 젊고 배고픈 첩자들은 CIA 요원을 찾아내는 걸 취미로 여겼다. 심지어 기관 내의 보안 요원들도 동료들이 기밀 정보를 밖으로 유출하지는 않는지 점검하는 걸로 알려져 있었다.

나는 닐을 노려보았다. 하지만 그의 말은 틀리지 않았다. 카이트 윙은 헤즈볼라의 고위직에 있는 오래된 정보원이었고, 시아파 테러단체인 헤즈볼라는 이란에서 자금 지원을 받아 레바논 등지에서 정당 조직으로 활동하고 있었다. 따라서 이건 매우 영리한 제안이었다. 헤즈볼라는 우리가 쫓고 있는 수니파 집단인 알 카에다나 제마 이슬라미야 등과 연락할 일이 거의 없었다. 카이트 윙이 우리의 정체를 폭로할 위험은 거의 없다는 뜻이었다. 오히려 이참에 수니파 단체들을 싹 쓸어버리고 싶어 할 것이다. 잘 짜인 각본이었다. 게다가 헤즈볼라의 고위급 관리가 추천해주면 야캅도 우리를 진지하게 상대해줄 게 분명했다. 설사 그렇다고 해도, 공공장소에서 암호명을 입에 올린 건 닐의 잘못이었다.

닐이 "그렇지만 내 말이 맞잖아요."라고 말하듯 실실 웃자, 내 얼굴에도 미소가 번졌다. 가판 음식점과 의류 할인점 사이에 있는 플라스틱 테이블에서 이 문제를 해결하다니, 기분이 좋을 수밖에 없었다.

"그래, 알았어. 일단 위층으로 올라가자." 내가 말했다.

"어르신 말씀 들었지?" 내가 혼자 어른인 척한다는 듯이 닐이 빈정거렸다.

"품위를 지켜, 닐." 그는 부리토 포장지를 구겨 쓰레기통에 던지고는 가상의 모자를 내 쪽으로 살짝 기울였다.

"네, 어르신. 세상을 구하는 일이 끝나면 바로 그렇게 합죠."

13

닐의 계획은 성공했다. 카이트 윙은 나를 '동남아시아 형제들'의 브로커라고 소개해주었다. 상대에게 신뢰감을 줄 만큼 충분히 모호하면서, 세세한 부분에서는 나름의 융통성을 발휘할 여지가 있는 설명이었다. 화려한 연줄을 자랑하는 딜러들처럼 야곱도 이메일 계정의 초안을 통해 의사소통을 했다. 메시지를 작성해서 임시로 저장해놓고, 수신인에게 계정 주소와 비밀번호를 알려준 후, 상대가 로그인해서 읽기를 다리는 것이다. 그럼 수신자도 실제로 메시지를 보낼 필요 없이 같은 폴더에 답장을 남긴다. 이러면 이메일을 도중에 가로채일 염려가 없으니, 간단하지만 효과적인 방법이었다.

  카이트 윙이 보증해주자, 야곱은 이메일 계정을 만들어내게 접선을 위해 연락해왔다. 이메일 주소를 받은 나는 고개를 절레절레 흔들었다. GeneralRipperB52@hotmail.com. 잭 리퍼 장군. 영화 〈닥터 스트레인지러브〉에서 과대망상으로 핵 공격을 개시하는 미 공군 장교. 영화광이 틀림없었다.

야콥과 나는 한 달 가까이 임시저장 폴더를 들락날락거렸다. 나는 성능 좋은 도구들이 필요하다며 핵과 생물학 무기에 대해 알고 있는 은어들을 쏟아냈다. 그는 여러 번 주저했다.

"우리가 공통으로 아는 친구는 당신이 내 구매자들에게 그런 기술을 제공할 수 있을 거라고 하던데요." 내가 메시지를 입력했다.

"정확히 무슨 말씀인지 직접 만나서 이야기해주시죠." 그가 답했다.

나는 몇주 후에 프랑스 리옹에서 그를 만나기로 했다. 삶은 기쁨으로 가득하다며 흥청망청 마셔대는 도시였다. 죽음의 무기를 거래하는 남자와는 어울리지 않는 장소였다. 어스름이 내려앉은 공원에서 음악이 흘러나오고, 강둑을 따라 모여 앉은 예쁜 젊은이들이 와인을 마시며 웃음을 터뜨리는 곳이라니. 하지만 그가 제안한 장소였고, 딱히 반대할 이유가 없었다. 그에게 익숙한 장소에서 만나 마음을 놓게 하자는 판단도 있었다.

나보다 몇십 야드 앞선 곳에, 약속 장소로 향하고 있는 그의 모습이 나타났다. 빈티지 천으로 된 코트를 입었고, 종아리 중간까지 올라오는 부츠를 신었다. 뒤에서 본 걸음걸이는 마치 서부 시대의 농부 같았다. 그가 옆길로 방향을 틀고 나서야, 노래를 흥얼거리고 있다는 걸 알아챘다. 노랫소리를 들은 나는 마음이 찡해졌다. 난생처음 듣는데도 향수를 불러일으키는, 오래된 민요 가락이었다. 그의 목소리는 노인처럼 구슬퍼서, 내가 생각한 것보다 나이가 많고, 이메일의 문체에서 느껴지던 것보다 현명할 것 같았다.

나는 그와 마주칠 준비를 했다. 이건 보안을 위한 조치였다. 새로운 목표물이 내가 누구인지 알아채기 전에 잠시 우연을 가장한 만남을 연출하는 것이다. 야캅은 내가 몇 블록 떨어진 카페에서 자신을 기다리고 있는 줄로 알았다. 그러니 여기에서, 그가 예상치 못한 순간에 접근하는 게 훨씬 안전했다. 목표물들은 처음 만날 때 자신에게 친숙한 장소―자신을 아는 사람들이 있는 장소―를 고르는 경향이 있다. 그전에 내가 선택한 지점에서 그를 가로채면, 이쪽에서 환경을 통제하면서, 그가 나를 만났다는 걸 깨닫기도 전에 두 손에 뭐가 들렸는지 확인할 수 있었다.

"익스큐제 모아(실례합니다)." 내가 그의 팔꿈치에 슬쩍 손을 대며 말했다. "투 아 뒤 푸(불 있으세요)?" 그러면서 불이 붙지 않은 담배를 내밀었다. 그는 내 쪽으로 몸을 돌리며 퉁명스럽게 고개를 끄덕였다. 목소리와는 전혀 어울리지 않는 얼굴이어서 깜짝 놀랐다. 내가 상상한 자애로운 이미지는 순식간에 사라졌다. 눈에 들어온 건 젊고 단단한 사내의 야성미 넘치는 각진 얼굴로, 교도소에서 문신을 한 스탈린 조각상처럼 힘줄이 삐죽삐죽 드러나 있었다. 그는 가슴 주머니에서 찌그러진 금속 라이터를 꺼내, 불이 켜질 때까지 몇 번 탁탁 튕겼다. 휘발유 냄새가 우리 사이를 휘감았다. 나는 담배 끝을 불꽃에 대고 그의 얼굴을 올려다보았다.

"야캅 맞죠?" 내가 말했다.

그의 손이 공중에 그대로 멈췄다. 놀란 표정이었다.

"우리의 공통된 친구가 당신의 인상착의를 말해줬거든요." 내가 말을 이어갔다. "만나서 반가워요."

나는 그가 내 말을 완전히 이해할 때까지 그의 손을 붙잡고 위아래로 흔들었다. "저기에 제 차가 있어요. 추운데 같이 타실까요?"

그러고는 길 건너편에 주차해놓은 폭스바겐 렌트카로 걸어가서, 뒤도 돌아보지 않고 운전석에 올라타 문을 닫았다. 그를 여기까지 끌어내려고 들인 노력과 그가 겁을 먹고 도망칠 가능성을 생각하면 배짱 두둑한 행동이었지만, 괜한 입씨름을 피하기 위한 선택이었다. 차에서 기다리기로 결정한 것이다. 이렇게 하면 그에게 남는 선택지는 두 가지—변경된 계획을 받아들이든지 판매 기회를 놓치든지—로, 둘 중 어느 쪽이든 길거리에서 이야기를 나누는 건 위험했고, 장차 그를 우리 쪽으로 포섭할 생각이라면 더더욱 그것만은 피해야 했다.

한참을 기다리다가 뒤를 돌아보니, 그는 여전히 그곳에 서서, 자갈길 너머에서 나를 지켜보고 있었다. 호기심에 사로잡힌 표정이었다. 스물여섯 살짜리 여자가 무기 거래에 뛰어드는 일은 흔치 않다. 그는 자기 담배에 불을 붙이더니 길을 건너왔다. 그가 차에 타서 조수석 문을 닫자, 나는 엔진을 켜고 창문을 조금 내렸다. 라디오에선 찰리 파커가 연주하는 색소폰 소리가 흘러나왔다.

"차를 출발시켜도 될까요?" 내가 물었다.

"당신은 중동 깜둥이로는 안 보이는데요." 그가 말했다.

"나는 여러 친구들과 손을 잡고 일해요." 나는 그의 표현에 혐오감이 일어나는 걸 억누르며 말했다.

"왜죠?" 그가 물었다. 아직 내가 처음 물은 질문에 대한 답을 듣지 못했다. 나는 주차장을 빠져나와 길거리로 내달렸다. 그의 안전지대를 벗어났는지 옆에서 불안해하는 게 느껴졌다. 하지만 나는 위험지대에서 벗어나고 싶었다. 약속 장소에 너무 오래 머무르는 건 좋은 생각이 아니었다. 몇 골목만 지나면 그가 배치해놓았을지 모르는 지원군으로부터 멀어질 수 있었다.

"나는 사업가니까요." 내가 말했다. "사업하는 사람한테는 검은색도 흰색도 없어요."

그는 나를 바라보더니 백미러를 힐끗 보고, 다시 내게로 시선을 돌렸다.

"눈에 보이는 건 전부 그린라이트라는 거군요." 그가 말했다.

"나는 이걸 유일한 기회로 생각하고 싶어요." 나는 대로로 나갔다가 또 다른 샛길로 들어섰다. "이 기회를 잘 살리면 우리 둘 다 상당한 금액을 만질 수 있어요. 당신이 어떤 물건을 조달해줄 수 있느냐에 달렸죠."

너무 어설펐다. 그가 먼저 거래 이야기를 꺼낼 때까지 기다려야 했다. 유리한 건 질문을 받는 쪽이었다.

"권총, 공격용 무기, 각종 잉여 군수품." 그는 이렇게 말하며 창문 밖으로 담뱃재를 털어냈다. 그가 열거하는 품목 중에는 대량살상무기 비슷한 것도 없었다. 내가 성급하게 달려든 것이다. 하지만 이제 와서 물러설 순 없었다.

"우리 구매자들은 좀 더 효율적인 물건을 원해요. 돈은 얼마든지 지불할 수 있어요." 내가 말했다.

그는 "무슨 말씀이신지 잘 모르겠네요"하며, 창밖으로 담배를 휙 던졌다. "여기서 내려주시죠."

나는 앞선 발언을 취소하고 싶은 유혹을 간신히 억눌렀다.

이 작전에 바친 수개월의 시간과 여기까지 다다르기 위해 이용한 다른 정보원들이 떠올랐다. 팀장에게 내가 다 망쳤다고 보고하는 모습을 상상해보았다. 뉴스에서 새로운 테러 소식을 접하게 될 미래가 눈앞에 선했다. 차에서 내리지 말라고 그에게 애원하고 싶었다. 하지만 이젠 빼도 박도 못하는 상황이었다. 이대로 밀고 나갈 수밖에 없었다.

"안타깝지만 어�쩔 수 없죠." 하면서 차를 세웠다. "우리의 공통된 친구가 당신의 물건 입수 범위를 잘못 알았나 보네요."

그는 한참 동안 나를 빤히 바라보았다. 그러고는 차에서 내렸다. 나는 차를 몰고 자리를 떴다.

'농장'에서의 훈련도 다 소용없었다. 최정예 요원이고 뭐고 다 끝이었다. 나는 바보였다. 너무 자만했고, 그 결과 차마 감당하기 힘든 대가를 치러야 했다.

나는 공영 주차장에 차를 세웠다가, 추적 탐지 경로를 밟으며 호텔로 돌아왔다. 그리고 위스키를 주문했다.

• • •

워싱턴으로 돌아가 유감스러운 결과를 보고하자, 팀장은 오늘 아침에 야캅이 임시저장함에 메시지를 남겼다고 가르쳐주었다. "자네를 만족시킬 만한 물건이 있을지도 모르겠대." 그

말을 듣는 순간 내 얼굴에 커다란 미소가 걸렸다. "그래도 자네가 바보라는 사실엔 변함이 없어." 팀장이 덧붙였다.

다행히 야칍은 나보다 더한 바보였다.

나는 답장으로 보낼 문안을 팀장에게 승인받은 후, 야칍의 이메일 계정에 저장했다. 정중하면서도 퉁명스러운 메시지였다. "이번 건은 다른 공급자를 찾았어요. 다음에 필요한 물건이 생기면 다시 연락드리죠." 그러고는 한참 동안 움직이지 않았다. 그는 몇 주 후에 연락을 해왔다. 그리고 한 달 후에 다시 타진해왔다.

"돈이 많이 궁한가 본데요." 닐이 말했다.

나는 신중하게 말을 꺼냈다. "지금 문제는, 그를 어떻게 이용할지 궁리하는 거야. 그가 파는 대로 그냥 전부 사들일 수도 있어. 물건을 시장에서 없애버리는 거지. 하지만 그러다 보면 결국 우리가 내다 팔지 않는다는 걸 알아챌 거야. 구매자들 사이에도 소문이 도니까."

"그전까지 유용하게 써먹으면 되는 거 아니에요?" 닐이 물었다. "야칍이 구소련의 연구시설에 손을 댈 수 있다면—도청 정보에 의하면 가능하대요—이건 핵배낭이나 적어도 그런 폭탄의 원료예요. 맨해튼 전체를 방사능 낙진으로 덮어버릴 수 있다고요."

닐의 동기인 피트는 우리 뒤에서 통화 기록을 조회하고 있었다. 그가 나를 돌아보며 말했다.

"그걸로 깜짝 선물을 만들면 어때요?"

"무슨 뜻이야?" 내가 물었다.

"작은 부품 몇 개를 바꿔 끼워서 실제로는 작동하지 않게 한 다음에, 알 카에다든 제마 이슬라미야든 제일 엿 먹이고 싶은 놈들한테 파는 거예요. 우리가 이란의 핵 개발을 막으려고 써먹었던 방법이죠."

"그래서 결국 어떻게 됐는지 알잖아." 내가 말했다.

그가 말하는 건 멀린 작전이라는 몇 년 전의 대실패작으로, 얼마 전에 언론에도 새어나가 소란이 일어났다. 이란이 우리와의 합의를 위반하고 핵무기를 개발했다고 덮어씌우기 위해, 정보원을 통해 실제로는 가동되지 않게 조작한 금지된 무기의 도면을 몰래—우리만의 생각이었지만—제공하게 한 것이다. 하지만 이란인들은 생각보다 수학을 잘하는 걸로 판명됐다. 그것도 아주 많이. 도면을 정확하게 계산하고 잘못된 부분을 고쳐서, 우리가 적을 과소평가했다고 알아채기도 전에 새롭고 유용한 정보를 손에 넣은 것이다.

CIA 역사의 많은 부분이 그러하듯, 신문에 발표되기 전까지 일반 요원들은 그런 일이 있었다는 것도 전혀 모르고 있었다. 그러다 보니 똑같은 실수를 두 번 반복하기 쉬웠다.

"여기서 진정한 승리를 얻고 싶으면 야갑을 포섭하는 방법밖에 없어. 그만 우리 편으로 돌려놓으면 돼. 다른 건 전부 지연 전략에 불과해." 내가 말했다.

두 사람은 이런 날이 올 줄 알았다는 듯이 서로 눈빛을 교환했다.

나는 목표물이 모르게 정보나 자료를 훔치는 것보다 적을 우리 편으로 영입하는 게 낫다는 입장을 안가에 있는 그 누구보다 강력하게 지지하고 있었다. 오셀로 게임에서 상대의 말을 내 것으로 만들듯이, 장기적으로 볼 때 그게 훨씬 유리한 전략이라는 게 내게는 명백해 보였다.

"포춘 쿠키에도 그렇게 쓰여 있잖아. 적을 없애는 유일한 방법은 친구로 만드는 것이다." 내가 말했다.

"그냥 죽이는 방법도 있죠." 닐이 맞서고 들었다.

"그럼 그 사람의 죽음으로 화가 난 테러범을 10배 더 늘릴 뿐이야." 피트가 쏘아붙였다. 닐은 그를 노려보았다.

"초등학생처럼 선생님한테 반하기라도 했나요? 어째 말투가 갈수록 똑같아지는군요." 닐이 말했다.

나는 못들은 척했다. "잘 생각해봐." 내가 말을 이어갔다. "야캅을 포섭하면 그를 통해서 기성 고객을 대량으로 확보하고 있는 다른 판매자들과 접촉할 수 있어. 진짜 큰손들 말이야. 내가 알기로 야캅은 아직 거물급 구매자와 연결돼 있진 않아. 아직 변변한 고객이 없다는 걸 너희도 알고 있잖아."

단순히 무기를 사는 게 아니라 그를 포섭하려면 방향을 급선회해야 했다. 구매만 하자고 결정한다면 지금 당장 시작할 수도 있었다. 야콥이 팔겠다는 물건을 최대한 사들이면서, 무시무시한 무기들이 시중에 나도는 걸 막았다고 일말의 위안을 얻으면 된다. 하지만 우리한테 파는 무기들이 다른 곳에 팔려나가지 않는 걸 눈치채면 야콥은 조만간 겁을 집어먹을 것이다. 딜러들은 무기를 오래 비축하는 업자와 거래하지 않는다. 인터폴이나 FBI에 증거가 넘어갈 위험이 크니까. 자기 무덤을 파고 싶어 하는 판매자는 없다. 하지만 그를 포섭하면, 그에게 돈을 쥐여 주며 최대한 많은 무기를 시장에서 회수해오는 한편, 그의 명함집을 뒤져 더 많은 기성 판매자들을 찾고 그들 각자에게 부품을 사들이며, 그중에서 누굴 더 포섭할 수 있을지 재볼 수 있다. 문제는 그런 포섭이 하루아침에 이루어지지 않는다는 점이다. 시간과 기술, 운과 인내심을 필요로 하는 작업이었다. 언제 어디서 말썽이 일어날지 모르고, 우리가 통제할 수 없는 요인이 너무나도 많았다.

하지만 일이 잘못되기 전까지는 부품을 살 수 있고, 언젠가 포섭했을 때 얻을 이익을 생각하면 시간과 노력을 투자할 가치가 있었다.

"우리가 기회를 준다고 해서 쓰레기들이 얼씨구나 하며 슈퍼히어로 망토를 걸치진 않아요. 게다가 포섭하려고 건드리는 순간, 놈을 영영 잃어버릴 위험이 있다고요." 닐이 항변했다.

"잃는 건 그 한 사람만이 아니야." 팀장이 구석에서 끼어들었다. 나는 팀장이 거기에 있는 줄도 몰랐다. "포섭을 제안했다가 거절당하면 우리 네트워크 전체가 무너져 내릴 거야."

안가에서는 무죄 추정의 원칙이 통하질 않았다. '한 번 쓰레기는 영원한 쓰레기'라는 게 일반적인 정서였다.

"그럼 투 트랙 작전을 쓰죠." 내가 제안했다. "궁극적으로는 포섭한다는 계획하에 일단 무기를 사는 거예요. 책임자 한 사람이 지속적으로 친밀한 관계를 맺으며 그의 신뢰성을 검토하고, 우리가 최종적으로 그 질문을 던졌을 때 처음부터 CIA가 노린 건 자신이 아니라는 걸 그가 깨달을 수 있도록 안전장치를 달아놓는 거죠."

닐과 피트가 팀장을 돌아보았다. 팀장은 어깨를 으쓱했다.

그리고 "자네가 자진해서 그 일을 맡겠다면."이라며 물러났다.

"인증 과정에서 의심스러운 점이 나타나거나 그를 확실히 끌어들이는 게 불가능하다고 판단되면, 혹은 그가 우리와 일하고 싶어 할 다른 꿍꿍이가 발견되면 바로 포기할게요. 걸스카우트의 명예를 걸고 맹세해요. 어쨌든 그에게서 무기를 매수하긴 할 거니까, 열린 마음으로 다가가서 손해 볼 건 없죠."

팀장은 재미있어 하는 것 같았다. "맞는 말이니 반박을 못하겠군."

• • •

우리 팀은 이후로도 판매자를 포섭할 계획이 없이는 재료를 사거나 가로채자는 제안을 하지 않게 되었다. 그리고 투트랙으로 접근할수록 결과는 더욱 성공적이었다. 얼마 안 가 네트워크에 속한 일반 딜러들의 4분의 1이 어떤 식으로든 우리와 관계를 맺고, 자신이 직접 물건을 구해주거나 좀 더 높은 먹이사슬에 위치한 판매자를 소개해주었다. 아직 야쿱을 우리 편으로 돌려놓진 않았다. 첫 만남 이후로, 나는 그에게 천천히 접근하기로 작정했다.

몇 개월이 훌쩍 지나서야 이메일 임시저장함을 통해 그에게 만남을 제안했고, 튀니지 해변의 호텔 발코니에서 커피를 홀짝이며 그를 기다렸다. 이 방을 고른 건 바다가 내려다보이는 데다 해변을 지나다니는 사람들에게 목격될 염려가 없기 때문이었다.

그는 노래를 부르며 도착했다. 내가 담배를 권하자 이제 끊었다고 하면서도 한 개비를 받아들었다. 이번에는 그가 먼저 본론을 꺼낼 때까지 기다릴 생각이었다. 우리는 잠시 이번 비행과 맛있는 파이와 역대급으로 수준이 낮았던 유로비전 송

콘테스트에 대해 잡담을 나눴다. 나는 그가 끼고 있는 인장 반지에 대해 물었다. 한가운데 양이 새겨져 있는 미식축구공만큼 커다란 금반지였다.

"할아버지의 유품이에요." 그가 말했다. "이걸 보면서 절대 약해지면 안 된다고 마음을 다잡죠."

"터프한 분이셨나 봐요?" 내가 물었다.

"양처럼 온순했어요. 그래서 사자들에게 찢겨 발려졌죠. 우리 어머니에게 돌아온 할아버지의 소지품은 이 반지랑 빈 머니 클립이 전부였어요."

나는 그의 눈을 가만히 응시했다. 기억을 떠올리며 괴로워하는 게 느껴졌다. 순식간에 어머니의 우는 모습을 지켜보던 소년으로 돌아간 것 같았다.

"그 사자들은 누구였죠?" 내가 물었다.

"라코시의 똘마니들이요." 야캅이 말했고, 나는 얼마 전 비행기 안에서 우연히 〈이코노미스트〉에 실린 라코시의 기사를 읽은 게 떠올랐다. 2차 대전 직후 수천 명의 학자들을 강제 노역과 고문, 처형에 이르게 한 공산당 독재자인데, 그 기사를 읽기 전까지는 그에 대해 들어본 적도 없었다.

우주는 이렇게 재미있는 곳이었다. 내가 필요하게 될 정보를 몇 주 전에 슬쩍 보여주다니 말이다. "빌어먹을 소련놈들." 그가 욕설을 내뱉었다. "놈들이 우리 가족을 앗아간 것처럼 이제 내가 그들의 장난감을 훔치고 있죠."

나는 "그래야 공평하죠." 하며 담배에 불을 붙였다. 우리는 잠시 나란히 앉아 담배를 피웠다. 양옆으로는 회칠한 벽이 서 있고, 눈앞에는 마크 로스코의 우울한 그림처럼 파도가 일렁이는 바다가 수평선까지 뻗어 있었다.

나는 사업 이야기는 먼저 꺼내지 말자고 다짐했다. 그러자 그가 나섰다.

"그러는 당신은요? 어쩌다 이런 진흙탕에 발을 담그게 됐죠?" 야캅이 물었다.

"모든 목소리에 힘을 실어주고 싶었어요." 나는 거짓말을 하지 않고 대화를 얼마나 이어갈 수 있을지 나 자신과 게임을 하기 시작했다. 정보를 숨기는 건 어쩔 수 없지만—기관과 나의 안전을 위해—그동안 노골적인 거짓말을 피하는 데는 이미 꽤 능숙해져 있었다. 어찌 보면 말장난 자체를 즐기는 면도 있었다. 하지만 뻔한 이야기에 안주하지 않고 상대와 공유할 수 있는 진실의 파편을 찾는 과정에 점점 빠져들게 되었다. 진실에는 강력한 마력이 있어서 깊이 걸어 들어갈수록 화자와 청자 사이를 하나로 묶는 유대감이 공고해졌다.

"아무도 소외되지 않게 모든 세력을 무장시키자는 건가요?" 그가 씩 웃자 담배 연기가 입꼬리 양쪽으로 빠져나갔다. "서부극에나 나올 법한 얘기군요."

"잘못된 부분을 바로잡고 싶은 것뿐이에요. 당신처럼요."
내가 말했다. 그가 굵직한 웃음을 터뜨리자 입속에 동굴이라
도 있는 것처럼 소리가 울려 퍼졌다.

"마더 테레사이자 무기 브로커시군요. 제가 감히 방해하면
안 되겠네요. 어떻게 도와드리면 될까요?"

나는 이 질문이 우리 둘과 바다 사이의 공간에 잠시 머물러
있게 했다. 그러다가, 그를 돌아보지 않은 채 곧장 물었다.

"갖고 있는 걸 말해봐요."

이번에는 그도 꽤 괜찮은 무기들의 이름을 줄줄이 나열했
다. 국제원자력기구에서 경고를 해올 만한 품목은 없었지만,
소련 붕괴 이후 알 카에다와 탈레반이 헬기 공격에 대항해 배
치하고 있는 휴대용 지대공 미사일MANPADS이 몇 종류 들어
가 있었다. 그는 이어서 몇 가지 틈새 상품도 덧붙였다. 민간
용으로도 군사용으로도 사용될 수 있는 이중용도품목이었는
데, 공급망의 상위 목록에 올라 있어 제제를 받지는 않지만,
어떤 이들에게는 유용한 무기가 될 수 있었다. 그가 낚시질을
하며 내 반응을 떠보는 동안 나는 계속 수평선만 주시했다.

처음에 그는 특정한 종류의 인버터를 제조하는 데 필요한
부품을 언급했다. 빠르고 안정적으로 회전해야 하는 원심분
리기에 동력을 공급하는 인버터였다. 하지만 원심분리기를
제작해서 유지하려는 테러 집단은 없을 것 같았다. 우라늄 농

축 프로그램에 박차를 가하려는 불량 국가들이나 관심을 보일 품목이었다. 이란이나 북한이 원심분리기 인버터의 주요 고객이었다. 알 카에다나 헤즈볼라는 구소련의 무기고에서 이미 완성된 전술핵을 구입하거나 직접 조악한 무기라도 만들 수 있는 핵분열 물질—플루토늄 혹은 고농축 우라늄—에 더 관심이 있었다.

야캅은 조금 친근해진 목소리로 마지막 물건을 제안했다. 반사체 안에서 발생된 중성자를 핵연료로 돌려보내 더 많은 핵분열을 일으키게 하는 특별한 유형의 베릴륨이었다. 베릴륨 반사체만 있으면 테러단체들도 훨씬 적은 양의 고농축 우라늄이나 플루토늄으로 폭탄을 만들 수 있었다.

나는 덥석 무는 대신 재빨리 눈짓만으로 관련성을 인정했다. 그는 멈칫하다가 조금 더 적극적으로 나왔다.

"당신과 연결된 구매자가 누군지는 몰라도 자기들한테 필요한 물질을 100파운드씩 깔고 앉아 있진 않나 보군요." 고농축 우라늄을 뜻하는 거였고, 그의 말이 맞았다. 어떤 테러단체도 그 정도의 핵분열 물질을 수중에 두고 있진 않았다.

우라늄은 땅속에서 자연적으로 발생하지만, 지하에 매장돼 있는 건 대부분 안정적인 우라늄 238이다. 이걸 채굴하면 흙 속에 섞여 있는 약간의 우라늄을 얻을 수 있다. 하지만 그중에서 핵연쇄반응을 지속할 수 있는 핵분열 우라늄 235는 1퍼센트도 안 됐다. 흙에서부터 폭탄을 만들어내려면 다음과 같은 과정을 거쳐야 했다. 먼저, 우라늄을 함유하고 있다고 알려진 토지를 파 내려간다. 이런 곳은 주로 잘 닦여진 도로에서 멀리 떨어져 있어 흙먼지 날리는 힘든 작업을 해야 했다. 우라늄 매장량이 가장 풍부한 땅은 사하라사막 깊숙이 자리 잡고 있었다. 호주의 오지인 아웃백이나 카자흐스탄의 미개척지, 러시아 내륙 지방도 산지로 유명했다. 일단 원료를 땅에서 캐내면, 그걸 분쇄하고 산 처리를 해서 우라늄을 추출한 다음, 잘 건조시켜 옐로케이크라는 애칭으로 불리는 황색 분말을 만든다. 바로 이 상태부터 판매가 시작된다. 야쿱을 비롯한 전 세계 무기상들의 판매 리스트에는—진짜든 가짜든—옐로케이크가 올라가 있었다. 조악한 폭탄 하나를 만드는 데 필요한 분량의 옐로케이크는 현재 시세로 5만 달러 정도였다. 하지만 옐로케이크에 포함된 우라늄 235는 여전히 1퍼센트에 불과했다. 나머지는 전부 쓸모없는 우라늄 238이었다.

실제 핵무기를 만들려면—핵연쇄반응을 촉발하고 그것을 유지하려면—옐로케이크가 펑 터지기 전에 농축시켜야 했다. 그러려면 우선 육플루오린화우라늄이라는 기체로 변환시켜 원심분리기에 넣고 음속의 2배 속도로 회전시킨다. 그럼 물리 법칙이 작용해서 무거운 우라늄 238이 드럼의 바깥쪽으로 빠져나가고, 가벼운 우라늄 235가 안쪽에 농축된다. 회전을 반복할수록 우라늄 235의 농도가 짙어지는데, 5퍼센트에 이르면 원자력 발전소에서 연료로 사용할 수 있고, 그렇게 90퍼센트까지 농축되면 무기도 제작할 수 있다.

국가 차원의 프로그램은 대부분 이 단계에서부터 시작된다. 핵폭탄 한 개를 제작할 만한 우라늄을 손에 넣으려면, 수천 개의 정밀한 원심분리기를 배열해놓고 1년 넘게 농축 과정을 거쳐야 한다. 하나의 원심분리기에는 100개 이상의 부품이 들어가는데, 각 부품을 세밀하게 설계하지 않으면 회전 중에 기계가 터지면서 나머지 기계들까지 연쇄적으로 붕괴될 수 있었다. 정밀한 시계 제작으로 유명한 스위스가 세계 최고의 원심분리기 제조국으로 꼽히는 건 우연이 아니다. 게다가 이런 설비를 갖추려면 어마어마한 숫자가 찍힌 스위스 은행 계좌가 필요했다. 그 정도의 비용을 댈 수 있는 주체는 국가의 영역에 한정되는 경우가 대부분이다. 물론 설비 제조에 엄청난 재원과 시간을 투입할 수 있는 특출한 단체들이 드물게 존재하기도 했다. 1995년에 통근시간대의 도쿄 지하철에 사린가스를 살포한 종말론적 종교 단체 옴진리교는 은행 계좌에 10억 달러에 가까운 금액이 예치돼 있고 호주에서 우라늄까지 채굴하고 있었다는 게 사후에 밝혀졌다. 하지만 대부분의 비국가 단체들은 성가시고 값비싼 농축 단계를 건너뛰고, 이미 완성돼 있는 무기를 구하려고 한다. 그게 불가능할 경우에는 최소한 조악한 무기라도 스스로 만들기 위해 이미 농축된 우라늄을 구입한다.

농축에는 시간과 기술, 돈이 든다. 하지만 고농축 우라늄을 손에 넣으면 문제는 간단해진다. 고농축 우라늄을 많이 보유할수록 폭탄 제조는 쉬워졌다. 야캅이 말하는 100파운드의 '물질'이면 미국이 히로시마에서 사용한 것 같은 가장 단순한 형태의 폭탄을 충분히 만들어낼 수 있었다.

하지만 야캅이 지적했듯이, 내가 대리하는 집단이 고농축 우라늄을 100파운드씩 사들이려고 안달일 가능성은 거의 없었다. 테러단체들은 고농축 우라늄의 보유량이 적은 만큼 야캅이 판매하는 반사체 같은 부품으로 핵반응을 촉진시켜 무기의 화력을 끌어올리려고 할 것이다. 베릴륨을 이용하면 10파운드의 플루토늄만으로도 쓸 만한 무기를 만들 수 있었다. 그 정도면 크기도 겨우 소프트볼만 해서, 구매, 운반, 취급, 저장이 훨씬 용이했다. 그는 알 카에다의 언어를 말하고 있었다. 그들을 알고 있었다.

"베릴륨이면 괜찮겠네요." 내가 말했다. "자세한 사항을 알려주시면 확인 후에 연락드릴게요."

이야기를 마친 후, 야캅은 길거리로 이어지는 계단을 내려갔고, 나는 반대쪽으로 걸음을 옮겨 복도 끝에 있는 공용 화장실로 들어갔다. 그리고 얼른 칸막이 안에 들어가 본부에 전

송할 요약본에 중요한 내용을 빼먹지 않도록 메모를 했다. 내가 작성하는 전보는 우리가 처음 접촉한 날부터 야캅의 파일로 복사되어 포섭의 적합성을 평가하는 데 사용되었다. 정말로 그를 우리 편으로 돌리고 싶다면, 실현 가능성이 높다는 걸 그의 파일로 증명해야 했다. 나는 암호화된 속기로 야캅이 판매를 위해 제시한 물건의 이름과 가격, 출처, 각각의 품목에 대해 그가 언급한 세부 사항을 적어 내려갔다. 그 밑에는 양 그림과 할아버지, 라코시의 고문 기술팀을 상기시켜 줄 '메리'라는 단어를 추가했다. 언젠가 그를 포섭할 시기가 와서 정보원 검증 작업이라는, 곤혹스럽지만 선의로 행하는 일련의 과정을 거쳐야 할 때 귀중한 정보가 될 게 분명했다. 소위 AVS라고 불리는 이 작업은, 야캅의 파일에 들어 있는 전보에서 그의 진실성과 정보 접근성, 그리고 포섭을 가능케 할 만한 취약성을 찾아내는 일이었다.

여기서 '취약성'이라는 건 우리만의 은어였지만, 나는 이 말을 별로 좋아하지 않았다. CIA는 정보원이 우리와 일하고 싶어 할 만한 이유를 찾아내기 위해 이 방법을 사용했다. 때로는 어마어마한 빚이나 건강 문제 같은 정말로 취약한 부분이 나타나기도 한다. 어떤 공작원들은 상대를 자기편으로 끌어들이기 위해 그런 약점을 이용했다. 하지만 나는 다른 종류의 취약성을 더 선호했다. 그건 바로 무언가 의미 있는 일을 하고 싶다는 욕구였다. 유치하게 들릴 수도 있지만, 나는 대부분의 사람들이 마음속 깊이는 생명을 구하거나 조국의 자유를 쟁취하는 일에 일조하기를 갈망한다는 걸 알아챘다. 다른 사람들처럼 우리 정보원들도 무언가 중요한 일의 일부가 되고, 자신의 삶에서 의미를 찾으며, 비밀스럽든 그렇지 않든 어떤 업적을 남기면서 유한한 삶에서 오는 공포나 무가치함을 잊고 싶어 했다. 이런 건 모든 인간이 공유하는 취약성이었다. 우리 정보원들—또는 어떤 인간이든지—의 내면에서 가장 용감하고 중요한 일을 하도록 부추기는 게 바로 이것이었다.

지금 야캅은 살해당한 할아버지를 갑옷으로 삼아 두려움을 떨쳐내고 있었다. 하지만 어떤 계기만 주어지면, 독재 세력에 저항한 할아버지의 정신을 존경하고 계승해야 할 유산으로 받아들일 가능성이 있었다. 고문 기술자들 앞에서 자신의 신념을 견지하는 건 그의 할아버지에게도 결코 쉬운 일은 아니었을 것이다. 야캅이 흥얼거리는 구슬픈 민요를 들으며, 나는 그가 할아버지의 이상주의를 이어받았다고 확신했다. 그에게 필요한 건 자신의 윤리적 신념을 발견할 계기였다.

나는 가방의 솔기 안쪽에 숨겨져 있는 은닉 공간에 색인 카드를 집어넣었다. 그리고 사용하지 않은 카드를 가죽 명함지갑에 도로 넣었다. 명함지갑은 '농장'의 지부장에게 받은 졸업

선물이었다. 영화에서는 글록 권총이 스파이의 애장품으로 등장한다. 하지만 현실에서 우리가 제일 많이 사용하는 건, 한 면에는 회의 내용을 기록할 수 있게 선이 그어져 있고, 다른 면은 도표나 도식, 지도를 그릴 수 있게 무지로 남아 있는 초라한 색인 카드였다. 비밀 정보를 담은 이 3×5인치짜리 직사각형 종이가 우리의 존재 이유였다. 전략첩보국OSS 시절부터 공작원들은 이와 유사한 카드에 적힌 몇 문장을 지키기 위해 목숨을 내놓았다. 그리고 바로 그 문장들이 평양에서 아바나에 이르기까지 전 세계에서 임박한 공격을 막아내며 수많은 생명들을 구해냈다.

14

버지니아의 안가로 돌아간 나는 색인 카드를 책상에 펼쳐
놓았다. 야콥은 구소련의 최첨단 핵 연구소였던 아르자마스
–16 출신을 몇 명 알고 있다고 했다. 닐의 회의실 지도에 뻗
어 있는 가지처럼 야콥이 고성능 핵 상품을 취급하는 딜러들
과 연관돼 있다는 걸 증명해주는 이야기였다. 그가 아직 나에
게 취급 품목을 감추고 있다는 뜻이기도 했다. 베릴륨 반사
체와 정교한 인버터도 물론 괜찮은 물건이지만, 아르자마스–
16은 무기계의 금은보화가 쌓여있는 알라딘의 동굴 같은 곳
이었다. 그가 언급한 인맥이 있다면 핵 테러의 성배에도 얼마
든지 손을 댈 수 있었다. 훨씬 더 수요가 많고, 혼자서 휴대할
수 있으며, 공항 검색대도 통과할 수 있는 핵배낭 말이다.

핵배낭은 파괴력으로 치면 히로시마 원자폭탄의 15분의 1밖에 안 되지만, 몇 십 년간 수십만 명의 목숨을 앗아가고 도심 전체를 사람이 살 수 없는 불모지로 만들 수 있는 전술핵무기다. 이런 폭탄은 작동시킬 때 암호도 필요 없는데, 구소련의 무기고에서 적어도 150~200기 정도가 분실된 것으로 파악된다. 아르자마스-16은 소련이 붕괴되고 무기를 추적할 책임이 있는 보안 계층이 사라졌을 무렵, 핵배낭이 저장돼 있던 장소였다. 대부분의 창고 문에는 자물쇠 정도만 달려 있었고, 그마저도 정원용 볼트 커터로 쉽게 자를 수 있을 만큼 부실했다.

구소련 전역에 퍼져 있던 아르자마스-16 같은 연구소들은 혼란스러운 사태 속에서 재정 위기에 처했다. 지휘 체계가 무너지고 누구든 군부대 안으로 드나들 수 있었다. 차라리 감자 창고가 무기고보다 훨씬 튼튼하게 방비돼 있었다. 그러다가 핵폭탄 하나면 더 많은 감자를 살 수 있다는 걸 노동자들도 겨우 깨달았지만, 이미 때는 늦어버렸다.

"엄밀히 말하면 야캅은 우리가 아는 딜러들 중에 제일 하급에 속해요." 닐이 내 메모를 훑어보며 말했다. "지금으로선 선배가 놈의 최대 고객일 거예요. 하지만 인맥으로 보자면, 제일 유용하게 써먹을 수 있는 딜러예요."

나는 고개를 끄덕였다. 야캅에게는 뭔가 특별한 것이 있었다. 도의심이 있으면서 고급 무기에 접근할 수 있다는 그의 미묘한 특성이 나의 아드레날린을 요동치게 했다. 물론 현재는 정의와 거리가 먼 선택을 하고 있지만, 가능성은 얼마든지 있었다. 손에 닿을 듯이 느껴졌다. "야콥은 우리 손에 넘어올 거야." 내가 말했다.

닐도 동의했다. "잠시 생각할 시간을 주죠. 그런 다음에 반사체 하나에 쏟아 부을 만한 적당한 양의 베릴륨을 주문하는 거예요. 그 정도면 놈도 충분히 구미가 당길 거예요."

그 후로 네트워크에 있는 모든 딜러와 동시다발적으로 대화를 이어가며, 각각이 포섭 과정 중의 어느 단계에 해당하는지, 어떤 품목을 취급하는지, 그리고 가장 중요한, 핵무기를 파는 동기는 무엇인지 정확히 파악해가는 바쁜 나날이 이어졌다. 나는 야콥 외에 세 명을 책임졌다. 닐과 피트는 각각 두 명씩 맡았다. 아직 이메일로 문의사항만 주고받으며 우리를 고생시키는 상대도 여섯 명이나 있었다. 여기까지는 단순한 브로커들. 그밖에 테러 집단에 속해있는 기존 정보원들도 있어서, 우리는 셋이서 각자 그들과 연락을 주고받으며 무기 구입처를 알아내고, 우리의 네트워크 지도에 계속해서 가지를 쳐 나갔다.

선임 공작원이 포섭한 정보원을 만나는 건 완전히 다른 감각이었다. 나와 함께해온 역사가 없는 사람이니 이전 담당자가 작성한 전보에만 의지해야 했다. 나는 각각의 정보원을 만나기 전에 파일을 꼼꼼히 살피면서, 신분 확인을 위해 서로 교환해야 할 시각 및 구두 신호를 암기하고, 정보원의 이력을 검토하며, 이 사람을 움직이게 하는 동기를 파악할 마지막 힌트를 찾아냈다. CIA 정보원들은 누구나 위험을 감수하고 일하지만, 우리를 타도하려는 테러 집단의 내부에 자리 잡은 정보원들이 목전에 둔 위험은 다른 무엇과도 감히 비교도 할 수 없었다. 이런 정보원들은 대부분 자신의 형제들이 너무 극단적으로 치달을 때 최후의 수단으로 우리와 손을 잡았다. 일종의 윤리적인 비상 정지 버튼이라 할 수 있었다. 그렇다 해도 결코 쉬운 일은 아니었다. 대부분의 경우 우리는 여전히 그들의 적이었기 때문에, 매번 만남에서 필요한 정보를 얻어내려면 그들의 동기를 면밀히 파악하는 게 중요했다.

내가 튀니지에서 돌아오고 한 달쯤 지났을 무렵, 그중 한 명—카림이라는 이집트인—이 접선을 요청해왔다. 그의 파일에서 정보원이 된 계기를 확인해 보니, 어느 날 갑자기 암만●의 미국 대사관에 걸어 들어와 CIA와의 만남을 요청했다고 기록돼 있었다. 당시 근무 중이었던 요원이 얼마나 놀랐을지 생각하니 내 몸이 다 움츠러들었다. 이런 식으로 걸어 들어와

---

● 요르단의 수도 - 역주

서 유용한 정보를 제공하는 사람들도 있기는 했다. 하지만 테러 집단이나 적국의 정보기관에서 대사관 직원 중에 CIA 요원을 가려내려고 보낸 미끼인 경우도 많았다. 따라서 이런 접견에 투입되는 요원은 과학기술팀에서 발급받은 가발과 안경, 커다란 라텍스 코로 변장을 하고, 원수와의 담판이 아닌 〈새터데이 나이트 라이브〉 스타일의 유머러스한 잡담을 나눠야 했다. 이때 접견한 요원이 누구였든 나만큼 머리가 길지 않았기를 바랄 뿐이었다. 파일을 보니 이 날의 회의는 네 시간 반이나 지속됐고, 한 시간쯤 후부터는 가발이 스멀스멀 기어 올라가기 시작했다고 적혀 있었다.

대사관에 걸어 들어오던 당시, 카림은 빈손이었다. 무기도, 서류도, 자신의 말을 증명해줄 사진 한 장도 들고 있지 않았다. 그러면서 알 카에다가 체첸의 산골에서 핵무기를 찾고 있다는 허무맹랑한 이야기만 늘어놓았다. 대사관에 있던 요원은 방금 언급한 마을이나 시설의 조감도를 그려달라고 요구하며 체계적으로 질문을 이어갔다. 그리고 위성사진과 비교하니 모든 조감도가 완벽하게 들어맞았다. 카림은 부모님이 돌아가신 후, 알 카에다에 하급 병사로 지원했다. 자기 자신과 남동생을 먹여 살리려면 그 방법밖에 없었다. 그에게는 점점 더 큰 책임이 주어졌고, 그럴수록 더욱더 빠져나올 수 없게 되었다. 그러던 어느 날, 폭탄을 취급하는 브로커와 만나라는 명령이 내려졌다. 카림은 우리를 싫어했고, 첫날부터 그 사실을 분명히 했다. 우리를 증오하기 때문에 우리처럼 되고 싶지 않다고 했다. 핵무기를 사용하는 건 사탄이나 하는 짓이라고 그는 CIA 요원에게 강조했다. 이때부터 카림은 알 카에다가 최근에 어떤 핵기술을 수소문하고 있는지 귀띔해주는 우리의 귀중한 정보원이 되었다. 그는 국가 안보를 위한 중요한 자산이었다. 하지만 그를 담당하던 요원이 지난달에 돌연 사임하는 바람에, 그가 새로 접선 신호를 보내왔을 때, 내가 비행기를 타게 됐다.

파일에 적힌 통신 계획에 따르면, 이라크 북부의 고대 도시인 아르빌에 우리 쪽에서 임대한 아파트가 있는데, 그 집의 개인용 안뜰이 접선 장소였다. 황량한 안바르 땅 이북은 비교적 조용한 지역이었다. 이따금 자살폭탄테러가 일어나고, 지난 5월에도 50명 이상이 그 여파로 목숨을 잃었지만, 거리마다 쿠르드족 민병대의 저격수들이 눈을 번뜩이고 있는 곳은 아니었다. 카림은 작년 한 해 동안 차로 반나절 거리인 모술 외곽에 거주하면서, 지시가 있을 때마다 유조차 뒤에 숨거나 검문소에서 몸을 숙여 그곳을 빠져나왔다. 사업상의 회의나 물품 조달을 위해 정기적으로 아르빌을 다녀간 것이다.

나는 이라크에만 오면 감상에 젖어들었다. 중동 국가들이 전반적으로 그랬다. 길거리에서 연주되는 음악, 후무스와 양

고기 냄새, 가진 것 하나 없는 손님이라도 정성껏 환영하는 전통. 이곳을 뒤덮은 피바람과 공포심의 이면에는 이와 같은 고대의 지혜가 깔려 있었다.

나는 추적 탐지 경로의 마지막 단계를 남겨두고 수크● 안을 어슬렁거렸다. 전 세계에서 가장 오래된 시장으로, 기원을 따지면 무려 7천 년이나 거슬러 올라가는 곳이었다. 화려한 *수자니* 직물들이 천장까지 쌓여 있고, 거기에 수놓인 자수 문양들이 먼지투성이 벽면을 총천연색 거미줄처럼 뒤덮고 있었다. 행상인들은 리모컨으로 조종되는 장난감과 삑삑 소리를 내는 장난감 로봇을 팔고 있었다. 옷가게에선 요란한 히잡 더미 옆에 짝퉁 나이키 옷들이 진열돼 있었다. 각양각색의 이슬람 성물들이 내 눈길을 사로잡았다. 잔뜩 쌓인 묵주 팔찌와 *아야툴 쿠르씨*●● 두루마리 사이에 펜던트가 몇 종류 있는데, 그 중 한 동전에 이런 글귀가 적혀 있었다. '진리를 알게 될지니, 진리가 너희를 자유케 하리라.' CIA 로비의 한쪽 벽에도, 수 세대에 걸친 첩보원들의 희생을 기리는 별들을 마주보고 똑같은 글이 새겨져 있었다. 이슬람 땅에서 기독교 성경 구절을 보니 신기했다. 미국이나 이라크에서 예수는 이슬람교의 예언자

---

● 전통 시장 - 역주
●● 코란의 신성한 구절 - 역주

이기도 하다는 사실을 기억하는 사람이 과연 얼마나 될까.

"얼마예요?" 나는 매대에 있는 남자에게 가격을 묻고 몇 장의 지폐를 교환한 다음, 동전을 주머니에 쑤셔 넣으며 다시 접선 장소로 걸음을 옮겼다.

얼마 후, 자갈이 깔린 도로에서 조금 떨어진 커피숍에 들어가 자리를 잡았다. 지정된 접선 장소까지 겨우 4분 거리여서, 마지막 경유지로 설정해놓은 장소였다. 한 쿠르드족 노파가 커피 찌꺼기로 점을 봐주겠다고 다가왔다. 나는 고맙지만 사양하겠다며 거절했다. 내가 마지막 한 모금까지 커피를 다 마시고 접선 장소에 가져갈 음료와 빵을 포장하는 동안에도 노파는 복스럽고 자상한 얼굴로 그 자리에 우뚝 서 있었다. 나는 시간을 확인했다. 아직 몇 분쯤 여유가 있었다. 이미 미행은 없다고 판단을 내린 상태였다. 이왕 이렇게 됐으니, 혼령들에게 내 길흉이나 물어보자고 결심했다.

나는 컵을 받침에 뒤집어 놓고 그녀를 올려다보았다. 그녀는 내 맞은편에 자리 잡고 앉으며 컵을 건네 달라고 손짓했다. 커피숍 옆 도로는 자전거들로 북적였다. 그녀는 컵을 들어 올리고, 애매모호한 모양의 검은 찌꺼기를 들여다보았다.

"새예요!" 그녀가 외쳤다. "여기 보세요. 새가." 울버린처럼 손을 휙 휘두르며 그녀가 이어 말했다. "발톱이 아주 날카로워요."

그러더니 컵받침의 한가운데를 가리켰다. 정말로 발톱을 세운 새처럼 보였다.

"새는 소식을 가져다주죠. 길한 징조예요. 발톱은 적을 의미해요. 무서운 징조죠." 커피 찌꺼기가 잠시 후에 있을 만남을 이토록 정확하게 요약할 수 있다니 믿을 수가 없었다. 잠시지만 이 노파가 쿠르드족 첩자는 아닐까 하는 의심이 들었다. 그때, 그녀가 나에게 선물이라도 주는 것처럼 내 손에 자신의 손을 얹었다. "그리고 여기 이건 빗자루와 나비예요." 그녀가 새끼손가락으로 컵받침을 가리켰다. 쭈글쭈글한 노파가 퉁퉁 붓고 갈라진 손가락으로 동작까지 곁들여 설명하는 모습이 왠지 모르게 사랑스러웠다. "빗자루는 당신이 이미 안다고 생각하는 걸 의심하라는 뜻이에요. 그리고 나비는……" 그녀가 두 손을 가슴 앞에서 재빨리 커튼처럼 펼쳐 보이며 이어 말했다. "변신을 의미하죠. 아주 상서로운 점괘예요." 나는 5천 디나르를 건네고 자리에서 일어섰다. 그녀는 나를 뚫어지게 바라보며, "아주 길한 점괘예요."라고 한 번 더 반복했다.

나는 그저 평범한 운수 풀이라고 스스로를 다독였다. 그런 건 누구한테나 적용될 수 있었다. 하지만 계속해서 방향을 꺾으며 접선 장소에 다다를 때까지도 노파의 진지한 태도가 가슴 한구석에 남아 있었다. 내가 그 나비라면, 나는 무엇으로 변하고 싶은 걸까. 계속해서 변신하지 않아도 되는 사람? 그저 자기 자신으로만 존재할 수 있는 사람?

아파트 건물의 로비로 들어섰다. 삭막하지만 깨끗했다. 접선 계획에 따르면 5호실에서 만나게 되어 있었다. 나는 집안으로 들어간 다음, 문의 걸쇠를 잠갔다. 한 쌍의 덧문을 열자, 타일로 된 작은 분수 옆에 테이블과 의자가 놓인 아늑한 안뜰이 나왔다. 곧장 길거리로 이어지는 문도 있었다. 나는 그 문의 자물쇠를 풀고 빈 기름통을 도로 위로 굴려 보냈다. 카림에게 안전하니 들어와도 좋다고 전해주는, 사전에 약속된 신호였다. 몇 분 후, 그가 들어왔다.

호리호리한 체형이었는데, 잔뜩 긴장해서 볼 위로 살갗이 팽팽히 당겨져 있었다. 나는 그를 안으로 들여보낸 후, 바깥 길로 통하는 문을 잠그고 뒤를 돌아보았다. 그의 초록색 눈동자가 나를 마주보았다.

"아르빌에는 무슨 일로 오셨나요?" 나는 서로의 신분을 확인하기 위해 미리 지정한 질문으로 구두 신호를 보냈다.

"머프티●님이 부르셔서요." 대부분의 정보원들은 지겹다거나 짜증스럽다는 듯이 암호를 읊어댔지만, 그의 입에서 나오는 말은 너무나도 진실하고 절박하게 다가왔다.

"이렇게 와주셔서 감사해요." 나는 의자에 앉으라고 손짓

---

● 이슬람 율법 학자 - 역주

했다. 그리고 그와 함께 먹으려 가져온 음료와 빵을 테이블에 펼쳐놓았다. 그는 나를 가만히 바라보며 아무 말도 하지 않았다. 그의 숨소리는 나보다도 나직했다.

"오시는 길에 곤란한 일은 없으셨나요?"

그는 고개를 까딱하는 정도로 가볍게 머리를 흔들었다.

"좋아요. 대화할 시간은 얼마나 있으시죠?"

그는 자신의 휴대폰을 힐끔 내려다보았다. "5분이요."

나는 전화의 수화기 쪽으로 손을 뻗으며 말했다. "실례가 안 된다면." 그러자 그는 직접 배터리를 빼서 테이블에 올려놓았다. 나는 "감사합니다." 하며 내 시계를 테이블에 올려놓았다. "이야기를 빨리 진행해야 할 것 같군요. 도중에 누군가 들어오면, 당신은 저한테 예술품을 사러 온 거예요." 나는 배낭에서 미술 잡지를 한 무더기 꺼내 우리 주위에 흩어놓았다. 이렇게 빈약한 위장으로는 둘이 따로 심문을 받는 순간 가짜라는 게 들통 나겠지만, 대화를 나눌 시간이 5분밖에 없으니 다른 방법이 없었다. 나는 가만히 그의 눈을 응시했다.

"왜 접선을 요청했죠?" 내가 물었다.

"내 체첸 연락책이 연락 두절이에요." 그가 말했다. 나는 지난 접선 후에 남겨진 메모를 통해 그에게 우라늄 공급책을 찾으라는 임무가 주어졌음을 알고 있었다. "스스로 종적을 감췄을 가능성도 있어요. 아니면 살해된 거겠죠. 위에서는 새로운 브로커를 찾으라고 해요."

알 카에다에 핵무기 판매상을 지정해줄 수 있는 엄청난 기회였다. 하지만 그전에 본부와 협의할 필요가 있었다.

"우리 쪽 사람들한테 수소문을 해볼게요. 며칠 후에 다시 만날 수 있을까요? 언제까지 브로커 이름을 상부에 보고해야 하죠?" 내가 물었다.

"5분 후요." 그가 내 눈을 똑바로 바라보며 말했다. 나는 그의 눈 속 깊은 곳을 들여다보았다. 침착한 표정이지만 속으로는 겁에 질려 있었다.

"미행을 당했나요?" 내가 물었다.

"그건 아니에요. 하지만 동행이 있어요. 날 감시하는 사람이죠. 잠시 양해를 구하고 빠져나왔어요. 그 사람에게 돌아가서 브로커 이름을 대지 못하면, 나는 이 임무에서 제외될 거예요. 체첸인이 사라진 일로 날 탓하고 있거든요." 그의 초록색 눈동자가 애원하듯 나를 바라보았다. "나는 노력했어요. 당신들이 히로시마를 폭파하지만 않았다면 그들이 이런 무기를 찾아다닐 일도 없었을 거예요. 난 그만 발을 빼게 해줘요. 이제 내 인생을 살고 싶어요."

카림은 우리에게 알 카에다의 핵 동향을 전달해주는 몇 안 되는 정보원 중 하나였다. 그를 잃는 건 엄청난 타격이었다. 본부와 상의할 시간이 없었다. 나는 주사위를 던졌다.

"좋아요, 그럼 야캅이라는 헝가리 사람을 연결시켜줄게요. 최대한 과장해서 길게 자기소개를 해요."

"믿을 만한 사람이에요?" 카림이 물었다. 그 말에 숨겨진 속뜻이 들리는 듯했다. 내 목숨을 걸고 언급해도 될 만한 이름이에요?

"믿을 만한 사람이에요." 내가 대답했다.

"하지만 진짜로 무기를 팔지는 못하게 당신들이 막아야 해요." 그가 말했다.

"카림. 당신은 사담 후세인처럼 비열한 짓을 하기 싫다고 했죠? 그는 화학무기를 썼지만, 이번엔 뭘까요? 핵배낭? 수많은 여자와 아이들. 젊은이들. 당신의 남동생이 희생될 거예요." 그는 금방이라도 울 것 같은 표정이었다.

나는 색인 카드에 이메일 주소와 비밀번호를 적었다. 아직 개설하지도 않은 주소였다. 엄청난 도박이었다. 하지만 기존 계정을 사용할 수는 없으니, 모험을 해보는 수밖에 없었다.

Birdclawbroomfly@hotmail.com.

"로그인해서 임시저장함을 확인해봐요. 내가 야캅에게 당신을 소개하는 메시지를 써놓을게요. 당신도 같은 방식으로 그와 연락을 주고받으면 돼요."

메모를 받아들면서도 그의 시선은 나에게 고정돼 있었다. 그의 눈에는 미야자키 하야오의 캐릭터처럼 끝도 없는 애수가 서려 있었다. 누굴 믿어야 할지 몰라 방황하는 눈빛이었다.

"당신은 좋은 형이에요. 그리고 좋은 사람이에요. 이런 생활을 끝낼 방법을 반드시 찾아줄게요."

그는 입을 열었다가는 울음이 터질 것 같은지 그저 고개만 끄덕였다. "당신은 옳은 일을 하는 거예요, 카림."

$$\bullet \ \bullet \ \bullet$$

버지니아의 안가에 돌아오자 모두 축제 분위기였다. 팀장은 내게 위스키를 따라주었다.

"맙소사, 카림이 그만뒀으면 자네랑 나는 지금쯤 7층에 가서 변명을 늘어놓고 있을 거야." 본부의 7층은 고위 간부들이 모여 있는 곳이었다. "이번엔 아주 잘했어." 그가 잔을 들어 올리며 외쳤다. "망나니 다루기 전문가를 위하여."

틀린 말은 아니었다. 우리 정보원들은 대부분 망나니 같은 사람들이었다. 브로커나 테러범.

죽음을 팔거나 실행하려는 사람들. 하지만 그런 비밀스러운 자아의 한구석에는 여전히 인간다운 면이 남아 있었다. 그런 면면을 찾아내는 사람이 훌륭한 공작원이었다. 숨겨진 인간미에 호소해서 그들을 동지로 만든다. 그게 우리의 지론이었다.

이번에는 그게 제대로 들어맞았다. 야쿱은 새로운 고객이 생겨서 고마워했고, 카림은 최대한 길게 서론을 늘어놓았다. 덕분에 우리 사이의 신뢰감이 고조되었다. 하지만 언제 실제 판매가 이루어질지 모르는 위험한 게임이었다. 게다가 우리는 여러 개의 게임판을 동시에 움직이고 있었다. 세 개 대륙에 걸쳐 브로커와 테러범들을 포섭하면서, 스스로 무기상으로서의 위상을 서서히 높여갔다.

어쩌다 한 번씩 본부에 들어가는 날에는, 거기서 만나는 누구에게도 우리 안가의 위치나 우리가 수행하고 있는 작전에 대해 말해서는 안 됐다. 딘조차도 내가 중국 지부로 배치되기에 앞서 언어 연수를 받고 있는 줄만 알았다. 그러면서도 휴가 중에 중국 식당에서 함께 식사를 할 때, 내 주문 실력이 전혀 나아지지 않는데도 그는 이유를 캐묻지 않았다.

첩보원들을 상대로 비밀을 지키는 건 쉽지 않은 일이었다. 본부에서 브리핑이 끝난 후, 한 중간 관리자가 나를 구석으로 끌고 가더니 우리 안가로 가는 길을 캐물었다. 먼저 출입 신청을 하셔야 한다고 설명했더니, 그는 자신의 보안 등급이 얼마나 높은지 아느냐고 큰소리를 쳤다. 얼마나 많은 나라를 돌아다녔는지 아느냐고. 얼마나 많은 상을 받았는지 아느냐고. 급여 등급이 얼마나 높은지 아느냐고. 벤치프레스를 얼마나 드는지만 빼고는 온갖 자랑을 다 늘어놓았지만, 그중에 자동으로 출입 권한이 부여될 사유는 하나도 없었다. 단지 여자인—그것도 새파랗게 젊은 여자인—내가 자신이 모르는 정보를 갖고 있다는 사실이 못마땅한 것 같았다. 그는 당장 자기를 안가로 모시지 않으면 나를 해고하겠다고 으름장을 놓았다. 나는 차를 몰고 그를 행정동으로 데려 가서는 출입 신청부터 접수하시라고 했다. 주차장에 차를 세우자, 그는 차에서 내려 땅바닥에 침을 뱉었다.

"이 일로 징계위원회에 회부되지 않기를 기도하라고." 그가 소리쳤다. 나는 그대로 얼어붙었다. 보안 절차를 준수하는 게 옳은 행동이긴 하지만, 그에게는 내게 없는 권력이 있었다.

"저는 규정을 따랐을 뿐이에요." 내가 말했다.

"이러다가 내가 고소당하는 건 아닌지 몰라. 성희롱 같은 거로." 그는 이렇게 말하며 씩 웃었다. 그 후로 며칠간 나는 이메일을 확인할 때마다 심장이 고동쳤다. 그가 날 협박한 것처럼 이야기를 날조해서 신고하면 어떡하지? 그럼 난 뭐라고 해야 하지?

CIA에서 여성은 소수 집단이었다. 여성이 7층 간부 전용 식당에서 식사를 하거나, 퇴근 후 고위 공무원들의 사교 클럽에서 피로를 푸는 일은 거의 없었다. 여성 간부들 중에는 나를 믿어줄 사람들이 꽤 있을 것 같았다. 자신도 남자 상사로부터 규정을 어기라는 압력을 받아봤을 테니까. 하지만 그들은 냉전 시대를 함께 겪은 남성들과의 동지애를 더 중요하게 여겼다. 그런 남성 중심적인 분위기도 언젠가는 바뀔 것이다. 여성만이 발휘할 수 있는 기량—높은 정서 지능, 멀티태스킹 능력, 여성을 특출한 첩보원으로 만들어 주는 예리한 직관—을 바탕으로 여성들이 CIA내의 요직을 차지하고 기관 전체를 이끌게 되는 데는 채 20년도 걸리지 않았다. 하지만 내가 홀로 주차장에 떨던 그 날, 여성들에게는 아직 자기 자신을 보호할 힘이 없었다. 나는 직장을 잃게 될까 두려웠다.

일주일쯤 후에 팀장이 나를 자기 사무실로 불렀다. 나는 따귀를 후려 맞을 각오를 했다. 멋대로 규정을 주무를 수 있는 사람에게 대들었다는 이유로 터무니없는 혐의를 뒤집어쓸 마음의 준비가 돼 있었다. 그런데 팀장은 우리 작전이 잘 먹혀들어가고 있다며, 조금 더 박차를 가하자고 제안했다. 딜러들은 내가 무기 거래를 위해 예술품 사업가로 위장하고 있다고 생각했다. 이 사다리를 타고 더 높이 올라가려면 중개 과정에서 미국의 그림자를 완전히 지워야 했다. 최대한 멀리 떨어진 곳을 본거지로 삼아, 내가 이 작전을 위해 연막으로 삼고 있는 사업과 미국으로부터 나오는 자금줄 사이의 관계를 숨겨야 했다. 다시 말해, 나를 상하이로 보내겠다는 이야기였다.

해고당하지 않았다는 안도감에 휩싸인 것도 잠시, 내 안에서 엄청난 양의 아드레날린이 뿜어져 나왔다. 이 프로그램을 해외로 옮긴다는 건 엄청난 진전이었다. 그만큼 신임을 얻었으며, 위험 수위가 한층 높아진다는 뜻이었다. 나는 그 일을 맡기로 했다.

아시아에 사무소를 설립해 중동 전역에서 신흥 예술가들을 발굴하는 게 나의 새로운 위장 신분이라고 팀장은 말했다. 지금까지 민속 예술품 거래상으로서 쌓아온 가상의 경력은 짧은 여행길에 마주칠 세관원들이나 집에 돌아와서 만날 가족과 친구들을 위한 구실에 지나지 않았다. 누구도 내 사업에 관해 20분 이상 물어본 적이 없었다. 하지만 중국에 가면 하루 24시간, 일주일 내내 그 신분을 유지해야 하기 때문에, 실제 사업만큼이나 많은 시간과 노력을 투자해야 하고, 그러면서 작전 수행을 위한 여유 시간도 확보해야 했다. 나는 해외 당국의 조사를 받을 경우에 대비해 일주일 속성 MBA 과정을 들으며 대차대조표를 익혔다. 중국 자체와 관련된 작전에는 일절 관여하지 말라는 특별 지시도 내려왔다. 거의 상시적으로 감시를 받게 되겠지만, 중국은 내게 작전 본부에 지나지 않았다.

실제 공작 활동은 전부 중국 이외의 국가들에서 행해질 것이며, 대부분은 본명을 쓰겠지만 때로는 가명도 필요하기 때문에 종종 다른 나라에 들러 서류를 교체한 다음 새로운 신분증을 들고 작전지로 향해야 했다. 비공식 요원으로서의 활동은 관료적인 냄새를 지우는 게 목적이므로, 서류를 대사관에서 교체할 순 없었다. 다른 공작원과 이동 경로상의 타이밍을 잘 맞추어 사전에 약속된 장소에서 스치듯 지나가는 방법을 사용해야 했다. 터널이나 골목 같이 외딴 곳에서 보폭을 줄이지 않은 채 교차하며 감시자의 눈을 피해 문서를 바꿔치기하는 거였다.

이런 전달 방법을 사용하려면 철저하게 준비한 다음, 양쪽 공작원이 모두 약속 장소까지 가는 도중에 추적 탐지 경로를 시행해야 했다. 가짜 신분증명서를 손에 넣으면, 공항에 가기 전에 새로운 인적 사항을 암기해야 했는데, 이런 작업은 주로 화장실 칸막이 안에서 이루어졌다. 그리고 함께 전달받은 마트 영수증이나 생일 카드 같이 나의 위장 신분을 뒷받침해줄 소품들을 배낭과 짐 가방에 털어넣어야 했다. 이렇게 번거로운 작업이 필요한 만큼, 가명을 사용하는 건 그다지 효율적인 방법은 아니었지만, 목적지 정부가 우리에게 적대적이거나 정보원들 사이에 방화벽을 유지해야 하는 등 신원보호가 필요한 경우에는 분명히 효과적이었다.

팀장은 서류를 교체할 시간도 없이 익명으로 여행해야 할 경우에 대비해 출국 전에 가짜 신분증을 하나 더 챙겨가라고 충고했다.

그리고 마지막으로, 딘과 나는 선택의 기로에 놓여 있다고 했다. 나 혼자 중국에 파견되면 내가 해외에 나가 있는 6년 동안 우리는 접촉이 금지되었다. 아니면 또 한 번 행정상의 이유로 결혼한다는 선택지도 있었다. 함께 중국으로 떠나려면 출국 전에 식을 올려야 했다.

휴가를 맞아 하와이에서 딘과 재회한 나는, 그에게 이 이야기를 꺼낼 마음의 준비를 했다. 그런데 바람 부는 절벽 밑에서 바다거북 벽화를 감상하던 중에 그가 불쑥 반지를 내밀었다. 그리고 "너도 상사한테 이야기 들었지?" 하더니 내게 입을 맞추었다.

"6년을 떨어져 지내거나 평생 함께하는 것 중에 선택하라니, 생각하고 자시고 할 것도 없잖아." 그가 말했다. 우리는 서로에게 '사랑'이라는 말조차 꺼낸 적이 없었다. 같은 도시에 산 적도 없었다. 서로의 가족을 만나본 적도 없었다. 실리적인 목적의 제안이었고, 나 역시 실리적인 판단에서 프러포즈를 받아들였다. 그는 내가 아는 가장 뛰어난 요원이었다. 6년은 혼자 일하기엔 긴 시간이었다.

우리 둘 다 그 사실을 알고 있었다. 그리고 서로가 그걸 안다는 자각에, 우리는 행복했다. 허구의 소용돌이 속에 우리만의 작은 진실을 만들어가면 되니까.

15

　그날 밤, 나는 딘의 감긴 눈꺼풀이 격렬하게 움직이는 걸 지켜보았다. 그가 보는 것을 나도 보고 싶었다. 그의 기억과 공포와 회상과 꿈을 함께 나누고 싶었다. 하지만 그가 나를 이해 못하는 것처럼 나도 그를 이해할 수 없었다. 내 영혼이 육체 밖으로 나와 그와 마주쳐도 그는 나라는 걸 알아보지 못할 것이다. 내 기억 속 로라의 미소와 대니의 존엄함을 그는 알지 못하니까. 그들을 추억함으로써 앞으로 나아갈 동력을 얻으려는 내 안의 갈망을 그는 이해하지 못하니까.

　"전쟁 기계 안에서 들어와 있으면서 전쟁을 끝내겠다는 건 억지야." 처음 정자에서 만난 날, 그는 웃으면서 이렇게 말했다.

"그게 유일한 방법일 수도 있잖아?" 내가 물었다. 그는 대화 주제를 바꾸면서 내가 다시 열 수 없도록 자기 안에 있는 나의 일부분을 걸어 잠가버렸다.

하지만 첩보원에게 잠긴 문은 일상 같은 것이었고, 우리는 남은 부분에서 서로 간에 존중할 부분을 발견했다. 그러니 이 일에 수반되는 거짓말들이 나를 괴롭히기 시작했으며, 내가 혼자 있을 때조차 거짓된 껍데기를 벗어내지 못해 힘들어한다는 걸 그는 몰라도 된다고 생각했다. 벌써 1년이 넘도록 미술상 행세를 하는 무기상 행세를 하다 보니, 이제 내 안의 어느 부분이 그녀이고 어느 부분이 나인지 점점 더 분간하기가 어려웠다. 내가 진짜 나로 살아도 지금과 똑같은 영향력을 미칠 수 있을까?

딘은 잠결에 움찔움찔 놀랐다. 지금 내가 이렇게 걱정하는 걸 알면 그는 괜찮으니 안심하라고 할 것이다. 어쩌면 그가 옳을지도 모른다. 전쟁 속으로 더 깊이 들어가려는 지금은 갑옷을 벗을 때가 아니다. 그가 준 반지가 내 손가락에 느슨하게 끼워져 있다. 구명보트처럼. 아니면 족쇄처럼. 어느 쪽이든 내가 허우적거리지 않게 단단히 붙들어줄 것이다. 지금은 허무에 빠지는 것보다 그 편이 낫다.

우리는 딘의 생일을 이틀 앞두고 잔지바르* 해변에서 우리끼리 결혼식을 올렸다. 스물일곱 살이 된 나는 새하얀 모래

밭에서 딘과 마주섰고, 이 섬의 신부님이 우리의 손을 맞잡고 우리가 얼마나 중대한 일을 하고 있는지 설명했다. 그때, 나는 딘을 전혀 모른다는 자각이 들었다. 하지만 결혼이란 믿음의 도약이었다. 지금 이 시점에서 그 역시 나를 잘 몰랐지만, 나와 가장 가까운 사람이었다. 그는 나와 같은 훈련을 받았고, 나처럼 정당한 거짓말들을 내세우며 부당한 거짓말을 숨기는 관료주의의 미로를 통과해왔다. 내 영혼까지는 아니더라도 실체적 진실의 일부를 알고 있다. 그걸로 충분하다는 기분이 들었다.

다음날 아침, 우리는 싸웠다. 이유는 기억나지 않는다. 고립된 정적 속에서 수영장 옆에 나란히 앉아 있다가, 문득 서로를 모르는 채 살아갈 세월이 눈앞에 보이는 것 같아 아찔해졌다. 차라리 혼자 배치되는 게 덜 외롭지 않을까 하는 생각마저 들었다.

다음날은 딘의 생일이라서, 나는 한밤중에 풍선을 불었다. 그가 일어났을 때 호텔 방이 풍선으로 가득 찬 걸 보여주고 싶었다. 그를 웃게 해주고 싶었다. 과거의 무서운 기억들을 지워주고 싶었다. 하지만 어둠 속에서 풍선을 밟은 그는 소스라치게 놀라며 꽥 소리를 질렀다. 어딘가 안전하지 않았던 장

---

● 동아프리카의 탄자니아에 있는 섬 - 역주

소에서의 기억이 되살아난 것이다. 그리고 그걸 기억하게 한 나에게 분노를 터뜨렸다.

잔지바르를 떠날 때 쯤, 우리는 상호 존중과 사명감이 감정에 우선한다는 묵시적 감각에 힘입어 암묵적인 실용주의를 채택했다. 각자 자신의 임무를 마무리 짓고 다음 달에 함께 파견을 나간다는 계획을 순조롭게 진행시켰다. 퇴로는 없었다.

새벽에 우리를 공항에 바래다줄 호텔 밴이 정글 길을 달리고 있을 때, 갑자기 트럭 한 대가 요란한 소리를 내며 지나치더니 방향을 휙 꺾으며 우리를 막아섰다. 전형적인 매복 후의 기습 공격이었고, 당시 탄자니아에는 테러의 불씨가 남아 있는 상태였다. 우리는 재빨리 눈빛을 교환하고, 차를 빠져나갈 준비를 했다. 딘이 눈짓으로 탈출 전략을 제안했다. 나는 미세하게 고개를 끄덕였다. 우리 몸은 아드레날린으로 요동쳤다. 트럭에 탄 남자가 뛰어나와 우리 밴으로 다가오더니 운전사에게 무언가를 건넸다. 운전사가 우릴 돌아보며 활짝 웃었다. 그리고 자신의 휴대폰을 내보이며 말했다. "제가 이걸 놓고 왔네요." 우리는 한숨을 내쉬었다. 딘이 내 손을 한 번 꼭 쥐었다. 그 순간, 나는 그가 날 보호해줄 걸 알았다. 다시 빠른 속도로 정글을 빠져 나가는 차 안에서, 나는 서로를 지켜주는 관계야말로 우리에게 필요한 최선이라는 걸 깨달았다.

•••

일터로 돌아가자, 팀장이 내 책상으로 다가왔다.

그가 내 반지를 향해 고개를 까닥거리며 말했다. "축하해. 자넨 CIA와 결혼한 거야." 나는 애매한 미소를 지었다. 그의 말은 틀리지 않았다. "이제 내가 충고한 대로 전심을 다해 빠져들어. 그게 자네 인생이라고 받아들이면 모든 게 훨씬 쉬워질 거야."

그날 오후, 여권을 수령하러 시내에 나가서 차례를 기다리는 동안 팀장의 말을 곰곰이 생각해보았다.

작전상 필요한 신분증은 진짜 차량국이나 여권 사무국, 사회보장국 등에서 발급받았다. 보안 등급이 높은 연락원이 그 사무실의 다른 누구도 모르게 우리의 신청서를 아무런 검토 없이 시스템에서 통과시켜주는 것이다. 완벽한 진품 신분증은 외국 교도소에 수감될 가능성을 크게 줄여준다. 하지만 동시에 일 처리가 느린 차량국에 가서 〈쥬디 판사〉•가 무음으로 재생되고 있는 대기실에 앉아 다음 번호를 부르는 소리를 들으며 하염없이 기다려야 한다는 뜻이기도 했다.

나는 딱딱한 플라스틱 의자에 앉아 팀장의 말을 머릿속으

---

• 미국의 법정 공방 리얼리티 프로그램 – 역주

로 되새겨보았다. 이게 내 인생이라고 받아들인다. 너무 당연한 말이라 포춘 쿠키에서 나오는 격언처럼 진부하게 느껴지기도 했다. 하지만 생각하면 할수록 그 말이 나를 더욱 강력하게 붙들었다. 가상의 삶을 사는 게 힘든 건 내가 이걸 거짓이라고 자꾸 상기하기 때문인지도 모른다. 혼자 있을 때조차 이게 진짜 삶인 척 행동하고 그렇게 믿으면, 언젠가는 위장 없는 진짜 삶을 향한 갈망이 사라지고 나를 덮고 있는 껍데기가 그대로 나 자신이 될지도 모른다.

"우리 끝까지 가보자." 딘이 아프가니스탄에서 마지막으로 돌아왔을 때, 나는 이렇게 말했다. 그리고 피임약을 없애버리기로 합의했다.

우리는 버지니아 북부의 수풀이 무성한 도로변에 작은 집을 빌렸다. 다 낡아서 삐걱거리는 주택으로, 작은 침실 두 개가 나란히 붙어 있었는데, 왼쪽 방을 우리가 쓰고 오른쪽은 비워두었다. 혹여 아기가 태어난다 해도 그전에 해외로 나가게 될 텐데도, 계단을 오르다가 그 방의 문간이 눈에 들어오면 절로 미소가 지어졌다.

집 뒤편으로는 여기저기 잔디가 뭉텅 빠지고 야생화가 듬성듬성 자란, 울퉁불퉁한 뜰이 있었다. 우리는 밤이 되면 이따금 뒤뜰로 난 나무 계단에 앉아 와인을 마시면서 땅거미 위로 깜빡거리는 반딧불이의 불빛을 바라보았다. 하루는 박쥐

한 마리가 처마 밑에서부터 쏜살같이 날아왔다.

"저걸 살려둬야 할까?" 내가 물었다.

"그냥 놀란 건 줄 알았더니." 딘이 말했다.

"난 알 카에다도 상대하는 사람이야. 박쥐 한 마리 정도는 처리할 수 있을 거야. 왜, 너 설마 징그러운 거 못 봐?"

"우리 엄마가 그런 분이셨지. 내가 어릴 때, 하루는 거실에 박쥐가 들어와서는 나가질 않는 거야. 푸드덕거리면서 사방을 날아다녔지. 엄마는 빨리 쫓아내라고 아버지한테 소리쳤지만, 천장이 너무 높아서 아버지도 손이 닿질 않았어. 그래서 바로 차고로 뛰어가서는 테니스채랑 스크루 드라이버를 들고 오셨지. 아버지는 테니스채로 박쥐를 벽에 밀어붙이고 스크루 드라이버로 찔러죽였어. 벽난로 위에 튄 핏자국이 어린 시절 내내 남아 있었지. 난 그걸 볼 때마다 생각했어. '우리 아버지가 했어. 아버지는 진정한 사나이야. 남자는 그렇게 자기 집을 지켜야 해.' 무슨 말인지 알겠어?"

나는 그게 행복한 기억이 맞는지 혼란스러웠다. 딘을 안아주고 싶었다. 그런 장면을 목격하다니 힘들었겠다고 다독여주고 싶었다. 하지만 그는 좋아하는 추억을 말했다는 듯 빙긋이 웃으며 와인을 더 따랐다.

"너희 아버지에게 전쟁 이야기를 들은 적 있어?" 내가 물었다. 그는 왜 전혀 무관한 이야기를 꺼내느냐는 표정으로 나를 쳐다보았다.

"베트남?" 그가 물었다. "아니. 그것 때문에 고생하셨으니까. 그런 말은 거의 안 하셨어."

나는 우리 바로 아래에 있는 지하 방이 떠올랐다. 딘이 더이상 사용하지 않는 전투 용품들을 벽면 가득 늘어놓은 그만의 소굴이었다.

"그런 경험은 중독성이 있잖아." 내가 말했다.

"그게 박쥐한테 표출됐다고 말하고 싶은 거야?" 딘이 물었다.

골대에 맞지 않은 에어 볼이었다. 언제든 싸움으로 번질 수있었다. 우리는 방어기제와 염려로 인해 잠시 가만히 앉아 있었다. 잠시 후, 그가 먼저 누그러졌고, 내 얼굴에서 머리카락을 쓸어 넘기며 입을 맞추었다. 나는 상황을 모면할 수 있어서 기뻤다. 하지만 마음 한구석에선 아버지에게서 아들에게로 대물림되는 트라우마의 망령 같은 게 언뜻 스쳐 지나갔다. 과연 베트남과 아프가니스탄은 그렇게 다른 것일까? 언젠가 딘이 죽여야 할 박쥐는 무엇일까?

그는 "넌 정말 제정신이 아니야. 너도 알지?" 하며 웃었고, 내가 차마 다른 생각을 하기도 전에 우리는 알몸으로 침대에 뛰어들었다.

중국으로 배치되기 한 달 전, 나는 차를 팔기 위해 엄마와 함께 중고차 매장에 갔다. 우리는 절친한 친구들이 인생에 다시 오지 않을 시기를 아쉬워하며 꼭 붙어 지내듯 최대한 함께 시간을 보냈다. 대기 구역의 자판기 옆에 있는 플라스틱 테이블에 앉아, 나는 임신 테스트기를 엄마에게 보여주었다. 여덟 달만 지나면 인간의 모습으로 태어날, 분홍색 선 두 개가 그어져 있었다. 엄마와 아버지에게 이런 소식을 전하게 될 날을 그동안 수도 없이 머릿속에 그려봤지만, 설마 중국으로 건너가 위장 신분으로 살아가기 직전에, 그것도 중고차 매장의 대기실에서 털어놓게 될 줄은 꿈에도 생각 못 했다. 엄마는 아쉬운 표정으로 나를 바라보았다. "미국 예술가들과 일할 수는 없는 거야?"

"일단 경계를 무너뜨려야 해. 외국인들의 관점에서 바라보고 싶어." 내가 말했다.

"그런 걸 여기서 하면 안 돼?" 엄마가 물었다.

"언젠가는." 나는 대답했다. 그리고 그게 사실이기를 마음속으로 빌었다.

●●●

찬바람이 휘몰아치는 1월에 딘과 나는 상하이에 도착했다. 당분간은 귀국할 계획이 없었고, 미국과는 어떤 인연도 남겨놓지 않았다. 정신적으로 의지할 것들이 사라지자, 나의 어떤 부분이 진짜 나였는지 기억해내기가 점점 어려워졌다.

영화배우인 내 친구가 자주 언급하는 일화가 있다. 이야기는 그가 LA 길거리에서 노숙하는 헤로인 중독자 역할을 맡으면서 시작된다. 그는 다니엘 데이 루이스 타입의 연기자라서, 촬영이 시작되기 한 달 전부터 역할에 몰입하기 시작했다. 먼저 자신의 아파트 문을 걸어잠그고 열쇠를 여자 친구에게 주었다. 그리고 빈민 지구로 가는 버스를 탔다. 헤로인도 조금 사들였다.

30일 후, 여자친구가 그를 찾으러 갔을 때, 그는 쓰레기장과 담장 사이에 방수포를 걸쳐놓고 그 안에서 살고 있었다. 체중이 15파운드●나 줄었다. 문신도 하나 새겼다. 여자 친구가 다가가자 그는 허공으로 발길질을 해댔다. "자기야, 그만. 촬영은 월요일부터 시작이야." 그녀가 말했다. 이 대목에 이르면, 친구는 소매를 걷어붙이고 팔뚝 안쪽을 툭툭 치며 말했다. "그래서 내가 그랬지. 난 이미 촬영 중이야." 그리고 짓궂은 미소. "그랬더니 그녀가 내 얼굴을 정면으로 쳐다봤어. 내 눈을 똑바로 보고 말했지. '제이크, 당신은 배우야. 지금은 역할을 연구 중인 거고.' 그래서 내가 시선을 되받아 치며 말했

---

● 약 6.8kg – 역주

어. '내가?'"

연기를 한다는 건 그런 것이다. 깊이 몰입할수록 자신이 연기하고 있다는 사실조차 잊어버린다. 그러다 어느 날 쓰레기통 뒤에서 잠이 깨는 것이다.

내 경우는 중국의 호텔 방에서 명멸하는 화재경보기의 빨간 불빛을 응시하며 눈을 떴다.

이쯤에선 이미 다른 사람인 양 흉내 내는 기술도 많이 늘어 있었다. 프로라고 해도 좋을 만큼. 하지만 그동안은 늘 중간에 휴식기가 있었다. 중간중간 워싱턴으로 돌아갔고, 안가에서 존과 닐, 피트와 시간을 보냈으며, 술집에서 마이크와 데이브를 만나 흥건히 취하기도 했다. 전부 나의 이중 현실을 공유하는 가족 아닌 가족들이었다. 24시간 내내 허구 속에서 살아가는 건 이번이 처음이었다. 거짓으로 점철될 몇 년간의 세월이 시커먼 공허처럼 눈앞에 펼쳐져 있었다. 잠시 숨을 돌릴 휴식기도, 진실을 딛고 설 발판도 없었다. 우리 두 사람과 비밀 통신 장비, 겹겹이 쌓아올린 우리의 거짓들만 존재할 뿐.

우리는 상하이에 집을 구할 때까지 임시로 호텔에 머물고 있었다. 본부에서는 방 안에서 도청 장치, 감시 카메라, 야간 투시경 등으로 항시 감시당할 걸 각오하라고 했다. 옆에 잠들어 있는 남편은 여전히 호흡이 불안정했다. 우리 아기가 내

배꼽 밑에서 꼼지락거렸다.

단순히 시차 탓일 것이다. 아니면 임신 호르몬. 아니면 베이징 외곽의 어딘가에서 낯선 사람들이 우리의 알몸을 빤히 바라보고 있을 거라는 생각. 깜빡이는 불빛을 아무리 세어 보아도 잠이 오지 않는다.

사방이 적막한 걸 보니 이곳은 안전하다는 그릇된 감각이 나를 엄습해온다.

*걱정할 것 없어, 아마릴리스. 그냥 그들이, 그들을 지켜보는 우리를 지켜보는 거야. 첩보 게임에 불과해. 자연스러운 섭리지. 어서 자.*

깜빡, 하나, 둘, 셋, 깜빡.

*어서 자자.*

결국 나는 잠드는 걸 포기하고 침대를 기어 나와서, 화장실 문을 열고 불을 딸깍 켰다. 모든 게 제자리에 있었다. 세면대, 거울, 갈색 유리 화병에 담긴 꽃. 세계 어느 비즈니스호텔에서나 볼 수 있는 현대적인 디자인. 하지만 작은 구멍과 화장실 설비 뒤에서 그들이 지켜보고 있었다.

"원래 자기 자신처럼 자연스럽게 행동해." 본부에서는 이렇게 조언하면서도 그 말에 담긴 아이러니를 모르는 척했다.

나는 소변을 보았다. 손을 닦았다. 거울을 보며 얼굴을 찌푸렸다. 표정을 바꿀 때마다 조용히 자문해보았다. "이 다음엔 뭘 하지? 진짜 나라면 어떻게 할까?" 다른 나라의 다른 호텔에서도 여러 번 해본 질문이었다. 하지만 지금, 새벽녘에 중국의 화장실에서, 나는 처음으로 내가 그 답을 모른다는 사실을 깨달았다.

깨어 있는 나 자신에게 너는 지금 사실 꿈속에 있다는 쪽지를 건네받은 것처럼 놀라운 일이었다.

문득 세면대와 거울과 유리 꽃병이 무대 배경막에 불과하다는 생각이 들었다. 사실적이긴 해도 일시적이고 만화적인 모습이라, '엔터프라이즈호'의 홀로그램실에선 사물이 이렇게 보이겠거니 상상했던 그대로였다. 스타트랙표 고무 찰흙 장난감처럼 버튼 하나만 누르면 다시 유연한 원자 상태로 돌아갈 것만 같았다. 나는 소용돌이무늬의 차가운 대리석을 짚고 있는 내 손등을 바라보았다. 심지어 그것조차 왠지 현실감이 없어 보였다. 내가 역할 놀이에 이렇게나 깊이 빠져 있다는 걸 깨닫자 갑자기 불안감이 덮쳐왔다. 이 게임은 너무 그럴듯해서 언제 시작됐는지도 모를 지경이었다. 심지어 게임에 참가하고 있는 '내'가 누구인지도 모호했다.

고향에 돌아온 듯한 거의 폭력에 가까운 감각이 머릿속에서 불꽃처럼 일어났다. 그러더니 거꾸로 쏟아져 내려 단풍 진액처럼 가라앉았다. 초자연적이라 할 만한 느낌이었다. 이 웜홀 밖으로 내던져지고 싶지 않은 마음에, 나는 라마즈 호흡법처럼 천천히 숨을 내쉬었다.

나는 다시 손등을 바라보았다. 저걸 움직이면, 손가락 하나라도 까딱하면 내가 다시 게임 속으로 녹아들 것을 알았다. 나는 낯설지만 친숙한 장소에 온 관광객처럼 잠시 가만히 서 있었다. 처음으로 슈웨다곤 파고다를 방문했을 때나 외할머니의 무덤가에 앉아 있던 때처럼. 하지만 사방에 감시 카메라가 달린 중국의 호텔 방은 자아를 탐구하기에 적당한 장소가 아니었다. 그래서 나는 손을 움직였다. 화장실 불을 껐다.

다시 푹신한 카펫을 가로질렀다. 베이지색 침대에 기어 올라갔다. 집요하고 메마른 적막 속에서 두 눈을 감고 내가 언제부터 역할 놀이를 시작했는지 나 자신에게 물어보았다. 그럼 구글 독스Google Docs의 이전 버전 기록처럼 거기서부터 다시 나아갈 수 있을 터였다.

나는 내 뇌가 CIA에서 훈련받던 기억, 맨 처음 가명으로 받아 들었던 서류, 다른 사람인 척 하고 거짓말 탐지기를 통과하도록 연습했던 때를 떠올릴 거라 예상했다. 하지만 깨어 있는 나는 그날 밤에 다시 한 번, 그보다 더 오래된 기억이 적힌 쪽지를 내게 건네주었다. 너무 깊숙이 묻혀 있던 기억이라서, 잡는 순간 손 안에서 부스러질까 봐 적갈색 사진의 접힌 가장자리를 조심스럽게 펼쳐야 했다.

세 살 쯤 된 내가 워싱턴 D.C.에 있는 우리 집 부엌의 창가에 등을 기댄 채 높다란 유아용 나무 의자에 앉아 있었다. 엄마는 화가 나 있었다. 왜인지는 기억나지 않았다. 하지만 어찌 됐든 불가사의할 만큼 격정적이었다. 돌레르 부부가 쓰고 그린 그리스 신화 책의 등장인물 같았다. 엄마는 우리 집안의 약동하는 심장이자, 우리의 세상에 사랑과 다정함과 시를 불어 넣어주는 원천이었다. 그리고 시인들이 으레 그렇듯 삶을 깊이 느꼈기 때문에, 오후 반나절 중에도 기쁨과 절망 사이를 넘나들며 감정을 발산했다.

다른 아이들이 천둥소리를 무서워할 때, 나는 엄마의 슬픔을 두려워했다. 그것이 내게 물리적인 상처를 입히지는 않았지만—엄마는 언제나 다시 화창한 기질로 돌아서곤 했다—너무나도 초자연적으로 느껴졌기 때문이다. 그 신비한 힘은 늘 예고도 없이 들이닥쳐 하늘을 두 동강 냈다.

벤은 부엌 식탁에서 내 옆에 앉아 있었다. 우리의 소라게인 프레디와 로라는 싱크대 위의 유리 정원 안에 숨어 있었다. 엄마는 스펀지를 단단히 움켜쥐고 깨끗한 싱크대를 벅벅 문질렀다. 열심히 닦기만 하면 자기 눈에만 보이는 고통스러운 무언가를 없애버릴 수 있을 것처럼.

그러다가 갑자기 딱 멈춰 섰다.

얼굴에는 평온한 표정이 떠올랐다. 그리고 세상에 걱정 하나 없는 사람처럼 가스레인지 위의 냄비를 휘젓기 시작했다.

*내가 상상한 장면일 거야*, 라고 나는 생각했다. 엄마의 시선이 내 뒤편에 있는 창문으로 옮겨가더니, 얼굴에서 미소가 허물어졌다. 엄마는 숟가락을 다시 냄비에 내려놓았다. 그리고 그보다 더 빠른 속도로 엄마 안에서 슬픔이 되살아났다.

한 무리의 사람들이 우리 집밖의 벽돌로 된 보도를 지나갔다. 그러자 엄마는 다시 미소를 짓고 냄비를 휘저었다. 우리를 스쳐지나가며 우리 세계를 힐끗 들여다보는 낯선 사람들을 위해.

엄마는 그들이 기대하는 자신의 모습을 그대로 연기했다. 좌절과 공포와 고통을 모르는 현모양처. 그리고 우리를 위해 원래의 모습으로 돌아왔다. 총명함과 고뇌를 두루 갖춘 아름답고 반짝이는 인간으로.

내가 기억하는 가장 어린 시절의 추억 같았다. 우리의 실제 모습과 어른들이 다른 사람들에게 비쳐지기를 바라는 우리 모습 사이의 차이를 처음으로 인지했던 때였다.

그로부터 20여 년이 지난 후에 내가 생계를 위해, 그리고 조국을 위해 내가 아닌 다른 사람인 척 하고 있을 줄은 그때의 나는 알지 못했다. 상하이의 호텔 방에서 그 순간을 다시 경험하게 될 줄도 전혀 몰랐다. 중국에서의 이 날로부터 몇 년이 지난 후에 엄마는 내게 편지를 써서, 엄마로 인해 내가 오래 전에 품었던 그 질문에 대한 답을 알려주었다. 나를 사랑하기에 자신이 깨달은 바를 가르쳐줌으로써 나를 구원해준 것이다.

호텔 방의 히터가 다시 돌아가기 시작하자 시차증이 도로 심해졌다. 나는, *오늘 밤에 던져야 할 질문은 이미 충분히 던졌어,* 라고 나 자신에게 말하며, 깜빡이는 불빛 아래서 스르르 잠에 빠져들었다.

16

다음날 아침, 우리는 상하이를 남북으로 가로지르는 강변 산책로인 와이탄에서 부동산 업자를 만났다. 한쪽 강변에는 프랑스 조계지의 자갈 포장길 위로 지난 시대의 고풍스러운 건축물들이 늘어서 있었다. 반대편은 공상 과학 소설에서 튀어나온 것처럼 뾰족한 바늘에 둥근 구슬들을 꿰어놓은 무광 크롬과 유리로 된 건물이 하늘을 찌를 듯이 우뚝 솟아 있었다.

의례적인 인사와 잡담을 나눈 후, 부동산 업자가 말했다. "이것 보세요. 늘 이렇다니까요. 외국인들은 역사적인 건물들을 구경하느라 강에서 등을 돌려 과거를 바라봐요. 하지만 시골에서 처음 상하이를 구경 온 중국인 관광객들은 백이면 백, 강 너머의 미래적인 풍경을 감상하죠." 지나치게 단순화한 논리 같았지만, 강변을 위아래로 훑어보니 과연 그 말이 옳았다. 서양인들은 옛 정취가 담긴 건물들을 사진에 담고 있었다. 그 사이로 보이는 중국인 가족은 추위 때문에 주머니에 손을 찔러 넣은 채 가만히 서서 건너편의 마천루를 바라보고 있었다. 강에서 불어오는 찬바람을 마주한 그들의 얼굴에는 약속의 땅을 내다보는 선구자들 같은 자부심이 묻어났다.

"두 분은 어느 쪽에 살고 싶으세요?" 부동산 업자가 물었다.

"진부한 선택을 하고 싶진 않지만, 저흰 역사라면 사족을 못 써서요." 딘이 말했다.

부동산 업자는 예스러운 풍경을 돌아보며 미소를 지었다. "그럼 서두르는 게 좋겠네요. 이쪽 강변의 고택들은 대부분 10년 안에 철거될 예정이거든요. 그전에 빨리 하나 골라잡아 보자고요!"

우리는 금방이라도 무너질 것 같은 아름다운 붉은 벽돌집을 얻었다. 집안에는 다양한 목제 아편 침대와 무늬가 새겨진 궤짝이 가득했다. 골동품 판매로 한몫 크게 챙겨 철강 산업에 뛰어든 현지 사업가의 수집품들로, 덕분에 우리는 중국의 과거로 여행을 떠날 수 있었다. 이 작은 집은 수 세기 전의 퀴퀴한 무덤 같은 신비로운 곳이었다. 게다가 가격도 저렴해서 랭글리에서 크게 만족해했다.

•••

중국도 러시아와 같은 '주요 표적' 국가로서, 세계에서 가장 공격적이고 정교한 방첩 전술을 구사하는 곳이었다. 우리는 이 나라 안에서 어떠한 작전도 수행할 의도가 없었지만, 중국 정보 당국은 그 사실을 모르기 때문에, 이곳의 요원들은 우리의 계획을 알아내려고 눈에 불을 켜고 달려들었다. 이 땅을 밟은 순간부터 우리는 일거수일투족을 감시당했다. 처음에는 긴가민가했다. 정적인 감시, 즉 노점상들에게 돈을 쥐여주고 특정한 외국인이 오가는 시간을 기록하게 했기 때문이다. 이런 사람들은 시간차를 두고 거리를 유지하며 따라오는 감시팀보다 훨씬 파악이 힘들었다. 하지만 우리가 지나갈 때마다 저녁에 먹이 사냥을 나온 짐승처럼 눈빛을 번뜩이며 연필과 공책을 꺼내 드는 덕분에 이내 알아차릴 수 있었다. 한 번은 내가 깜빡하고 택시에 파시미나 숄을 두고 내렸는데, 제복 입은 경찰관이 우리 집 문 앞으로 숄을 들고 왔다. 택시비를 현금으로 지불했고, 기사에게 우리 주소를 가르쳐주지도 않았는데 말이다.

"소지품을 잘 챙기셔야죠." 경찰관이 이웃집에서 생선을 말린다고 걸어놓은 노끈 밑에 구부정하게 서서 말했다.

"대신해서 이렇게 잘 챙겨주시는데 우리가 뭐 하러 신경 쓰겠어요?" 딘이 내 어깨 너머로 쏘아붙였다. 나는 몸이 움츠러들었다. 정중하고 눈에 띄지 않게 행동하자고 해놓고선.

"감사합니다, 경관님." 나는 인사를 하고 문을 닫았다. 얼른 잠금장치를 걸었다. 거기에 무슨 큰 의미나 있는 것처럼. 그리고 우리는 아마도 도청장치가 달려 있을 거실로 들어갔다.

감시당하는 상황을 통제할 유일한 방법은 감시자들에게 볼거리를 제공하지 않는 것이다. 우리는 두 명의 젊은 미술품 거래상이 살만한 평범한 집을 꾸미는 일부터 시작했다. 딘도 나와 같은 위장 신분을 부여받아서 가족 사업을 운영하게 되었다. 우리는 중국어 수업을 신청하고 예술계의 파티에 참석했다. 비록 딘은 떡 벌어진 어깨와 군인 같은 자세 때문에 이 세계와 조금 거리가 멀어 보이기는 했지만, 우리는 서서히 평판을 얻기 시작했다. 딘은 모르게 나 혼자 수행하도록 요청받은 작전도 있었다. 딘 역시 내가 모르는 다른 작전을 부여받았을 것이다. 하지만 우리는 일 이야기는 하지 않았다. 집안에서도 감시당할 거라고 사전에 주의를 받았기 때문에 중요한 이야기는 일절 하지 않았다. 심지어 소리 없이 돌아다니는 '아이'라는 이름의 우리 가정부도 중국 정보국에서 보낸 사람이라, 우리는 성관계도 규칙적이되 너무 규칙적이지 않게, 열정적이되 너무 열정적이지 않게 해야 했다. 우리에게 사생활이란 누군가 우릴 지켜보고 있다는 걸 전혀 모른다는 인상을 주기 위해 24시간 내내 노력하는 생활이었다.

작전 지령―본부에서 기존 정보원들에게 보내오는 질문, 우리가 포섭하려는 대상에 관해 사무관들이 조사한 내용, 제3국에서의 접선 허가 요청에 관한 승인―은 비밀 통신장치를 통해 전달되었다. 몇 개월 후, 나는 야갑의 포섭을 시도할 준비가 됐다는 전보를 보냈다. 그는 다음 주에 인도네시아를 방문하는데, 그전에 태국에 들를 계획이라고 내게 이메일을 보내왔다. 나는 그가 우리와 함께할 준비가 되어 있다는 걸 꽤 오래전부터 느꼈다. 이쪽의 패를 전부 꺼내 보이기 전에 몇 번 더 만나보는 게 제일 이상적이겠지만, 인도네시아는 알 카에다의 동남아시아 지부인 제마 이슬라미야의 앞마당이었다. 한가롭게 저녁을 즐기던 시민 200명의 목숨을 앗아간 발리 나이트클럽 폭탄테러의 배후가 바로 그들이었다. 핵배낭이나 고농축 우라늄을 손에 쥔 지하드주의자들이 무슨 짓을 할지 알 수 없는 노릇이었다. 완벽한 타이밍을 기다리다가 무기가 다른 손에 넘어가는 걸 막을 기회를 놓치게 될지도 몰랐다. 본부에서는 내 요청을 승인하며 딘과 태교 여행을 가장해 다녀오라고 조언했다.

"그러지 뭐." 내가 여행을 제안하자 딘은 수락했다. "달빛 아래서 파티를 즐기면 되겠네." 야갑이 방문하는 도시는 매달 보름달이 뜨는 밤에 해변에서 광란의 밤샘 파티를 열었다.

"나는 잠깐 볼일을 봐야 할 수도 있어." 내가 말하자 그는 아무런 질문 없이 고개를 끄덕였다.

• • •

방콕에 도착한 우리는 코타오 섬으로 가는 경비행기에 탑승했다. 물론 작전을 위한 여행이라는 건 잘 알고 있었다. 나는 예비 정보원을 비밀리에 포섭하기 위해 이 나라로 날아왔다. 하지만 착륙을 앞두고 딘의 손을 잡자 약간은 소녀처럼 기분이 들떴다. 창문 밖으로 하얀 모래사장과 뽀얀 초록빛 바다가 펼쳐져 있었다. 칙칙한 상하이와 달리 푸릇푸릇하고 매혹적이며 상쾌한 광경이라 여기서라면 뭐든 가능할 것만 같았다. 지난 몇 개월간 서로 간에 침묵을 지키며 답답하게 살아왔지만, 어쩌면 우리도 여기서 다시 시작해볼 수 있지 않을까. 서로 있는 그대로의 모습을 알아가면서 말이다. 결혼한 부부라면 응당 그렇게 살아가겠지만, 도청 장치가 깔린 집에서는 불가능한 일이었다.

나는 착륙하고 두어 시간 후에 야캅과 만나기로 되어 있다. "이따 호텔에서 볼까?" 코타오의 석양 아래로 걸어 나오며 내가 물었다. 활주로를 걸어 나와 초가지붕으로 된 짐 찾는 곳까지 가는 동안 그는 내게 팔을 두르고 있었다.

"여기까지 와서 골치 아프게 일을 하다니 믿을 수가 없네." 그가 야자나무들을 바라보며 말했다. "아무튼 조심히 다녀와."

"그럴게." 나는 그렇게 약속하고 택시를 잡아탔다.

야갑과는 비밀리에 대화를 나눌 수 있게 다른 호텔에 스위트룸을 예약해놓았다. 정보원으로 포섭하기 위한 제안은 행인들로부터 최대한 멀리 떨어진 곳에서 하는 게 좋다. 가장 이상적인 상황은 포섭 후보가 지금부터 어떤 일이 닥칠지 알고 마음의 준비가 되어 있는 거였다. 언젠가 상사는 내게 이렇게 설명했다. "결혼 프러포즈라고 생각하면 돼. 그런 이야기를 어느 날 불쑥 꺼내지는 않잖아. 처음엔 조금씩 힌트를 흘려주지. 그러면서 간을 보는 거야. 상대가 받아들일 거라는 확신이 설 때까지. '영영 안 물어볼 줄 알았잖아!'라고 상대가 앙탈을 부릴 정도로." 하지만 결혼 프러포즈도 그렇듯, 잘못된 판단으로 큰 소동이 벌어질 위험성은 항상 존재한다. 첩보 세계에서 그런 소동이 일어나면 조용히 해결하는 게 최선이다. 나는 미행이 없는지 확인하기 위해 공항에서부터 추적 탐시 경로를 실행했다. 택시로 옷가게까지 가서, 툭툭*으로 갈아타고 섬에 새로 생긴 쇼핑몰로 간 다음, 다른 출구로 빠져

---

* 동남아시아의 대중교통인 삼륜 택시 − 역주

나가 쏭태우●에 올라탔다. 간단하지만 충분히 효과적인 경로
였다. 몇 군데를 더 경유할 수도 있었지만, 미행이 없는 게 분
명했고, 일찍 방에 도착해서 구조를 확인하는 게 낫겠다고 판
단했다. 스위트룸은 응접실에서 침대가 보이지 않게 문이 달
려 있는 편이 좋았다. 그래야 괜한 오해를 사지 않으니까. 이
방은 완벽했다.

　나는 혹시라도 중간에 누군가 들이닥치면 이 만남의 목적
을 설명하기 위해 배낭에서 미술 도록 몇 권을 꺼내놓았다.
그런 다음 화장실에 가서 내가 가져온 작은 동양풍 분수에 물
을 채운 다음 플러그를 꽂았다. 이런 걸 들고 다니다니 이상
하긴 하지만, 욕실 수도꼭지를 트는 것보다는 우아한 방법이
었다. 물 흐르는 소리는 텔레비전 프로그램이나 음악과 달리
복제할 수 없기 때문에 소음 제어 기술로 이만한 게 또 없었
다. 그럴 일은 없겠지만 만약 이 방에 태국 정보국에서 도청
장치를 달아놓았다면, 배경음으로 들리는 텔레비전 프로그램
을 찾아 그 음성을 제거함으로써 녹음의 질을 향상시킬 수 있
었다. 하지만 물은 매번 다르게 흐르기 때문에 복제할 방법이
없고, 따라서 그 아래 묻힌 대화 소리를 복원할 수 없었다. 게
다가 정보원을 포섭하는 중요한 자리인 만큼, 아시아의 심야

───────

● 6~7인승의 소형 버스 - 역주

방송에서 가물가물 흘러나오는 버저나 벨 소리보다 마음을 편안하게 해주는 물소리가 훨씬 도움이 될 터였다.

나는 시간을 확인했다. 곧 야콥이 도착할 시간이었다. 그가 이미 우리의 정보원이라면 블라인드를 조정해서 안전하니까 올라와도 된다는 신호를 보낼 것이다. 하지만 그는 아직 영입 전이었다. 아직 우리만의 통신 계획도 서로 말로 교환할 암호도 정해지지 않았다. 지금은 구식이긴 해도 전화를 걸 수밖에 없다. 나는 그에게 방 번호를 알려주고, 문에 '방해하지 마시오' 표찰을 달아놓았다.

야콥은 이번에도 노래를 하며 다가왔다. 그가 복도를 걸어오는 내내 노랫소리가 들렸다. 앞으로는 저걸 못하게 해야 한다니 안타까웠다. 나는 그의 구성진 목소리가 좋았다. 하지만 비밀스럽게 접선하러 오면서 노랫가락을 흥얼거리는 건 안전하지 않았다.

나는 문을 열다가 목소리와 따로 노는 그의 얼굴을 보고 언제나처럼 또 한 번 놀랐다. 그는 억양이 강한 영어로 내게 인사를 해왔다. 땅콩버터를 한 스푼 삼킨 것처럼 끈적끈적한 발음이었다. 그리고 나의 왼쪽 뺨과 오른쪽 뺨 위로 입을 대지 않는 키스를 했다. 그에게선 애프터셰이브와 땀 냄새가 났다. "여기를 찾아오는 데 힘들진 않았어요?" 나는 맥주를 한 병 건네주며 물었다. 그를 정식으로 영입하고 나면, 매번 만날 때마다 처음에 던지게 될 공식 질문들 중 하나였다. 그다음에 이어질 질문들은 앞글자만 따서 STINC라고 불렀다. 보안Security(오는 길에 현지 정보국 요원과 마주치진 않았나요?), 시간 Time(시간이 얼마나 있어요?), 첩보Intelligence(긴급하게 전달할 정보가 있나요?), 다음 접선Next meeting(중간에 외부 개입으로 대화가 중단되면 다음에 언제 다시 만날 수 있죠?), 위장Cover(혹시라도 심문을 받게 되면, 우린 이것 때문에 만나고 있었다고 대답해요). 아직 야쿱에게는 그렇게까지 노골적으로 물을 수 없으니, 조금 더 일상적이고 두루뭉술한 표현으로 바꿔서 질문했다. 그는 자리에 앉아 손동작과 앓는 소리를 섞어가며 대답했다. 그러면서 다리를 쭉 뻗어 양쪽 발목을 교차시켰고, 맥주는 의자의 팔걸이에 올려놓았다.

"제가 최근에 발굴한 작가들의 자료를 가져와 봤어요." 나는 표면적인 만남의 이유를 상기시키며 말을 마쳤다. 그는 도록을 보지도 않고 고개를 끄덕였다. "이건 히로시마에서 가져온 공예품의 주물을 그대로 사용했어요." 내가 책에 있는 사진 하나를 가리키며 말했다. "사람들의 손목시계는 그 시각에 멈춰버렸죠. 학교로 뛰어가던 아이들의 등이 타들어가며 교복 조각이 날아다녔고요."

"담배 좀 피워도 될까요?" 그가 물었다.

"물론이죠." 나는 화재경보기가 울리지 않도록 창문을 열었지만, 얇은 블라인드는 내려져 있는 채로 놔두었다. "이번 달에 스트레스가 많은가 봐요?" 이때쯤엔 나도 이미 야캅이 담배를 끊겠다는 말을 입에 달고 살지만 절대 끊지 못하는, 냉혹하지만 인간미 넘치는 부류라는 걸 파악했다. 그래서 받침대에 재떨이를 준비해두었다.

"젠장. 헝가리 경제는 최악이에요. 일자리고 뭐고 아무것도 없어요. 그런데도 정부는 돈을 펑펑 써대죠." 그는 눈앞에 불붙은 현금다발이 보이기라도 하는 것처럼 휘파람을 불었다. "얼마나 낭비가 심한지 말로 다 못해요."

"정말 기운이 빠지겠어요." 그는 담배에 불을 붙이며 나를 올려다보았다.

"욕심 많은 도둑놈들 같으니라고." 그는 욕설을 내뱉으며 첫 번째 연기를 내뿜었다. "공산당 놈들만큼이나 빚을 쌓아놨다니까요. 다 그놈이 그놈이에요. 전부 사기꾼들이죠."

"국민을 돌봐야 할 사람들이 왜 그러는지 모르겠네요. 그게 정부가 해야 할 일이잖아요." 나는 그가 웃을 걸 알았고, 그는 정말로 웃었다.

"우릴 돌봐줄 사람은 없어요. 우리가 스스로 돌봐야 하죠." 그가 말했다.

"그럼 당신네 나라 사람들은 운이 좋네요."

"뭐라고요?" 그가 물었다.

"당신이 그들을 돌봐주니까요."

"아." 그가 웃음을 터뜨렸다. "그래요. 난 겨우 내 입에 풀칠하는 것만으로도 벅차지만요."

나는 잠시 기다렸다. 완벽한 서두였다. '만약에'라는 크고 묵직한 물음이 닌텐도의 파워업 아이템처럼 어서 자신을 물어가 주길 바라며 방 안에 둥둥 떠다녔다.

"만약에 그 이상을 할 수 있는 방법이 있다면요?"

그는 내 눈을 뚫어지게 바라보며 숨을 들이쉬고 다시 내쉬었다. 내가 더 자세히 설명하기를 기다리는 것이다. 나는 두어 박자 정도 그를 애태우게 놔두었다. 그의 내면은 확실히 감상적이었다. 온화하고 방어적이었다. 얼굴보다는 목소리와 더 닮았다.

"내가 워싱턴에 특별한 채널이 있다고 말했었죠? 거기서 나랑 같이 일하는 사람들이 있다고요. 우리가 다 같이 힘을 합쳐서 당신 나라 사람들을 돌보면 어떨까요? 그들이 당신도 돌봐줄 거예요."

야캅은 한동안 나를 빤히 쳐다보았다. 그러곤 웃음을 터뜨렸다.

"날 배트맨으로 착각한 거 아니에요?" 그가 말했다.

나는 빙긋 미소를 지었다. "착각이 아니에요, 야캅. 당신은 생사를 손에 쥐고 있어요. 안 그래요? 당신이 파는 건 백과사전이 아니잖아요?"

"잉여 군수품이죠."

"핵 전구체예요." 나는 조심스럽게 그의 말을 정정했다.

"어차피 그중 절반은 불량이에요." 그는 새로운 담배 개비에 불을 붙였다. "아무튼 그게 헝가리 사람들을 돕는 것과 무슨 관계가 있죠?"

"놈들이 그걸 유럽에서 터뜨리지 않는다는 보장이 있어요? 당신이 그걸 전 세계로 퍼뜨리고 있잖아요. 당신이 팔아 넘긴 무기로 놈들은 민간인들을, 젊은이들을 죽이고 있어요. 다음 표적은 당신 고향이 아니라고 누가 확신할 수 있죠?"

그는 눈알을 굴렸다. "헝가리는 이런 의미 없는 전쟁에 참전하지 않고 있어요. 우릴 공격할 이유는 없다고요." 그가 말했다.

나는 의자를 앞으로 기울이고 그의 눈을 똑바로 바라보았다. "전 세계 어디서든 폭탄이 터지면 당신도 다칠 수밖에 없어요. 테러 집단이 더티 밤●이나 전술핵을 터뜨리면 당신네 나라의 취약한 경제는 어떻게 되겠어요? 지구 반대편이라고 해도 영향을 받을 수밖에 없어요. 그럼 차라리 지금 상황이 호황이었다고 한탄하게 될 걸요. 당신이 아는 모든 헝가리 사

---

● 재래식 폭발물에 방사능 물질을 채운 무기 - 역주

람들—근근이 버티고 있는 사람들—은 그대로 나가떨어질 거예요. 실직률이 높아지고, 노숙자가 늘어나겠죠. 사람들은 절망에 빠질 거예요. 그리고 사람은 절망하면 폭력적인 선택을 하기 마련이에요. 세상 모든 건 돌고 도는 거니까요. 당신이 결정해요. 조국의 미래를 당신이 스스로 만들어나갈 수 있어요. 동족을 팔아먹기 싫으면 영웅처럼 그들을 구해줘요. 당신이 늘 부르는 그 노래처럼요. 전부 당신에게 달렸어요."

야갑은 이제 담배를 피우고 있지 않았다. 불씨가 보이는 담배 끄트머리를 위쪽으로 향하게 들고는 그걸 빤히 바라볼 뿐이었다. 거기에 정답이 쓰여 있기라도 한 것처럼.

"무기를 그만 팔라는 거군요." 그가 잠시 생각에 잠겼다. "당신 어디서 일해요? CIA?"

"판매를 그만두라는 이야기는 아니에요. 그리고 CIA에서 일하는 건 맞아요."

그는 나를 올려다보았다. 나는 이 침묵을 깨고 싶은 유혹을 억눌렀다.

"그래서요? 당신들이랑 일하지 않으면 날 체포하겠다는 건가요?"

"그렇지 않아요. 나는 당신을 진심으로 존중하니까 그런 짓을 할 생각은 없어요. 이봐요, 야갑. 우린 친구잖아요. 난 당신을 알아요. 당신의 할아버지는 헝가리를 점령한 공산당원들에게 살해되셨죠. 그러니 당신이 큰 정부를 믿지 않는다는 것도 알아요. 당신이 헝가리 사람들에게 무엇을 주고 싶어 하는지도 알고 있어요. 평온한 삶을 살 수 있는 자유. 건실한 일을 하고 남에게 간섭받지 않는 것. 알아요. 나도 그런 삶을 원해요. 하지만 전 세계가 전쟁을 치르고 있는 한 그런 삶은 불가능해요. 사람들이 두려움에 떠는 한은 불가능한 일이에요. 이대로는 정부의 힘이 약해지기는커녕 점점 더 강해질 뿐이에요. 더 많은 법률과 더 많은 교도소와 더 많은 사형수가 생겨날 뿐이죠. 당신과 나는 독특한 위치에 있어요. 우린 특별한 지역에 연줄을 갖고 있죠. 당신은 이 물건을 사려는 단체들을 알고, 나는 그들을 막으려는 사람들을 알아요. 우리가 힘을 합치면 다시는 경제 문제 같은 건 걱정하지 않아도 돼요. 당신 가족들이 음식이나 약이나 교육에 있어서 부족함을 겪지 않아도 돼요. 그보다 더 중요한 건, 우리가 이 세상을 당신 할아버지의 목숨을 앗아간 곳이 아닌, 당신 아들들에게 물려주고 싶은 세상으로 만들 수 있다는 거예요."

"감동적인 연설이네요." 그가 끈적거리는 목소리로 말했다. 하지만 속으로는 내 말을 믿고 싶어 한다는 게 느껴졌다.

"야캅, 우리가 아니면 누가 하겠어요? 지금이 아니면 언제요? 아르키메데스는 이렇게 말했어요. '내게 지렛대와 설 곳만 주면, 세상도 들어 올릴 수 있다.' 우리에겐, 당신과 내게는 지렛대도, 서 있을 땅도 있어요. 함께 수천 명, 아니 수백만 명의 생명을 구할 수 있다고요. 사람들의 두려움을 조금은 덜어줄 수 있어요. 두려움이 많은 사람일수록 당신이 싫어하는 정부를 옹호하거든요. 공포는 파시즘을 조장하죠. 우리가 함께하면 세상을 덜 두려운 곳으로 만들 수 있어요. 야캅. 이런 기회는 매일 주어지는 게 아니에요."

잠시 정적이 흘렀다. 이윽고 그가 고개를 들어 나를 믿는다는 눈빛을 보냈다. "정확히 내가 뭘 하면 되는 거죠?"

이제 큰 고비는 넘겼다.

"그건 함께 생각해 나가도록 해요. 그때그때 상황에 따라 다를 거예요. 판매 건수가 있을 때마다 구매자가 누구고 어떤 무기에 왜 관심을 보이는지 우리에게 가르쳐줘요. 그러고 나서 그 무기가 사용되지 않을 최선의 방법을 함께 강구하는 거예요."

"놈들이 날 죽일 거예요." 그가 말했다. 할아버지의 운명을 자신도 물려받을 거라는 관념이 그를 강력하게 사로잡고 있었다.

"그런 일은 없을 거예요. 잘 생각해 봐요. 나는 지금까지 거의 1년 가까이 당신을 보호해왔어요. 함께 있는 모습이 남의 눈에 띄지 않게 철저히 확인했어요. 문자 메시지는 절대 사용하지 않고, 통화 내용은 모호하게 처리했어요. 당신은 눈치 못 챘을지 모르지만, 나는 지금껏 당신이 우리 편으로 넘어오고 싶어 할 때를 대비해 당신을 엄호해왔어요. 당신은 다른 무엇이기 이전에 내 친구예요, 야콥. 당신에겐 가족이 있죠. 나도 가족이 있고요. 우린 한 배를 타고 있어요. 그렇지 않으면 다음에 교복이 타내려가는 건 우리 자녀들이 될지도 몰라요." 배꼽 밑에서 태동이 느껴졌다. 꼬물거리는 팔다리가 내 말이 사실이라는 걸 상기시켜주었다.

"그래서 절차가 어떻게 돼요?" 그가 물었다. "당신하고는 얼마나 자주 만나야 하죠?"

"무기 주문이 들어오거나 배송이 이루어질 때마다요. 당신이 내게 할 말이 있을 때는 언제든지요."

"당신한테 어떻게 연락하죠?"

나는 스타벅스 기프트 카드를 꺼냈다. "날 보고 싶으면 라테를 사 마셔요. 그리고 24시간 후에 만나는 거예요. 긴급한 사항이면 전화를 해요. 내가 받으면 마리나를 바꿔달라고 해요. 난 전화를 잘못 거셨다고 할 거예요. 그럼 전화를 끊어요. 내가 다시 보안 라인으로 연락할게요."

"보수는 주는 건가요?"

"나중에 손주들에게 이 할아버지가 세상을 구했다고 말해 줄 수 있어요." 그는 그렇게 뻔뻔한 자랑질은 못한다는 표정을 지었다. "당신이 들인 시간만큼 꼭 보상받게 해줄게요. 우선은 한 달에 천 달러로 시작하죠. 그 이후는 지켜보도록 해요."

그는 잠시 가만히 앉아있었다. 담배나 맥주에 손도 대지 않고, 한마디 말도 없었다. 그리고 침묵 속에서 그의 마음이 '예스'라는 대답을 향해 움직이는 게 느껴졌다.

"날 죽게 내버려두지 마요." 마침내 그가 말했다.

"당연하죠." 내가 말했다. 그리고 커리어Courier 서체로 계약 조건이 인쇄된 종이를 꺼내 들었다. 야캅이 CIA와 협력한다는 내용이 구체적으로 명시된 계약서였다. 그에게 지불될 임금과 추후에 환급받을 수 있는 경비에 관해서도 쓰여 있었다. 맨 밑에는 우리의 서명이 들어갈 빈 줄이 그어져 있었다. 물론 내가 무기상과 나의 서명이 들어간, 유죄를 강력히 입증할 만한 서류를 들고 길거리로 나간다는 건 있을 수 없는 일이었다. 이건 가짜 서류였다. 하지만 이름을 서명하는 행위는 심리적으로도 중요해서, 본부에서는 상대가 자리를 뜨자마자 종이를 파기해버릴지언정 확실한 서약 의식을 치러두는 편을 선호했다. 나는 계약서를 탁자에 올려놓고 맥주병을 들어 올렸다. 비록 한 모금도 마시지 않았지만, 야캅은 내가 임신 중인 걸 몰랐고, 정보원들은 혼자 마시는 걸 좋아하지 않았기에 지금껏 계속 마시는 척을 했다.

"당신의 할아버지를 위하여." 내가 건배사를 말했다. "지금도 우리를 지켜보고 계시기를."

"당신의 손주들을 위하여." 야캅이 화답했다. "오래오래 행복하게 살아가기를."

그는 나를 꼭 안아주었다. 형식적인 절차에 힘찬 포옹으로 화응해준 것이다. 그러고는 값싼 호텔 볼펜의 푸른 잉크로 핵겨울●을 막겠다고 서명했다.

그가 떠나고 나서, 나는 계약서를 초등학교 때 만들던 게이샤 부채처럼 접었다. 그리고 아코디언처럼 접은 그 종이의 끝을 변기 안에 놓고 불을 붙였다. 연기와 재의 발생을 최소화하는 오래된 러시아 첩보 기술이었다. 우리의 협약이 검은 조각으로 변해 떠다니게 되자, 나는 물을 내리고 도록과 맥주, 분수를 챙겼다. 그리고 호텔 뒷문을 통해 해변으로 빠져나왔다. 딘과 내가 묵는 호텔도 같은 모래사장 위에 있었다. 달이 밝게 떠 있고 음악이 쿵쿵 울려 퍼지는 가운데, 나는 신발을 벗고 부서지는 파도를 밟으며 딘에게로 향해갔다. 그렇게 걷는 몇 분 동안은 뭐든 가능할 것만 같았다. 핵전쟁을 막는 일. 우리의 결혼생활을 현실로 만드는 일. 여기에 모든 걸 거는 일.

하지만 호텔에 도착해 보니, 빈 방에 급히 휘갈겨 쓴 쪽지 하나만 놓여 있었다. '일하러 가봐야 해. 집에서 보자.'

---

● 핵전쟁 후에 이어질 어둡고 긴 겨울 상태 - 역주

17

상하이에 돌아온 후, 우리는 다시 침묵 속으로 가라앉았다. 딘과 함께한 지도 벌써 몇 년이 되었지만, 우리는 그 세월의 대부분을 대양과 사막, 산맥으로 가로막힌 각기 다른 분쟁 지역에서 서로 다른 작전을 수행하며 보냈다. 버지니아에서 잠시 한 집에 살긴 했지만, 둘 다 그동안 너무 자주 돌아다니며 살았던 탓에 오랫동안 한 공간을 공유하며 친밀감을 쌓아가는 법을 알지 못했다. 우리가 진정으로 같은 도시, 같은 집 안에 사는 건 상하이에서가 처음이었고, 그래서 서로의 습관, 괴상한 버릇, 순간순간 변하는 말투가 낯설기만 했다. 우리는 날마다 지켜보는 눈들을 위해 행복한 부부를 연기했다. 그럴수록 서로가 서로를 너무 모른다는 사실이 날마다 우리의 마음을 더욱 무겁게 짓눌렀다. 저녁이면 딘은 해적판 비디오 게임을 했고, 나는 우리 석고문 주택의 한쪽 구석에 놓인 낡은 낮잠용 침대에 웅크린 채 딘에 관해서 뭐라도 더 알아낼까 싶어 그의 얼굴을 찬찬히 뜯어보았다. 우리가 함께 만든 생명이 우주의 신비로운 시계에 따라 내 배꼽 아래서 점점 자라나면서, 자신이 태어나기 전에 우리 가족을 진짜 가족으로 만들어달라고 내게 날마다 부탁을 해왔다.

나는 딘이 아프가니스탄을 떠나온 걸 후회하는지, 아니면 애초에 그곳에 갔던 걸 후회하는지 확신할 수 없었다. 그의 날선 목소리에 깔려 있는 좌절감이 트라우마 때문인지 그리움 때문인지도 알 수 없었다. 그가 자신이 사람을 죽였다는 사실 때문에 전쟁의 필요성을 더욱 믿게 된 건 아닌지 의심이 들었다. 내가 평화를 위해 첩보원이 됐다는 걸 그가 기억하는지도.

도청 때문에 이런 의문들을 드러내 놓고 물어볼 수도 없었다. 그래서 모호한 언어를 끌어들였다. 손목을 한 번 만진다든지, 암호문을 댄다든지 하는 식이었다. 그러면 딘의 목소리가 바뀌고 냉엄한 기운이 돌기 시작했다. 마치 달리의 그림 속에서 의사소통을 시도하는 것 같이 작은 단어 하나도 수십 가지로 해석될 수 있었고, 어떤 용어를 써도 우리 사이를 가로막는 거대한 우주가 생겨났다.

태국에서 돌아온 지 얼마 안 된 어느 날, 나는 벌써 임신 4 개월 차로 제법 불룩해진 배를 안고 볼로네즈 스파게티를 만들고 있었다. 딘은 태교여행이 위장이라는 걸 알았지만 그게 실제로는 어떤 작전이었는지, 성공적으로 끝났는지 여부는 알지 못했다.

　"이번 컬렉션은 어땠어?" 그가 물었다.

　"훌륭했어." 나는 프라이팬을 뒤젓는 그의 손을 살며시 만지며 대답했다. "정말 흥미로운 작품에 투자했지."

　"나는 그런 전시회 같은 건 전부 허풍 같던데." 그가 면발 위에 미트 소스를 부으며 말했고, 가정부인 아이는 근처에서 부엌을 정리하고 있었다.

　"이번 건은 느낌이 달라." 내가 말했다.

　"항상 그렇게들 말하지 않나?" 그는 완성된 접시 두 개를 들고 부엌을 나갔다.

　나는 그를 따라갔다. 아이도 따라왔다.

　"예술가들을 다룰 때는 계속해서 노력을 하는 게 중요해." 내가 스파게티를 한 입 먹으면서 반박했다.

　"예술가가 무슨 어린애인 것처럼 말하네." 그가 말했다. 우리는 침묵 속에 각자 음식을 우물거렸다.

　"차라리 엄마에 가깝지." 내가 대답했다. 아이가 사탕이 든 그릇을 내왔다.

"서커?"● 딘이 내게 사탕을 내밀며 말했다.

나는 잠시 양해를 구하고 욕실로 들어가 문을 닫았다. 3개월 후, 랭글리의 한 조사관이 내게 그날 밤에 왜 울었는지 물어왔다. 욕실 거울의 감시 카메라에 찍힌 사진 속에는 내가 눈을 꼭 감고 아직 태어나지 않은 아기의 굴곡에 손을 대고 있는 가운데, 눈물이 볼을 타고 천천히 흘러 내려가고 있었다.

"입덧 때문에요." 나는 대답했다. "본부에서 우리 집까지 감시하고 있는 건가요?"

"아니, 자네 집을 감시하는 건 그들이지. 우린 그들을 감시하는 것뿐이야." 그가 말했다.

딘은 자신이 아프가니스탄에서 복무한 지역이 배경인 해적판 비디오 게임을 샀다. 그곳을 그리워하는 것이다. 나는 그가 그곳에서 얼마나 뛰어난 요원이었는지 안다. 나를 위해 그걸 포기했다는 것도 안다. 이렇게 외딴 곳까지 데려와 침묵의 감옥에 가둬두어서 미안하다고, 동료들과 술집과 긴장감 넘치는 목표에서 멀어지게 해서 미안하다고 사과하고 싶었다. 하지만 그 어떤 것도 소리 내어 말할 수 없었다. 그래서 우리는 〈프로젝트 런웨이〉나 〈앙투라지〉 같은 프로그램이나 보며 영적인 입을 닫아버렸다. 추적 탐지 경로와 정보원과의 비밀

---

● sucker. 은어로 '사탕' 혹은 '속기 쉬운 사람'이라는 이중적인 의미가 있음 – 역주

접선, 시대착오적일 만큼 전부 대문자로만 작성해 본부로 보내는 비밀 전보 사이에서 모든 게 정상인 척 연기했다.

우리 사이에는 벽이 있었지만, 동서고금을 막론하고 부부들에게 해주는 충고—대화를 하라!—는 우리에게 통하지 않았다. 이 나라 안에서 우리 결혼 생활의 취약성을 드러내는 말을 하는 건 명백히 금지돼 있었다. 둘 사이의 긴장감이 도저히 견딜 수 없는 상태까지 치솟으면, 우리는 공원 안의 호숫가를 산책했다. 그럴 때면 나는 둥근 배에 손을 얹고 속마음과는 영 딴판인 말만 늘어놓았다. 몇 개월에 한 번씩 워싱턴 D.C.로 돌아가서야 풍선에서 바람이 빠져나가듯 우리 사이의 무수한 마찰점이 스르르 무너져 내렸고, 집에 왔다는 기쁨과 정신없는 본부 브리핑의 소용돌이 사이에서 긴장감은 미처 처리되지 않은 채로 소멸되었다.

이라크에서의 군사력 증강 작전으로 알 카에다는 일시적으로 힘을 잃었고, 나는 이제 다른 나라들로 작전을 옮겨서 야콥과 그의 인맥들을 통해 다른 브로커들을 추적하고 있었다. 하지만 눈앞에서 히로시마가 재현될지 모른다는 나의 악몽은 사라질 줄을 몰랐다. 우리가 추적해낸 거래의 대부분은 사기였다. 조직적인 범죄 단체들은 고등학생 마약상들이 오레가노를 팔아 용돈을 벌듯이 가짜 원료인 '붉은 수은'을 판매해서 주머니를 불려나갔다. 진짜로 효력이 있는 무기라도 여러 손을 거치면서 점차 불완전해지거나 고장이 나곤 했다. 전문가들의 감독 하에 정부의 청정실 안에 작동시키는 게 아니면 사용이 불가능할 만큼 복잡한 무기도 있었다. 하지만 당첨은 한 번이면 충분했다. 핵배낭 하나만 손에 넣으면 9·11 테러 정도는 전주곡에 지나지 않을 만한 대참사를 벌일 수 있을 테니까.

임신 6개월에 접어들자, 매일 같은 시간 즈음 내 안에서 작은 물음표처럼 아기의 딸꾹질이 느껴졌다. 내가 태어난 후에도 테러범들이 대량살상무기를 사지 못하게 막는 일을 꼭 엄마가 해야 해요? 엄마가 안 하면 안 돼요?

작전이 없을 때는 다시 상하이에서 침묵 속에 딘의 품에 파고들었다. 우리는 아직 서로를 잘 몰랐지만, 내 안에서 생명이 자라고 있다는 사실만은 우리 둘 다 확실히 알고 있었다. 이 아이만이 우리가 100퍼센트 공유하는 유일한 진실이었다. 태아 정기 검사를 받는 동안, 딘은 언제나 내 손을 꼭 잡아주었다. 하루는 택시에 올라타 우리만 있게 됐는데도 손을 놓지 않았다. "아기 심장박동을 들어보니 어땠어?" 그가 물었다.

저녁 식탁에서 가짜 대화를 나누며 가짜 아트페어에서 보낸 날들에 대해 가짜 감정을 표현하는 데 너무 익숙해진 나는, 갑작스럽게 현실이 끼어 들어오자 깜짝 놀라고 말았다.

"아름다웠어." 내가 대답했다.

"정말 강렬하게 뛰더라." 그가 고개를 끄덕이며 말했다.

"심장이 처음 뛴 날은 언제였을까." 나는 희미하게 창밖을 지나가는 상하이 거리를 내다보며 생각에 잠겼다. 골목마다 오리와 닭들이 줄줄이 매달려 있고, 가족 전체가 한 오토바이에 올라타 균형을 잡고 있었다. "내 몸속에 매달려 있던 작은 덩어리에 불과하던 게 점점 자라서 심장이 됐다니 믿을 수가 없어. 그리고 그 심장이 뛰기 시작한 거야. 정말 놀랍지 않아? 우리가 이런 생명을 만들었다는 게?"

얼마 안 가서 우리는 뱃속 아기가 여자라는 걸 알게 됐다. "원더우먼이야." 딘이 말했다. 태아의 성별을 물어보려면 특별 허가가 필요할 만큼 경계가 삼엄했기 때문에 나는 더욱 마음이 놓였다. 중국에서는 한 부부에 자녀가 한 명씩만 허락되고, 미래를 생각하면 아들이 벌어들일 소득이 더 높다고 평가되는 까닭에, 정부에서 딸의 낙태를 방지하기 위해 출산 전까지 태아의 성별을 비밀에 붙이고 있었다. 보안상의 문제였던 것이다. 현재 중국은 20대 남성의 비율이 여성보다 압도적으로 많아서 동남아시아의 독신 여성을 겨냥한 비자를 신설할 정도였다. 결혼한 남성은 천안문 광장에서 시위를 벌일 확률이 낮았다. 적어도 논리상으로는 그러했다.

우리는 몇 군데 아기 용품점을 추적 탐지 경로에 새롭게 포함시켜서, 우리를 미행한 중국 정보국 요원들이 우리가 무슨 작전을 펼치는 건 아닌가 싶어 상점 문 앞에서 지켜보는 동안, 포근한 분홍색 담요나 북슬북슬한 동물 인형을 들고 감탄사를 연발했다. 딘은 집에 머무는 시간이 늘어났다. 출산 순간에 내 곁에 있을 수 있도록 작전 일정을 줄인 것이다. 기다림은 그를 불안하게 했다. 그래서 크로스핏 운동과 비디오 게임으로 활기찬 소란을 일으켜 집안의 정적을 몰아냈다. 하지만 Xbox 게임의 모의 전투와 꿈속에서 마주하는 실제적인 폭력 사이를 오가다가도, 수정구슬처럼 흐릿한 초음파 사진을 들여다보며 마음의 평화를 얻곤 했다.

"내 코를 닮은 것 같지 않아?" 그가 희미한 필름을 전등 아래 비춰보며 물었다. 나는 얼굴인식 프로그램을 돌려 딘의 사진과 흐릿한 초음파 사진을 비교해보았다.

"24퍼센트 일치!" 나는 깔깔 웃으며 결과를 발표했다.

"왜 그래. 그 정도면 충분하지 않아?" 24퍼센트는 미국이 범죄 용의자를 군사 시설이나 관타나모에 넘겨주는 문턱이 얼마나 낮은지를 보여주는 지표였다. 딘이 일부 용의자 인도 절차의 부당함을 인정하는 건 이번이 처음이었다. 나는 다시 낮잠용 침대로 기어들어갔다.

"사랑해." 내가 말했다. 연기가 아닌 진심으로.

출산 예정일 전에 마지막으로 워싱턴에 돌아간 나는 탈출 계획 E&E을 업데이트해줄 것을 본부에 요청했다. CIA 요원이라면 누구나 상황이 최악으로 치달았을 때 국외로 몰래 피신할 수 있는 '도주 및 탈출 계획'을 하나씩 갖고 있다. 현재 파일에 올라가 있는 계획에 따르면 우리는 어마어마한 거리를 헤엄치고 나무 덤불 아래서 며칠 밤을 보낸 다음, 갓난아기를 데리고 수행하기에는 도저히 불가능해 보이는 몇몇 단계를 더 거쳐야 했다. "그건 고려해보겠네. 비공식 요원으로 활동 중에 아기를 낳은 경우는 여태껏 없어서 말이야." 이것이 내게 돌아온 대답이었다.

엄마는 나를 만나자마자 새로운 제안을 해왔다. "아기는 미국에서 낳는 게 어떠니?"

나는 즉시 반박했다. "엄마, 중국에서도 수백만 명의 아기가 태어나요. 내 사업 기반도 중국이고요."

이때 엄마 말을 들을 걸 하고 나는 훗날 두고두고 후회했다.

● ● ●

2008년 9월 1일, 상하이에서 처음 산통이 시작됐다. 알고 보니 이 날은 노동절이었고 베이징 올림픽이 폐막한 직후여서, 병원 창밖으로 각종 수제 폭죽들이 끊임없이 터지며, 시커멓게 피어오르는 연기 위로 선명한 빨간색과 주황색 불꽃을 쏘아 올렸다. 엄마와 여동생들이 나를 보러 와주었다. 바로 전날 도착한 엄마는 딘이 저녁을 준비하는 동한 자전거를 타고 우리 거실 바닥을 빙빙 돌았다. 이때처럼 엄마가 사랑스러웠던 적이 또 없었다. 정말 불가능할 정도로 아름다운 사람이었다. 엄마의 육체가 나를 허무에서 끌어올렸고, 엄마의 영혼이 나의 모든 감각을 깨워주었다. 초기 진통이 잦아들자, 나는 하나의 기도문을 되뇌며 잠에 빠져들었다. "주님, 우리 엄마 같은 엄마가 되게 해주소서."

　몇 시간째 산통이 계속되자, 간호사들은 분만 유도제인 피토신 투약을 제안했고, 주사를 맞자 아기의 심장박동이 급속하게 빨라졌다. 의료진은 그 즉시 내가 아는 북경어가 아닌 광둥어를 쓰기 시작했다. 나는 무슨 말인지 통역해달라고 부탁하고 싶었지만 그랬다가는 저들이 대응이 더뎌질 뿐이라는 생각에 겨우 참았다. 게다가 내가 아는 의료 지식이라곤 현장에서 부상 상태에 따라 지혈대를 묶고 파편을 제거하는 게 전부였다. 그들은 나를 급히 수술실로 데려가 경막외 마취를 실시하고, 내 배를 절개해서 희부연 보라색을 띠는 우리 딸을 끄집어냈다. 내셔널 지오그래픽 사진작가 출신답게 딘이 그 장면을 촬영했다. 그리고 내 인생에서 가장 힘들었던 12시간이 시작되었다. 내 침대 옆에 놓인 아크릴 통에 쭈글쭈글한 우리 딸이 누워있었지만, 나는 목 아래로 전신이 마비돼서 아이를 안아보기는커녕 자동차 하나는 거뜬히 들 만큼 힘을 쥐어짜 보아도 손가락 하나 까딱할 수가 없었다. 의료진은 응급으로 마취를 하느라 부작용이 생긴 거라고 했다. 48시간 후면 감각이 돌아올 거라고. 하지만 그런 이야기는 생전 들어본 적도 없었다. 마취제와 호르몬에 취한 나는 그들을 믿지 않았다.

정신이 멍한 상태에서, 러시아 정보기관에 의해 방사능 물질로 독살당한 알렉산드르 리트비넨코가 병원 침대에 누워있는 모습이 떠올랐다. 적국에 무력하게 누워있는 비밀 공작원이 된 나는 여러 가지 가능성을 머릿속으로 돌려보았다. 베이징 정보국에서 간호원들에게 손을 썼나? 아니면 모스크바? 테헤란일까? 이대로 자도 안전할 걸까? 일어나야 하나? 내가 우리 딸을 안아볼 수 있을까? 아니면 이대로 끝나는 건가? 진짜 삶다운 삶을 맛보지도 못한 채 영원히 전신마비 환자로 살아가야 하나?

나는 까무룩 잠이 들었다가 꿈속에서 똑같은 방에 누워 깨어났다. "딸을 안아볼 수가 없어. 팔이 움직이질 않아." 내가 말했다. 그러자 내 목소리가 답을 해왔다. "걱정하지 마, 우린 팔이 아주 많아. 저길 봐. 팔 두 개가 더 있잖아." 꿈속의 나는 간호사가 들어와 우리 딸을 품에 안는 걸 지켜보았다. 그리고 갑자기 나 자신이 내 딸이 되어 간호사의 눈을 올려다보았다. 동시에 간호사가 되어 이제 태어난 지 한 시간도 안 된 내 얼굴을 바라보았다. 나는 나 자신을, 간호사가 되어 아기를, 아기가 되어 간호사를 바라보며, 거울을 발명한 사람들은 정말 지혜롭다고, 그렇지 않았으면 인간은 생의 참모습을 들여다보지 못했을 거라고 생각했다. 그리고 옥스퍼드 대학의 그리스 정교회 사제인 칼리스토스 웨어 신부님이 예복을 입고 수염을 기른 채 커다랗고 묵직한 십자가 앞에서 이렇게 말하던 게 기억났다. "결국에는 말이다, 아마릴리스. 성 아우구스티누스가 말한 그대로란다. 우주 전체가 그리스도고, 그리스도는 자기 자신을 사랑하시지." 그리고 모든 게 깜깜해졌다.

• • •

우리는 아기의 이름을 '조이 빅토리아'라고 지었다. '삶은 승리한다'라는 뜻이었다. 내가 생각해낸 가장 단순한 기도이자 죽음과 공포, 어둠에 대항하는 삶과 사랑, 빛의 힘에 대한 증언이었다.

엄마와 동생들이 떠나고, 나는 딘과 조이와 함께 상하이의 우리 집으로 돌아왔다. 우리는 감시 카메라와 도청 장치, 베이징 정부에 몰래 보고하는 조용하고 나이 많은 가정부 아이 앞에서 평범한 가족을 연기했다. 하지만 조이는 임무를 설명 받지 못했기 때문에 자기 역할을 제대로 하지 않았고, 육아 책에 나와 있는 시기별 발달 사항을 따르지도 않았다. 나는 겉으로는 침착하고 차분하게 굴었지만, 속으로는 벤의 특별한 천재성이 드러나기 시작했을 때의 우리 엄마처럼 두렵고 불안했다. 책에 따르면 지금쯤 엄마와 아이가 처음으로 눈을 맞추는 경험을 해야 했다. 하지만 우리는 그렇지 못했다. 한 번도 눈을 맞추지 못했다. 내가 적극적으로 다가갈수록 우리 딸은 내가 자신의 영혼에 접근하지 못하도록 부지런히 시선을 피했다.

이런 기분은 처음이었다. 뱃속에 머리 아홉 개 달린 뱀이 기어 다니는 것만 같았다. 대테러 활동은 별거 아니었다. 핵확산 방지 활동도 누워서 떡 먹기였다. 하지만 먼 곳만 응시하는 이 자그마한 생명체의 눈빛 때문에 나를 하얗게 질리고 공포에 빠졌다. 나는 성급한 결론을 내렸다. 입맛도 잃어버렸다. 인터넷 게시판과 자가 진단법을 샅샅이 뒤지며 하나님께 이것만 도와주시면 뭐든 하겠다고 애원하고 있는데, 마침내 보다 못한 딘이 내 손을 붙들었다. 그리고 나지막이 말했다. "아기들은 예측할 수 없어. 우리 딸에게 다 맡겨두자." 안개 사이로 보이는 석제 오벨리스크처럼 단순하지만 강렬한 말이어서, 나는 두려움을 조금 누그러뜨리고 조이를 안아 들었다.

나는 서서히 속력을 올려 정상적인 작전 수행 일정을 따라잡았다. 조이를 내 몸에 둘둘 감싼 채 해외로 날아가서 임박한 테러 공격을 막기 위해 고군분투했다. 전쟁 지역에는 가지 않았지만, 어느 나라에서든 무기상들을 만나는 건 위험을 수반하는 일이라서, 나는 새로운 보안 계획을 거의 강박적으로 지켰다. 조이를 아기 띠에 앉혀 가슴에 안은 채 해외에서 추적 탐지 경로를 시행했다. 자동차 안에서 비밀 접선을 한 후, 조이가 내 턱 밑에서 부드럽게 코를 고는 동안 주요 내용을 메모했고, 집에 돌아가면 어둠 속에서 비밀 통신장치로 본부에 보고하기 위해 기저귀로 가득 찬 은닉 장치에 쪽지를 끼워 넣었다. 그럴 때마다 나는 내가 작전을 수행하러 가는 나라와 갓난아기인 딸을 적대국 정보기관 소속의 가정부가 있는 우리 집에 놓고 가는 것 중에 어느 쪽이 더 위험할지 따져보았다. 어느 쪽도 선택하고 싶지 않다는 유혹이 언제나 날 괴롭혔다. 다 관두고 안전하게 은퇴해서 우리만의 집에서 살고 싶었다. 하지만 새로운 위협이 부상할 때마다 우리 딸만큼이나 순진무구한 아이들의 얼굴이 함께 떠올랐다. 뉴욕과 런던, 이스탄불의 공원에서 유모차를 타고 있는 그 아이들의 생명이 위험했다.

작전이 없을 때면 나는 조이와 함께 상하이의 불교 사찰에 앉아 노파들이 잉어에게 공물로 먹이를 주는 걸 지켜보았다. 이럴 때의 나는 내 몸 밖에서 살고 있는 나의 파편 같았다. 일부러 정상인 척, 내가 아닌 다른 무엇인 척하는 게 불가능한 나의 파편이었다. 이런 나는 독립적이고 새로운 존재라 가상의 게임을 거부했다.

나는 조이에게 말했다. "알았어. 너는 책에 적힌 이론을 따라 첫날부터 눈을 마주치는 아기가 아니야. 너는 조이야. 진짜 봐야 할 게 있을 때만 눈을 마주치는 아이지. 너는 작고 새로운 우주선을 타고 엄마의 영혼을 찾으러 온 날것 그대로인 인간의 영혼이야. 그런데 아직 엄마를 감지하지 못한 거야. 네 탓이 아니야. 나도 네 엄마가 어디 있는지 모르겠거든."

나는 아무도 듣지 않는 걸 확인한 다음, 내 두려운 마음을 아이에게 고백했다. 나도 이해받고 싶다고 말했다. 어느 깊은 밤 호텔 화장실에서 있었던 일과 조이가 태어난 날 밤에 꾸었던 꿈에 관해 이야기했다. 한 번도 소리 내어 말하지 못했던, 심지어 내 머릿속으로도 생각 못했던 온갖 것들을 털어놓았다. 그럼 조이는 코를 골거나 내 젖을 빨지 않으면 주로 허공의 중간쯤 되는 곳을 가만히 쳐다보았다.

그러던 어느 날, 나는 사찰에 앉아서, 잉어 한 마리가 공물로 바쳐진 먹이를 조금씩 떼어먹는 모습을 아무 생각 없이 몰입해서 바라보고 있었다. 그러다 보니 저절로 미소가 지어져서 평소처럼 조이에게 속마음을 털어놓는 대신 그저 멍하니 말했다. "저 물고기가 보기엔 우리가 진짜 이상해 보일 거야, 그치, 조이?" 내려다보니 조이가 내 눈을 보며 미소를 지었다.

잠시 동안 나는 내가 누구인지, 어떤 모습을 연기하고 있는지 다 잊어버렸다. 그리고 물고기의 눈을 통해 보았다. 정말 어쩌다가 일어난 일이었다. 그런데 그 순간, 우리 딸이 너무나도 쉽게 나를 감지한 것이다. 두려움과 불안감을 벗어버리고 아이처럼 기뻐하면서 물고기의 눈으로 사물을 보는 자신의 진짜 엄마를 말이다.

나는 웃음을 터뜨렸다. 그러자 조이도 웃었다. 아이의 커다란 녹갈색 눈동자가 계속해서 나와 시선을 마주쳤다. 우리가 통했다는 기쁨이 갑자기 샘처럼 솟아나 마치 영원을 경험하는 것만 같았다. 우리 주변을 빗자루로 쓸고 있던 노파도 나이만큼 누런 이를 드러내며 함께 웃었다. "머리를 비우니까 좋죠?" 노파가 말했다. 나는 깜짝 놀라 그녀를 쳐다보았다. 그녀는 "날이 아주 좋네요." 하며 웃는 얼굴로 하늘을 가리켰다.

그렇게 해서 나는 내가 나 자신을 잊을 때만 조이가 나를 알아보며, 내가 누구인지 인식하지 않을 때 비로소 진정한 내가 될 수 있다는 걸 깨달았다. 말이 되는 것 같으면서 어찌 보면 얼토당토않은 이야기 같기도 했다. 아무튼 미소 짓는 거대한 불상 아래서 나는 그런 깨달음을 얻었다. "우리 너무 웃긴다." 집에 돌아가려고 일어서면서 나는 조이에게 속삭였다.

나도 적대적인 국가에서 위장 신분으로 살아가는 위험을 과소평가한 적은 한 번도 없었다. 다가올 선거나 봄에 개봉하는 영화 소식 같은 걸 들으면 무의식적으로 그때쯤엔 내가 없을 수도 있다는 생각에 언제나 현재에 가장 집중하며 살아갔다. 감상적으로 구는 건 아니었다. 그저 내 현실이 그랬다. 인류가 화성에 발을 디디는 모습을 살아생전에 못 볼 수도 있다고 우리 모두가 생각하는 것처럼 말이다. 내 시간 프레임은 그보다 조금 더 짧았다. 그게 첩보원의 현실이었다.

　하지만 지금처럼 조이를 안고 있을 때 딸아이가 내 손가락을 꼭 잡으면, 삶을 포기하는 게 예전보다 힘들게 느껴졌다. 상하이의 길거리를 걸으면서 우리를 감시하는 노점상들을 볼 때면, 아이를 바라볼 때 부풀어 오르는 애정만큼이나 커다란 두려움이 내 안에 차올랐다. 우리가 빼앗길 수 있는 것의 중대함과 그럴 경우 감당해야 할 고통이 생생하게 다가왔다.

　날씨가 점점 더워지자, 나는 담장으로 둘러싸인 우리 집 정원에 나와 일하기 시작했다. 거기서는 감시 카메라를 걱정하지 않아도 되고, 조이는 내 옆에서 새를 구경할 수 있었다. 그래도 가정부인 아이가 안개처럼 주변을 맴돌아서 중국 정보국의 감시에서 완전히 자유롭지는 않았다.

어느 날 아침, 나는 정원 테이블에서 아침을 먹으며 메모를 끼적이고 있었다. 아이는 내 글씨를 훔쳐볼 수 있을 만큼 가까이서 바닥을 쓸었다. 메모는 미술상이라는 내 위장 신분을 강화하기 위해 가짜로 작성하는 거였다. 나는 소설을 휘갈겨 썼고, 아이는 그걸 들여다보려고 내 뒤편을 어슬렁거렸다. 조이는 바운서 위에 매달린 모빌을 톡톡 치고 있었다.

"인도 아트 페어를 준비 중이에요." 내가 말했다. 아이는 무표정한 얼굴로 고개를 끄덕였다. 조이가 고개를 휙 돌렸다.

우린 이런 대화를 백 번도 넘게 주고받았다. 내가 거짓말을 하면 가정부가 들어주었다. 하지만 조이의 반응에 마음이 불편해진 나는 펜을 내려놓았다. 그리고 가정부의 얼굴을 돌아보았다. 무표정하고 굳은 얼굴이었다.

허공에서 내 목소리가 울려 퍼지기 전까지는 내가 무슨 말을 하는지도 몰랐다. 나는 그녀에게 물었다. "가끔 두려울 때도 있으세요?"

그녀는 거미줄을 밟기라도 한 것처럼 화들짝 놀랐다. 그러고는 고개를 끄덕였다.

"네, 저도 그래요." 내가 말했다. 조이가 우리를 돌아보며 모빌을 톡톡 건드렸다. "좋은 엄마가 되지 못할까 봐 두려워요."

아이가 내 옆에 앉았다. 처음 있는 일이었다.

"나는 내가 못생겨져서 남편이 날 싫어하게 될까 봐 두려워요." 그녀가 말했다.

우리는 서로의 진심에 사로잡혀 잠시 더 이야기를 나눴다. 그러다가 대화의 공백이 불안할 만큼 지속되자 각자의 갑옷 속으로 숨어 들어갔다. 그녀는 다시 딱딱한 표정을 지으며 자리에서 일어섰다. 하지만 빗자루를 들면서 이렇게 말했다. "사생활을 방해받고 싶지 않을 땐, 2층 화장실이 조용해서 좋아요."

우리는 예전부터 2층 화장실에 감시 카메라가 없다고 추측하고 있었다. 놀라운 건 그게 아니었다. 늘 우리 주위를 서성이며 적대적이었던 아이가 퉁명스러운 목소리로나마 직접 그 사실을 가르쳐주다니 숨통이 다 틔는 것 같았다. 그녀는 마치 자신에게도 독립적인 의사결정권이 있다고 확인시켜주듯 고개를 한 번 더 끄덕이곤 안으로 들어갔다. 나는 조이를 돌아보며 눈빛으로 말했다. "방금 그거 봤지!" 아마도 내 상상일 테지만 조이도 "그러게 내가 뭐랬어요."라고 말하듯이 기쁨의 미소를 지었다.

자그맣고 쭈글쭈글한 요다처럼 조이는 내가 가짜 이야기로 위장할 때마다 내게서 눈을 돌리고 그런 행동을 포기하면 환하게 웃으면서 내게 '그 힘'을 사용하라고 가르쳐주었다. 서투른 제다이 견습생들처럼 나도 처음에는 그것을 통제하려고 안간힘을 썼다. 날것 그대로의 인간성에 자유자재로 접근할 수도 없고, 내 마음대로 조종할 수도 없었다. 절반 정도는 내가 이걸 정말 하고 싶은지도 확신이 서지 않는다. 나는 주요 표적 국가에 위장 신분으로 들어와 있는 몸이었다. 갑자기 정직해진다고 꼭 좋은 것만은 아니었다. 하지만 신기하게도 연습을 하면 할수록, 방패를 내리고 타인의 진심에 가 닿을 때 내가 오히려 더 안전해진다는 걸 느끼게 되었다.

상하이의 식당에서 딘과 긴장된 식사를 하는 동안에도 그런 일이 일어났다. 나는 비밀 통신장치를 통해 카라치에서 테러 공격이 있을 거라는 야캅의 첩보를 전해 들었다. 알 카에다의 지부에 있는 그의 구매자들이 더티 밤, 즉 핵분열성 우라늄을 섞어 넣어 폭발 시 파괴되지 않는 곳까지 방사능으로 덮어버리는 폭탄을 실험해보려 한다는 거였다. 더티 밤은 대량파괴보다는 대규모 피해를 노린 무기였다. 실제 핵반응을 일으키지 않기 때문에 사상자 수가 몇 백 명을 넘어가지는 않는다. 그렇지만 폭발이 일어난 부근은 몇 년, 어쩌면 수십 년 간 사람이 살 수 없게 된다. 더불어 우라늄이 사용됐다는 사실 때문에 국제사회가 공포에 떨게 된다. 신문 헤드라인에 굶주린 테러 집단은 이를 더 큰 피해로 이어질 통로로 이용한다. 다음 단계로는 뉴욕 길거리에서 핵배낭이나 10킬로톤 급의 무기를 터뜨릴 것이다. 그들이 이미 문을 두드리고 있다는 걸 우리는 알고 있었다. 그래서 알 카에다가 그 길을 밟지 못 하게 하려고 밤낮으로 일하는 거였다. 그리고 야콥의 경고에 따르면 그들이 곧 첫걸음을 내디디려 했다.

문제는 우리 아기를 파키스탄에 데려갈 순 없다는 거였다. 가족 배치 상황의 지침상 그곳은 전쟁 지역으로 분류돼 있었다. 하지만 멀리 떨어져서 막기에는 시간이 너무 촉박했고 잠재적인 피해는 너무 컸다. 내가 현장에 나가야만 했다. 조이를 낳고 처음으로 아이와 떨어져 있게 되는 것이다.

딘과 나는 상하이의 식당에 앉아, 예술가가 테러범이고 그림이 무기인 평행 우주적이면서 불편한 암호 체계에 따라 대화를 이어나갔다.

"그쪽 시장은 너무 불안해." 그가 말했고, 나는 고개를 끄덕였다. "수집을 그만두라고 그 사람들을 설득하는 건 절대 불가능해. 뭉크를 마티스로 바꿔놓고 저쪽에서 눈치 못 채길 바라는 수밖에 없어." 화가 에드바르트 뭉크를 뜻하는 거였다. 그의 그림인 〈절규〉는 병적인 자아의 공허한 얼굴을 음각해놓고 그 주위로 기분 나쁘도록 섬뜩한 일몰을 평면적으로 그려 넣은 작품이었다. 캔버스에 유화로 펼쳐놓은 인류의 멸망. 딘이 핵무기를 의미한다는 걸 나는 알아들었다. 그리고 마티스의 차분하고 목가적인 그림은 핵공격을 피해간 경우를 뜻했다. 우라늄을 불활성 점토 덩어리로 바꿔치기 하자는 제안이었다.

"그림을 걸기 전에 눈치 챌 거야." 내가 말했다.

"그렇게 엿 먹으라고 해." 그가 빵을 두 조각으로 찢으며 말했다.

"미술품 브로커가 세상에 그 친구 하나만 있는 건 아니야. 그한테 속았다고 생각하면 다른 데 가서 뭉크를 찾아낼 거라고." 그리고 그 과정에서 야콥을 죽일 거라고 나는 눈빛으로 덧붙였다. 딘은 그게 그렇게 나쁜 일은 아니라는 듯이 나를 쳐다보았다.

"훔친 그림이나 파는 놈들은 당신 친구가 아니야." 그의 말에 나는 얼굴을 찡그렸다. 아무리 암호화된 예술품 거래의 맥락에서 이야기한다 해도, 절도를 언급하는 건 좋은 생각이 아니었다. 중국 정부는 첩보 행위뿐만 아니라 사업상의 사기 혐의로 외국인을 체포할 수 있었다. 주위를 둘러보았지만 전부 조용한 것 같았다.

"친구는 아닐지도 모르지만, 그래도 우리의 파트너야. 우리가 그를 지켜줘야 해." 웨이터가 크레페 접시를 들고 오자, 우리는 입을 다물었다. 프랑스 사람이었는데, 코가 어찌나 둥글납작한지 한창때 보르도 와인을 너무 많이 마신 것 같았다. 그는 과장된 동작으로 접시를 우리 앞에 내려놓고는 주방으로 돌아갔다.

"다른 미술가를 이용해 구매자들한테 날 소개하는 방법도 있어." 내가 말을 이어갔다. "그리고 내가 미술관에서 나왔다고 할 거야. 솔직하게 털어놓고 야쉽은 관계없는 것처럼 처리하는 거지." 미술관은 우리가 미국 정부를 지칭하는 말이었다. 다른 미술가란 과거에 우리와 협력한 적이 있는 중재자 역할을 해줄 테러 집단이었다. 알 카에다 지부와도 신뢰 관계가 있는 곳이라면 파키스탄 땅에서 대화를 나눌 수 있게 다리를 놓아줄 수 있을 것이다.

"당신이 걸어 들어가서 미술관에서 왔다고 말하겠다는 거야?" 그의 물음에 나는 고개를 끄덕였다. "그럼 나는 왜 못 가? 위장할 필요도 없다는 거 아니야?" 그가 물었다.

"당신은 너무 위협적이니까." 내가 대답했다. 칭찬으로 한 말이었다. 물론 사실이기도 했다. "내가 흉악한 놈이라는 거군." 그가 말했다.

"아니야. 자기는 그쪽에 기록이 남아 있으니까."

"젠장, 그건 그렇지."

딘은 싸움에 대비하는 것처럼 어깨를 치켜들어 안쪽으로 말았다. 마치 공격받고 취약해져서 위험에 빠진 사람처럼. 웨이터가 다시 물을 채워주러 온 사이에, 우리는 다시 침묵을 지켰다. 나는 갑자기 거친 파도 밑으로 굴러떨어진 것처럼 수면 아래의 비밀스러운 삶에 어렴풋하게 초점이 맞춰지며 딘의 관점에서 이 상황을 바라보게 됐다. 나를 위해 경력을 포기하고 나와 함께 이곳으로 배치되기 위해 자신에게 익숙한 전장을 떠나오면서 그가 맛보았을 허무함이 느껴졌다. 여기서는 전쟁 지역처럼 긴급하게 움직일 일도, 야간 투시경을 쓰고 M4를 둘러멘 채 적군을 쓰러트릴 기회도 없었다. 그는 이런 미묘하고 비밀스러운—적을 아군으로 포섭하는 도교적인—형태의 전투로는 자신이 조국을 안전하게 지켰다고 확신할 수 없을뿐더러, 일을 하고 있다는 실감조차 나지 않을 터였다. 깨어 있을 때는 아내와 딸이 위험에 처해 있다는 걸 매일같이 자각하고, 꿈속에서는 폭발과 참수를 다시 경험해야 하니 얼마나 힘들까. 그를 향한 존경심이 부풀어 올랐다. 그는 전쟁터에서 뛰어난 실력을 발휘했고, 이제 가족을 위해 의리를 지키고 있었다. 나는 테이블 너머로 그의 손을 꼭 잡았다.

그날 밤, 우리는 사랑을 나누었다. 안전하고 실용적으로 서로를 지켜주던 거리감이 순식간에 녹아내렸다.

18

카라치로 떠나기 전에, 나는 한참 동안 조이를 안고 복도에
서서 말 없는 메시지를 아이에게 쏟아 부었다. 그런 다음 조
이가 깨지 않게 딘의 품으로 살살 옮겨 보낸 후, 잠시 그의 이
마에 내 이마를 댔다. 그리고 골목길로 나와 생선 말리는 구
간을 지나서 길가로 빠져나왔다. 수많은 질문과 거기에 더해
진 눈물로 시야가 흐릿해졌다. 다시 돌아오지 못할 수도 있다
는 걸 알면서, 어떻게 딸을 두고 떠날 수 있지? 지구 반대편
의 미국이나 파키스탄에서 또 다른 버전의 조이가 살해되는
걸 막을 수 있는데, 어떻게 집에 남을 수 있겠어? 나 같은 엄
마들이 말 없는 애정을 담아 학교로 배웅한 어린 소녀들이 죽
을 수도 있는데? 조이와 며칠만 떨어져 있으면 저 아이가 살

게 될 세상을 안전하게 지킬 수 있어. 이게 내가 아는 최선의 양육법이야. 하지만 지금 내가 할 수 있는 건, 우선 기차역 계단을 오르는 거야.

기차 창문 밖으로 도시의 풍경이 펼쳐지자, 나는 가슴 아파하는 나를 멀리 떠나보내고 임무를 위해 마음을 굳게 먹었다. 현장에서 모성의 힘으로 초능력을 발휘하는 경험은 아직 해보지 못했다. 하지만 조금 전까지 내 어깨에 기대어 있던 딸아이의 체취가 계속 남아 있어서, 내 갑옷은 아직 커다랗게 틈새가 벌어져 있었다. 이런 약한 모습이 허용되는 건 집에서뿐이다. 지금 나는 공항으로 가고 있으며, 내 조국과 전쟁 중인 사내들이 득실거리는 방 안에 들어갈 예정이었다. 그들의 조직은 내가 사랑하는 사람들을 살해했다. 나는 두려움과 약점, 조이에 관한 생각을 강인한 무관심의 철판 밑으로 밀어넣고 다시 갑옷 속으로 미끄러져 들어가서 나를 보호하기 위해 몇 겹이나 되는 속임수를 단단히 걸쳐 입었다.

파키스탄에 내리자마자 택시에 올라타서 휴대전화 속에 숨겨져 있는 비밀 통신장치로 본부에 도착을 알렸다. 관료주의적인 형식이 잔뜩 들어간 전보 하나가 나를 기다리고 있었다.

추구 통지가 있을 때까지 모든 현장 작전 보류.

이런 명령 때문에 작전이 지연된다고 생각하니 화가 치밀었다. 나는 매우 중대하고 임박한 공격을 막으러 왔다. 수많은 아이들이 목숨을 잃을 수도 있었다. 이 일 때문에 내 아이도 떼어놓고 왔다. 지금은 결정을 보류할 때가 아니었다. *역시 저 인간들은 현장을 몰라.* 나는 이렇게 생각하며 공작원들이 이런 경우에 써먹는 오래된 욕을 떠올렸다. 현장에서 본부의 행정적 방해와 마주하는 건 우리에게 너무나 익숙한 일이었다. *이 전보를 누가 작성했는지 알게 뭐야. 아마 수습 직원일 거야. 본부 구내식당의 던킨도너츠에서 사온 맛있는 도넛이나 뜯어 먹고 있겠지. 전형적인 CYA야.* 'CYA'는 뒤에서 문제를 해결해준다cover your ass는 뜻으로, 성가신 허가서니 서류 작업이니 하는 것들로 우리를 지체시키는 족속들에게 날리는 가시 돋친 말이었다. 나는 대니가 붙잡혀 참수당한 나라에 혼자 작전을 수행하러 왔고, 한 시간씩 지연될 때마다 무언가가 잘못될 가능성은 점점 커졌다. 정보 제공자가 내 위치를 털어놓는다든지, 정보원이 접선을 취소한다든지, 폭탄이 터진다든지. 공포심은 내 사고를 독처럼 마비시켜갔다. *워싱턴에서 지침이 내려왔겠지. 이러니 우리가 전쟁에 지는 거야. 위험을 피하고 보려는 탁상 행정가들이 결정권을 쥐고 있으니까.* 택시가 교차로에서 급정차하는 바람에 나는 고개를 들었다. 운전석 뒤편의 플라스틱 벽이 낙서로 뒤덮여 있었다. 대부분은 우르두어였다. 아랍어도 조금 보였다. 그리고 한쪽 구석의 주름진 스티커에 영어가 쓰여 있었다. '타인이 당신 자신이라는 것을 기억하라.'

나는 그것을 가만히 응시했다. 그리고 싱긋 웃으며, "안녕, 조이." 하고 큰 소리로 말했다.

"뭐라고요, 손님?" 택시 기사가 물었다.

나는 "아니에요."라고 대답하곤 다시 휴대폰을 들여다보았다. 전보를 다시 읽으면서, 이번에는 작성자의 배려를 겨우 알아차렸다. 작전의 중요성을 인정하며 자신의 요청 때문에 일이 지연되어 유감이라는 마음을 표현한 것이다. 나는 중국에 배치되기 전에 버지니아의 안가에 앉아 이런 종류의 작전을 위해 주요 사항을 짚어 내려가던 기억을 떠올렸다. 눈앞에서 요원 한 명을 잃을 수도 있다는 두려움이 계속해서 내 마음을 괴롭혔고, 작전을 지체시키는 한이 있더라도 그들을 지켜야 한다는 책임감에 충만해 있었다. 나는 이 사무관을 다시 상상해보았다. 여전히 책상에는 도넛이 놓여 있지만 그는 좋은 의도에서 내게 전보를 보낸 거였다. 나는 그의 가족들을 상상해보았다. 앤서니가 그랬듯이 그가 없는 집에서 그를 원망하고 있을 터였다. 나의 안전을 보장하기 위해 그러한 희생이 치러지고 있었다.

*알았다. 지시에 따르겠다. 내 뒤를 지켜줘서 고맙다.* 나는

마지못해 응답하는 전보를 보냈다.

  택시비를 지불하고 나를 위해 마련된 임시 아파트로 향하면서, 나는 보류 명령 때문에 경로 설정과 준비에 들일 시간이 24시간이나 줄어들었다는 걸 깨달았다. 그래서 지형 배치를 확인하는 대신, 모든 게 확실해질 때까지 집안에 들어가 꼼짝도 하지 않았다.

  그날은 남은 시간 동안 콘크리트로 된 발코니에서 거리를 지나가는 행인들을 내려다보았다. 이슬람 드레스를 입은 여인들이 손짓 발짓을 다 쓰고 깔깔 웃는 등 수다를 떨며 채소 노점 앞을 지나갔다. 크리켓 채를 든 남자아이들이 공을 쫓아 차량 행렬 속으로 뛰어들었다. 저녁 예배가 끝난 뒤 주민 센터 밖에 모인 청년들은 찻잔에 설탕을 부으며 서로 이야기를 나누었다. 먼지와 열기와 소음 속에서 일상생활의 패턴이 뚜렷하게 눈에 띄었다. 우리의 인생을 아름답게 해주는 건 이렇게 특별한 일 없이 지나가는 하루하루였다.

  마지막 기도 종소리가 울리고 얼마 안 돼서, 본부로부터 전갈이 도착했다.

추가 점검이 완료됨. 작전 진행을 승인함.

신의 은총이 있기를.

그날 밤늦게 뉴스를 보고 알게 된 사실이지만, 아프가니스탄 국경 지역에서 자살폭탄테러로 CIA 요원 한 명이 목숨을 잃었다. 나는 그제야 본부에서 왜 내일 있을 회의 전에 추가적으로 확인을 실시했는지 이해가 갔다. 그들이 아는 사실을 나도 알았다면, 나도 똑같이 그렇게 해달라고 부탁했을 것이다. 나는 잠이 들었지만, 죽은 사람들과 부모 없이 커야 할 아이들의 모습이 어른거려 자꾸만 중간에 깨어났다. 던킨도너츠 사무관도 자책하고 있을 게 틀림없었다. 그를 의심하지 않고 진심을 믿어줄 수 있어서 다행이었다.

파키스탄의 주황색 새벽빛이 블라인드 사이로 새어 들어왔고, 쩽그랑 소리, 자동차 경적 소리, 서서히 익어가는 고기의 누린내가 방안으로 들이쳤다. 오늘의 계획은 야칼이 공격 지점이라고 가르쳐준 교차로를 눈으로 확인해두는 거였다. 내일 회의에 들어가기 전에 표적에 관해 확실히 파악해둬야 했다. 나는 공항에서 가져온 관광용 지도를 침대에 펼쳐놓고 도시를 관통하는 계단길을 손으로 더듬어보았다. 추적 탐지 경로는 방향을 많이 꺾을수록 좋았다. 그럴 때마다 살짝 뒤를 돌아볼 소중한 기회가 생겼다. 길을 건너면서 잠깐씩 눈길을 돌리면 마을을 가로지르는 중에 반복해서 눈에 띄는 사람이 있는지 보고 잠재적인 감시자를 알아낼 수 있었다.

그럴 가능성은 희박하지만 혹시라도 미행당할 경우에 대비해 이동 경로는 자연스러워야 했다. 쇼핑을 하며 M자 형대로 도시 전체를 돌아다니되, 각각의 분기점마다 발길이 머물 납득할 만한 이유가 있어야 했다. 그런 착지점은 대개 몇 가지 요건을 갖추고 있어야 하지만, 관료들에 의해 작전이 보류되어 24시간을 낭비하는 바람에 지도에 의지해 대략적으로 정할 수밖에 없었다. 카라치 여행 가이드들이 관광객들을 위해 선정한 흥미로운 지점마다 만화 같은 건물 그림이 그려져 있었다. 나는 그중에 문을 열었을 것 같은 몇 군데를 골라 목적지까지 가기 전에 뒷골목을 몇 번씩 돌고 계단을 오르내리는 경로를 설정했다. 클리프턴 해변과 동물원을 거쳐 다시 조디아 바자로 내려온 다음, 테러 공격의 예정지인 압둘라 하룬과 사와르 샤히드 교차로까지 가는 것이다.

추적 탐지 경로는 순조롭게 시작되었다. 클리프턴의 고급 부티크와 중국 식당들을 따라가다 보니 바다가 나타났다. 이곳은 해변이 널따랗고, 아라비아해가 모래에 은을 씌워놓은 듯 커다란 부채꼴의 호가 형성돼 있었다. 파도 위에서 첨벙거리는 가족들은 전부 카미즈 차림이어서 종아리 부근까지 옷자락이 흠뻑 젖어 소금기가 어려 있었다. 아이들은 옷이 그렇게 무거워져도 아랑곳 않고 팔짝팔짝 뛰었다. 십대 청소년들이 타고 있는 오토바이는 70cc 엔진 동력으로 모래밭을 빠져

나가려고 몸부림을 쳤다. 나는 길거리와 바다 쪽으로 출입구가 따로 있는 식당을 골랐다. 혹시라도 감시자가 있다면 안으로 따라 들어오게 하려는 심산이었다. 하지만 뒤이어 들어오는 사람은 아무도 없었다. 과일 주스를 주문하고 잠시 자리에 앉아서 파도가 치는 모습을 구경했다. 아이들이 연을 날리고 있었다.

아직까지 미행의 흔적은 없었다. 바다를 구경하는 나를 힐끔거리는 사람도 없었다. 택시에 올라타 동물원에 가는 길에도 따라오는 차는 보이지 않았다. 목적지에 도착한 나는 소형 객차 하나 크기의 콘크리트 우리 앞에 멈춰 섰다. 시멘트 바닥에 사자 한 마리가 서 있었다. 거무칙칙한 갈기가 얼굴에 듬성듬성 늘어져 있어서 낡고 버려진 봉제 인형 같았다. 과연 사자는 모든 걸 포기했는지, 아니면 자유의 기억에 의지해 일말의 전투력을 유지하고 있는지 궁금했다.

내 시선 끝에서 누군가 휴대폰으로 사진을 찍는 모습이 포착됐다. 보통 이런 건 위험신호였지만, 동물원은 관광지였다. 기념으로 동물 사진을 찍고 있는 거겠지. 불쌍한 늙은 사자. 외로움이나 콘크리트에 갇힌 삶보다 더욱 끔찍한 게 하나 있다면, 자유롭게 돌아다니는 누군가에게 촬영 대상이 되는 거였다.

나는 다른 동물들을 향해 발걸음을 옮겼다. 코끼리와 얼룩

말, 심지어 가젤 비슷한 영양 무리까지 전부 아직도 꿈속에서는 사바나의 땅을 밟고 있을 것 같았다. 콘크리트 우리로 가득한 이 공원은 영혼을 부숴놓는 곳이었다. 나는 어지러운 니쉬타르 로드로 나와서 전동 인력거에 뛰어올랐다. 오후의 공기는 무덥고 매연도 고약했지만 지금은 택시나 버스처럼 갇힌 공간을 견딜 수 없을 것 같았다.

운전기사는 속도에 있어서 갑갑함을 못 참는 사람 같았다. 쌩하고 우회전을 하더니 메인 도로를 위태롭게 벗어나 미로 같은 골목으로 들어갔다. 우리는 과일 노점과 물소들을 요리조리 피하고 건설 장비와 길거리에서 벌어진 공놀이 판을 크게 휘둘러 지났다. 앞에 가던 오토바이들이 끼익 소리를 내고, 우리 차의 바퀴 아래선 유리병이 와자작 부서졌다. 안전벨트가 없고 사망 확률이 상당히 높다는 점만 빼면 디즈니랜드의 놀이기구인 '미스터 토드의 거친 질주Mr. Toad's Wild Ride'와 비슷했다.

우리도 한때는 매복 공격을 당했을 때 재빨리 도망치기 위해 적대적인 환경에서는 안전벨트를 매지 않는다는 게 표준 작전 규정이었다. 하지만 테러 공격보다 자동차 사고로 사망하는 공작원 수가 더 많다는 통계가 나오자 다시 '안전벨트를 안 매면 벌금Click It or Ticket'●이라는 주의로 돌아갔다.

나는 조이를 생각하며 운전기사에게 다음 모퉁이에서 내리겠다는 신호를 보냈다. 조디아 바자의 끄트머리였다. 나머지 거리는 걸어갈 수 있었다.

내 주위의 노점에서는 주로 곡물을 판매했고, 향신료 가게에서는 카레와 쿠민이 담긴 자루를 열어놓고 공기 중에 향이 퍼져 나가게 하고 있었다.

채소 상점가를 중간쯤 지났을 때, 누군가 뒤를 따라오는 게 느껴졌다. 한 번, 그리고 모퉁이를 돌 때 또 한 번, 그리고 다음 블록에서 세 번째로 눈에 띄었다. 내 머릿속의 알고리즘이 동물원에서 사진을 찍던 남자와 체형이 비슷하다는 걸 알려주었다. 도시를 절반 정도 가로지른 여기서 또 만난 것이다. 키가 크고 호리호리하며 얼굴이 말상인 사내였다.

• • •

남자가 카라치 프레스 클럽 앞에서 휴대폰으로 전화번호를 거의 다 눌러갈 무렵, 나는 엄호물을 찾아 주위를 살폈다. 대부분의 폭발 장치는 휴대폰으로 작동되고, 이곳은 알 카에다의 테러 공격이 예상되는 지점이었다. 야콥이 날짜를 착각했을 가능성은 없을까? 내가 함정에 빠진 걸까? 이렇게 개방된

---

● 안전벨트 착용을 독려하는 미국의 대표적인 캠페인 표어 - 역주

장소에서 무슨 일이 일어날지 기다리고 있을 이유가 없었다. 게다가 오늘 동료 요원이 국경 너머에서 살해됐다.

왼쪽으로 몇 피트 떨어진 곳에 콘크리트로 된 교통 차단벽이 보였다. 파키스탄 당국은 차량을 매개로 한 폭파 장치가 민감한 지역에 들어서는 걸 막기 위해 교통량을 통제하는 시설을 설치해두곤 했다. 내가 찾을 수 있는 최선의 방폭벽이었다. 나는 그쪽으로 달려갈 준비를 하다가 잠시 멈춰 섰다. 주머니 안에서 진동이 느껴졌다.

휴대폰을 꺼내 녹색 버튼을 누르고 수화기를 귀에 댔다.

"카라치에 온 걸 환영해요." 전화기에서 목소리가 흘러나오는 것과 동시에 광장 너머의 사내가 입술을 움직이는 게 보였다. 인도가 식민지이던 시절의 구식 영국 억양이 섞인 발음이었다. "회의를 오늘 저녁으로 앞당길 수 있을까 해서요." 내가 리옹에서 야쿱에게 썼던 방법을 이번에는 그가 내게 사용하고 있었다. 약속을 변경함으로써 상대보다 유리한 위치를 점하는 것. 내가 졌다. 미스터 에드. 당신이 우위에 섰군.

몇 가지 보안상의 문제를 고려한 후에, 나는 그래도 나쁠 건 없다고 판단했다. 저 남자 이외에는 감시자가 없다는 걸 확인했으니 내일 다시 추적 탐지 경로를 실행할 필요는 없었다. 이 나라에서 하루를 더 지내봤자 얼굴이 알려질 위험만 높아질 뿐이었다. 게다가 알 카에다가 자신들이 전략적으로

유리하다고 생각하면, 내가 테러 공격에 대한 이야기를 꺼내
도 최대한 편안하고 여유롭게 받아들일 것이다.

단점이라면 현재 본부는 내일 회의 전에 수상한 조짐은 없
는지 전보들을 검토하고 있기 때문에 나를 찾아내지 못할 거
라는 사실이었다. 아마도 그전에는 모든 게 끝날 것이다. 하
지만 그 사이에 내게 무슨 일이 생기더라도 본부에선 확인해
볼 생각조차 못할 게 분명했다.

대니도 이런 기분이었을까. 식당에서 나와 낯선 차에 태워
졌을 때? 그는 항상 진실을 쓰는 건 위험을 무릅쓰는 일이라
고 말했다. 그가 옳았다고 믿을 수밖에 없다. 그와 같은 선택
을 내릴 수밖에 없다. 대화를 한다는 미명하에 믿고 따라갈
수밖에.

"어차피 이렇게 됐으니 그럼 그렇게 하죠." 내가 대답하자
그는 전화를 끊으며 멀리서 살짝 고개를 숙여 인사했다. 그쪽
으로 가까이 다가가면서, 그가 빨간색과 녹색으로 된 샌들을
신고 있다는 걸 알아챘다. 이건 내가 올바른 사람을 찾았다
는, 미리 정해진 두 가지 신호 중 하나였다. 왼손에 코카콜라
를 들고 있겠다는 게 두 번째 신호였다. 그는 가방에서 콜라
병을 꺼내더니 내게 건배하는 척하며 들어 올렸다. 몸동작에
약간 건방진 기색이 묻어나는 걸로 보아 내게 그들의 규칙을
강요하면서 내 규칙에 따라 움직일 수도 있는 사람이었다.

이제 따라가기로 마음먹은 만큼, 내일 실행하기로 한 대본을 따르는 게 최선이라고 생각했다. 나는 암호 문장을 말했다. 내가 만나야 할 사람이라면 정확히 알아듣고 자신의 신원을 확인해줄 대답을 내놓을 신호였다. "실례합니다. 혹시 미술관이 어딘지 아세요?"

조금 전에 그가 내게 전화를 걸었다는 점을 고려하면 괜한 격식이긴 했다. 그가 잘못된 사람일 가능성은 거의 없었다. 하지만 이렇게 함으로써 우린 다시 정상 궤도에 오를 수 있었고, 그는 내 뜻을 따라주었다.

"미술관은 오늘 문을 닫았어요." 그가 대답했다. "하지만 극장이라면 안내해드릴 수 있어요." 나는 고개를 끄덕인 후, 그를 따라 미로 같은 뒷골목을 지나며 혹시라도 긴급히 도주해야 할 상황에 대비해 머릿속으로 동선을 그렸다. 우리가 지나가자 더러운 담요 위에 앉은 아이가 손을 뻗었다. 미스터 에드는 아이에게 콜라를 준 다음, 또 다른 골목으로 꺾어 들어가서는 어느 문 앞에 멈췄다.

이 회합에 참석하는 사람들은 극단주의 단체 세 곳의 지도자들로, 모두 알 카에다나 탈레반에 소속되어 카라치부터 북서변경 주에 걸쳐 활동하고 있었다. 우리를 중재했던 인물은 그들에게 나를 '워싱턴에 특별한 채널'이 있는 사람으로 소개했다. 내가 들은 바에 따르면, 그들은 예전부터 자신들의 영역에서 행해지는 드론 공격을 막기 위해 우리에게 거래를 제안해왔다. 본부는 조심스럽게 신뢰를 쌓고 대화를 지속하며 변죽을 울려왔다. 오늘 나는 직접 그 안으로 뚫고 들어가 구체적인 이야기를 끌어내야 했다.

이번 공격으로 죽는 사람은 미국인보다 무슬림이 훨씬 많을 것이고, 이 세 사람은 그런 행동이 이슬람 율법에 의해 금지된 하람이라고 믿는다. 어제의 사태도 있고 해서, 나도 실은 종교적인 토론을 할 기분은 아니었다. 하지만 우리는 그들의 도움이 필요했다. 이 폭격을 막도록 그들을 설득하는 게 우리에게 주어진 유일한 선택이었다.

나는 이곳이 대니가 납치된 도시라는 사실을, 그를 데려간 사람들이 내가 지금 만나려는 사람들과 한두 다리만 건너면 전부 연관돼 있다는 사실을 계속해서 떠올리지 않을 수 없었다. 바로 어제 나의 동료가 이 단체들과 그리 다르지 않은 이들의 손에 목숨을 잃었다. 그리고 나는 혼자서 야수의 소굴 한가운데로 들어왔다. 계단을 통해 위층으로 올라가는 동안 두려움이 자꾸만 어깨를 짓눌러 와서 나는 감정의 갑옷을 꼭꼭 잠가 맸다.

우리는 먼지 낀 나무 문 앞에 멈춰 섰다. 갈색 페인트가 벗겨져 군데군데 원래의 녹색이 드러나 있었다. 나를 데려온 남자는 노크를 하며 '어머니'라는 뜻의 단어를 외쳤다. 나이 든 여성을 부르는 존칭이었다. 잿빛으로 바랜 남색 부르카를 뒤집어쓴 여인의 형체가 복도로 나왔다.

가슴에 손바닥을 대고 인사하며 그녀를 바라보았지만, 어두운 이마의 윤곽밖에 보이지 않았다. 그녀는 휴대폰을 달라고 하더니 내 몸수색을 하고 가방을 뒤진 다음, 도청 여부를 확인하기 위해 전파 송신을 감지할 수 있는 장치로 나를 스캔했다. 비교적 일반적인 절차라 할 수 있었다. 우리는 서로 예의를 갖추며 조심스럽게 이 과정을 마쳤다. 그녀는 잠시 가만히 서 있었다. 내 눈빛을 확인하는 것 같았는데, 나한테는 그녀의 눈이 보이지 않아 확신할 수 없었다. 잠시 후, 그녀가 이라크 지역의 아랍어로 '예스'라는 뜻의 '리'라고 말하자, 남자가 문을 열고 비좁은 아파트 안으로 나를 안내했다. 제일 처음 눈에 들어온 건 벽장 가득 꽂혀 있는 책이었다. 두 번째로는 아기가 보였다. 세 번째로 아기를 안고 있는 남자를 알아보았다. 수염이 덥수룩한 얼굴로 인상을 쓰고 있는 이 사람이 오늘 만날 세 사람 중에 제일 우두머리였다. 수많은 전투 경험으로 다져진 무서운 지하디 용사. 그동안 CIA에서 그와 소통한 내용이나 우리의 첩보와 사전 조사 자료 어디에도 그가 아기 아버지라는 이야기는 없었다.

"몇 개월이에요?" 내가 물었다.

"4개월이요." 그가 약간 누그러진 말투로 대답했다.

"당신 아이예요?"

그가 살짝 고개를 끄덕였다.

아기가 기침을 했다. 축축한 목으로 쌕쌕 소리를 심하게 냈다.

방 안에 있는 다른 두 남자는 예전에 만난 적이 있는 사람들이었다. 나는 각자에게 조심스럽게 인사를 건넸다. 날 안내한 사람과 여자는 복도 문틀에 걸린 커튼 뒤로 사라졌다. 창문에 M4 소총 한 자루가 기대져 있었다. 공기 중에 텁텁한 흙먼지의 기운이 감돌았다.

나는 자리에 앉아서 모든 회의 전에 공작원들이 꺼내는 일련의 질문을 던지기 시작했다.

"제가 지금 당장 알아야 하는 안보 위협이 있나요?"

"그래요."

나도 모르게 가슴속에서 아드레날린이 솟구쳐 올랐다.

"좋아요, 어떤 일인지 말씀해주실 수 있나요?" 내가 물었다.

"하늘을 날아온 드론들이 우릴 비디오 게임처럼 살해하고 있어요."

나는 안도의 한숨을 쉬고 싶은 충동을 밀쳐냈다. 우리가 가하는 위협을 물어본 게 아니라는 건 서로 알고 있었다. 내가 그걸 큰소리로 정정하고 싶어 하지 않는다는 것도 서로 알고 있었다. 정면으로 돌파하는 수밖에 없었다.

"미국이나 연합군에 의한 위협 말고" 나는 잠시 말을 멈췄고, 우리는 이게 무슨 뜻인지 안다는 눈빛을 주고받았다. "회의를 시작하기 전에 제가 알아야 할 긴급한 위협은 없나요?"

그는 천천히 고개를 저었다. 아기가 다신 쌕쌕거렸다.

"이야기를 나눌 시간은 얼마나 있으세요?"

그는 약간 삐뚜름하게 고개를 끄덕였다. "내가 대화할 마음이 남아 있는 한은 얼마든지"라는 의미였다.

여자가 찻주전자와 금속 세공 받침을 끼운 유리컵, 각설탕이 담긴 그릇을 들고 다시 나타났다.

나는 내가 막으러 온 위협에 대해 설명했다.

"사망자의 대다수는 당신의 이슬람 형제자매들이 될 거예요." 나는 모두를 긴장시키지 않기 위해 천천히 손을 뻗어 가방에서 관광 지도를 꺼냈다. 지도를 테이블에 펼쳐놓고 내 찻잔으로 고정시켰다. "여기와 여기에는 교통 차단벽이 있으니까, 아마 이쯤에서 차량을 폭파시킬 거예요. 프레스클럽이나 은행과 최대한 가까운 위치에서요. 여기 이 건물은 주민 센터예요. 이건 모스크고요. 여기랑 여기는 학교예요. 여긴 병원이고요."

"그리고 여긴" 그가 내 말을 자르며 프레스 클럽의 문 옆에 있는 작은 헛간의 위치를 손가락으로 톡톡 쳤다. "꽃가게죠." 그리고 나를 보며 웃었다. 구슬프고 체념한 듯한 미소였다. "나는 이 지역을 잘 알아요. 왜 이걸 들고 나한테 온 거죠?"

"당신이 명예를 중시하는 걸 아니까요. 신실한 분이시잖아요. 무고한 사람이나 이슬람교도를 살해하는 건 신께서 용납하지 않으신다는 걸 당신도 알잖아요."

"그건 사실이에요. 하지만 무슬림들이 위험하다며 이번 공격을 반대하면 그들은 다른 목표물을 선택할 거예요. 그럼 사망자가 거의 다 미국인이 될 텐데. 그래도 괜찮겠어요?"

"아뇨." 나는 대답했다. "어떤 목표물도 공격하지 않았으면 좋겠어요."

"그럼 당신도 그 말을 지킬 건가요?"

"무슨 말씀이시죠?" 내가 물었다. "당신들도 어떠한 목표물도 공격하지 않을 거예요?"

아기가 쌕쌕거렸다.

"정당한 목표물만 노릴 거예요." 내가 말했다.

"그게 어딘데요?" 그가 물었다.

"폭탄을 설치하고 있는 장소들이죠."

"그럼 우리도 당신들이 폭탄을 설치하는 곳을 공격해도 돼요?"

"아뇨, 우리는 되지만 당신들은 안 돼요."

잠시 침묵이 흘렀다. 차량 흐름과 아기의 끈적끈적한 숨소리만이 울려 퍼졌다.

"왜죠?"

"당신들이 우리가 공습을 준비하는 곳에 가까이 올 수 없다는 건 당신도 나도 잘 알고 있어요. 무리하게 공격하다간 민간인들이 희생되죠."

나는 머릿속으로 몇 마디를 더 보탰다. '너희가 어제 그랬듯이 말이야, 이 개자식아. 네놈들이 아프간 사람들을 날려버릴 때 내 동료까지 목숨을 잃었어.'

"그건 당신네 드론도 마찬가지예요." 그가 대답했다. "내 아내에게 물어봐요." 아내가 죽었다는 건지 그녀가 사랑하는 누군가가 죽었다는 건지 긴가민가했다.

"양쪽 모두 너무 많은 민간인 사상자를 용인하고 있죠." 내가 인정했다.

"아뇨, 달라요." 그가 말했다. "우리는 당신들을 이 나라에서 몰아내려고 민간인의 희생을 용인하는 거지만, 당신들은 여기에 남아 있으려고 그 짓을 하고 있어요."

잠시 다시 침묵이 흘렀다. 그의 아내와 나의 친구들, 그리고 그동안의 보복 전쟁으로 목숨을 잃은 수천 명의 사람들이 그 순간 먼지 속에서 우리와 함께 있다는 게 느껴졌다. 나는 아기를 바라보았다. 목구멍을 막은 점액 사이로 산소를 빨아들이기 위해 작은 가슴이 무던히도 노력하고 있었다. 내 안의 조이가 느껴졌다.

"천식이에요?" 내가 물었다. 그는 고개를 끄덕였다. "나도 아기가 있어요. 우린 중국에 살죠." 내가 말했다. 그의 자세가 달라졌다. 그리고 부모 대 부모로서 공감하는 눈빛으로 나를 바라보았다. 맑은 공기를 지켜주지 못하는 정부의 무능력을 한탄하는 눈빛도 들어 있었다. "우리 딸도 가끔 호흡이 가빠질 때가 있어요. 혹시 정향유를 써본 적 있어요?" 내가 물었다. 그는 고개를 저었다.

조이는 정향유를 쓰면 늘 기침이 가라앉곤 했다. 마침 배낭에도 조금 남아 있었다. 가짜 서류를 수정해야 할 경우 정향유를 넣은 잉크가 유용해서 작전을 나갈 때마다 늘 가지고 다녔다. 향균과 방충 효과도 있어서 의심을 살 일도 없었다.

나는 셰익스피어 연극의 약제상처럼 짙은 갈색 유리병을 꺼내서 그에게 내밀었다.

"그냥은 너무 강해서 희석시켜야 해요. 뜨거운 물에 몇 방울을 떨어뜨리고 아기가 그 증기를 들이마시게 하세요." 나는 계속 약병을 들고 있었지만, 그는 손을 뻗어 받아들지 않았다. 내가 그에게 엄청난 믿음의 도약을 요구하고 있다는 걸 깨달았다. 자신을 죽이려는 나라를 대표해서 온 사람을 믿으라니. 혹시 내가 진심이라 해도, 자기 아이에게 병 속에 든 정체불명의 내용물을 들이마시게 하라니. 나는 안전을 증명하기 위해 뚜껑을 열고 숨을 들이마셨다. 그리고 다시 뚜껑을 닫은 후 약병을 테이블에 올려놓았다.

그는 내 마음을 읽으려는 듯 눈을 가늘게 뜨고 쳐다보았다. 지금 이 방안은 마치 착시 현상에 단골로 소개되는 그림 같았다. 어떻게 보면 꽃병이고 다르게 보면 두 사람의 옆얼굴인. 공작원으로서의 그와 나는 이 전쟁의 서로 다른 편에서 다투고 있었다. 하지만 부모로서의 우리는 우리 아이들이 자유롭게 숨 쉴 권리를 요구하는 같은 편이었다. 정향 냄새가 가득한 방안에서 우리는 선택의 순간을 감지했다. 서로 대립하는 얼굴이냐, 아니면 하나의 꽃병이냐.

여자가 다시 들어와 작고 하얀 꽃다발을 테이블에 올려놓고 나갔다. 그녀의 몸가짐에서 왠지 그의 어머니일지도 모른다는 생각이 들었다. 그리고 그녀야말로 실질적인 결정권자 같았다.

"알리섬이에요." 그가 새하얀 꽃송이를 가지에서 떼어 관광 지도 위에 가지런히 놓으며 말했다. "맛은 브로콜리와 비슷하죠." 그는 웃으며 꽃송이 하나를 입에 쏙 집어넣었다. 이것 역시 안심해도 된다고 내게 확인시켜주는 행동이었다.

"천식에 좋나요?" 내가 물었다. 그는 고개를 끄덕였다.

"교환하죠." 내가 꽃송이 하나를 집어 들자 그는 정향유의 냄새를 맡았다. 새로운 음식을 맛보는 아이들처럼 둘 다 조심스럽게 코를 찡긋거렸다. 그리고 서서히 둘 다 웃음을 터뜨렸다. 방에 있던 다른 두 남자는 가만히 있었다.

"그래요." 내가 말했다. "당신 말이 맞아요. 그들은 다른 목표물을 고르겠죠. 우린 누구나 새로운 목표물을 선정해요. 모두를 구할 순 없어요. 하지만 그 꽃가게에 서 있을지 모르는 젊은 여인은 구할 수 있어요. 학교 운동장에서 뛰어노는 아이들은 구할 수 있어요. 우리 아기들도 몇 년 후엔 그만큼 크겠죠. 한 명의 무고한 생명을 구하는 게 인류를 구하는 일이라고 코란에도 나와 있잖아요. 오늘 우리가 인류를 구할 순 없을까요? 내일 또 다른 인류가 쓰러진다 하더라도요."

긴 침묵이 흘렀다. 그는 거의 보이지 않을 적도로 작게 고개를 끄덕였다. 다른 두 전사들이 우르두어로 뭐라고 재빨리 말을 퍼부었다. 한 명이 벽에 기댄 총으로 손을 뻗었고, 다른 한 명은 마지못해 내 쪽으로 한 걸음 다가왔다. 나는 도망치고 싶은 충동을 억눌렀다. 그리고 우두머리의 눈을 똑바로 바라보며 가슴에 손을 얹고 존경을 표했다. 그가 테이블 위로 손가락을 살짝 들어 올리자, 다른 두 명이 멈칫했다.

나는 하얀 꽃송이에 둘러싸인 지도를 둘둘 말아 배낭에 넣었다. 그러는 동안에도 온몸의 근육이 내게서 제일 멀리 떨어져 M4를 들고 있는 전사를 예민하게 의식했다. 그가 나를 쏠지도 모른다고 의심하는 건 *그가 자신의 지도자를 거역할지도 모른다*는 걸 암시하기 때문에, 두 사람 모두를 모욕하는 일이었다. 물론 그랬다가는 평생을 감옥에서 썩게 된다는 것도 저쪽에선 잘 알고 있을 터였다. 나는 배낭의 지퍼를 잠그고 잠시 멈춰서 남은 차를 마저 마셨다. 내 시야의 끝에서 전사의 자세가 느슨해지는 게 느껴졌다. 사사로운 장난이었다는 듯 지도자가 눈을 살짝 찡긋했다.

"알리섬은 스트레스에도 좋아요." 그가 말했다. 나는 그만 일어서며 미소를 지었다.

"정향유는 이앓이에도 잘 들어요."

공작원이 아닌 부모로서 회담을 마친 건 우리 두 사람의 의도적인 선택이었다. 서로 대립하는 얼굴이 아닌 하나의 꽃병 그림으로 오늘 하루를 마무리하자는 무언의 합의였다.

문밖으로 나가는 길에, 나는 벗겨진 갈색 페인트와 그 아래로 비치는 녹색 문을 손으로 가볍게 만져보았다. 예전에 외할머니가 정원에서 죽은 장미의 겉껍질을 벗겨내자 안에서 싱싱한 연녹색 줄기가 모습을 드러내던 게 생각났다. 한때 빗발치는 공습을 감내하던 하노이와 베를린, 도쿄의 공원들이 떠올랐다. 어릴 적 우리 이웃집 마당 앞에 이런 표지판이 붙어 있던 게 기억났다. '정원을 가꾸는 건 미래를 기약하는 궁극적인 행위입니다.'

· · ·

상하이로 돌아와 조이와 함께 '피터와 늑대'를 듣다가, 내가 뿌린 씨앗이 뿌리를 내렸다는 걸 비로소 알게 됐다. 공격 예정 당일에 후속 전보가 도착했다.

무사 평온한 오후. 위협이 지연됐거나
새로운 목표물로 옮겨간 것으로 보임. 축하함.

나는 먼지 많은 방에서 콧구멍을 벌름거리며 쌕쌕대던 아기를 떠올렸다. 환경오염과 공습, 드론으로부터 딸을 보호하기 위해 어려운 선택을 내린 아버지를 생각했다. 우리는 어쩜 모두가 자신만이 정의롭다고 생각할까 싶었다. 그런 환상에서 벗어나려면 실은 모두가 좋은 사람이라는 걸 깨달으면 된다.

"그럼 너를 미워하게 될 가족이 100여 가구쯤 줄어들 거야." 저녁을 만들려고 부엌으로 들어가며 내가 조이에게 말했다.

19

　2009년, 내가 28살이고 조이는 아직 돌이 되지 않았을 때,
우리는 워싱턴으로 돌아왔다. 딘이 아프가니스탄에 있을 때
내가 수료한 고급 감시 추적 코스를 이번에는 딘도 밟기 위해
서였다. 나는 본부 안뜰의 암호로 뒤덮인 거대한 금속 조각상
옆에서 내 상사였던 존과 점심을 함께했다. 그는 자신의 팀이
중동의 어느 정부와 논쟁을 벌이고 있다고 말해주었다. "우리
한테는 필요도 없는 온갖 잡동사니만 제시하는 거야. 그러면
서 자기들이 원하는 어떤 대가를 받기 전까진 우리가 정말로
필요한 딱 한 가지 조치를 취해주질 않아."

　"그럼 그 대가를 줘버리면 되잖아요. 왜 안 주는 건데요?"
내가 물었다.

"우리한테 없으니까, 이 똑똑한 친구야! 하지만 미쳤다고 그걸 가르쳐줄 순 없어. 저쪽은 우리의 세력 범위가 그것보단 넓다고 생각하니까. 우리가 별 볼 일 없다는 걸 알면 바로 짓밟으려 들 거야. 아니면 우습게 알고 무시하든지."

나는 웃음을 터뜨렸다. "그러니까 우리한테 필요하지만 상대 앞에서는 이미 갖고 있는 척 한 무언가를 저쪽에서 제공하지 않는다고 화가 나신 거군요."

그는 내 팔을 툭 쳤다. "꼭 우리 결혼 상담가처럼 말하는군."

나중에 그는 술 한 잔 하자며 내게 문자를 보내왔다. "스와미 G●!" 내가 들어가자 그가 큰 소리로 외쳤다. "자네 조언대로 우리가 뭘 원하는지 저쪽에 이야기했어."

나는 빙긋 웃었다. 말을 꼬아서 감사 인사를 전하는 걸 보니 일이 잘 풀린 게 분명했다. "그리고요?"

그는 기네스 맥주에 위스키를 부어 꿀꺽 삼키고는 입을 열었다. "원하는 걸 얻어냈어."

나는 바텐더에게 손짓으로 술을 주문한 후, '그럴 줄 알았어요!' 하는 미소를 지어 보였다.

그는 껄껄 웃었지만 왠지 모르게 슬퍼 보였다. "이런 난장판이 벌어지기 전에 '공자님 말씀'에 진작 귀 기울이면 좋았을

---

● 불교와 힌두교 사상 등을 혼합해 대중을 상대로 영적 조언을 하는 사상가_ -역주

텐데. 그럼 팀도 아직 우리 곁에 있을 거고."

팀은 본부 벽에 별로 새겨진 요원이었다. 집에 돌아가 보니, 딘은 새벽에 감시 훈련을 나가기 위해 일찍 잠들어 있었다. 조이도 딘이 아프간에서 가져온 담요를 덮고 푹 자고 있었다. 나는 책상과 바닥에 잔뜩 펼쳐진 감시 훈련용 지도를 지나갔다. 교관의 펜으로 편집증적일 만큼 꼼꼼히 표시한 복잡한 패턴을 눈으로 따라가 봤다. 가벼운 변장을 위해 준비한 여분의 모자와 가발, 셔츠가 문 앞에 여러 개 쌓여 있어서 차곡차곡 정리했다. 문에 추가로 달아놓은 걸쇠를 잠갔다. 그리고 잠시 집안에 가만히 서 있었다. 전문가를 자처하며 튼튼하게 방비한 요새이건만, 왠지 바깥에 있을 때 보다 덜 안전한 느낌이었다.

조이가 꼼지락거리는 소리가 들렸다. 나는 아프간 담요로 아이를 감싸고 걸쇠를 푼 다음, 별빛 아래로 아이를 안고 나갔다. "저기 진주 목걸이가 있어." 나는 다시 곯아떨어진 조이에게 가르쳐주었다. 그리고 귀뚜라미 소리를 들으며 지구 반대편에 있는 마흐무드에게 미소를 지었다. 몇 년 전에 그가 해준 말이 귓가에 들려왔다. "우리는 서로 엄청나게 다른 척하지만, 사실 생각만큼 다르진 않아요."

●●●

상하이의 뿌연 하늘과 비교하면 버지니아의 아침은 상쾌하기 그지없었다. 랭글리로 향하는 도로 위로 건물에 펄럭이는 성조기들이 이 나라가 여전히 활기차게 돌아가고 있다는 걸 상기시켜주었다. 국민의, 국민에 의한, 국민을 위한 정부라는 실험은 계속해서 진행 중이었다. 물론 우리라고 언제나 옳은 선택만 하는 건 아니었다. 하지만 정부가 인터넷을 검열하고, 교회에 출석하는 가정을 잡아들이는 나라에 살다 온 나로서는, 우리가 끊임없이 분투하며 자유에 가까워지려고 노력하고 있다는 사실에 감사했다.

하루는 벤이 놀러 와서, 어릴 때 돌아다니던 거리를 똑같이 걸으며 함께 이야기를 나누었다. 벤은 말기 환자를 간호하는 호스피스 병동에서 자신의 소명을 찾았다. 생의 마지막 순간에 환자의 병상 옆을 지켜주는 일이었다.

"그분들한테 무슨 말을 해드려?" 내가 물었다.

"나를 큰 나무 궤짝으로 생각하고 이 안에 당신의 이야기를 전부 담아달라고 해. 세상을 떠나신 후에도 그 이야기는 소중히 간직될 테니 걱정하지 마시라고." 어릴 때 놀림을 받고도 이토록 자상한 어른으로 성장하다니 감탄스러울 뿐이었다.

"벤이 내 오빠여서 정말 고마워." 어릴 때 누에를 먹이려고 이파리를 따가던 뽕나무 밭을 지나며 내가 벤에게 말했다.

여동생들은 둘 다 자기만의 방식으로 사회 복지사의 꿈을 키워나가고 있었다. 둘 다 아직 학생으로, 안토니아는 유아 교육가, 캐서린은 또래 상담가가 되는 게 목표였다. 나는 우리의 눈부신 엄마를 경외했다. 엄마는 우리의 세상을 아름답게 채색하고 각자에게 맞는 영감을 불어 넣어주었다. 또한 지역 사회를 더욱 건강하고 행복하고 안전하고 지혜롭게 만들기 위해 노력하고 있었다.

심지어 아버지도 가끔 우리를 방문해서 개발도상국에 전기망을 구축해 어두웠던 나라에 안정적으로 빛을 공급하게 된 모험담을 자세히 들려주었다. 아버지를 다시 받아들이기까지는 오랜 시간이 걸렸다. 엄마에게 상처를 주고 떠나가서 우리 자식들에게 그 뒷수습을 맡긴 장본인이었으니까. 하지만 시간이 많이 흘렀고, 어릴 때는 옳고 그름을 따지던 나도 이제는 회색 영역이 있다는 걸 아는 성인이 되었다. 엄마는 지금이 더 행복해 보였고, 웃음을 되찾은 엄마를 보며 나도 아버지를 용서하기 시작했다. 십여 년 만에 처음으로 아버지를 온전히 사랑하려고 마음을 열었다.

가족들 사이로 돌아오니 스스로가 정화되는 느낌이었다. 그리고 9·11 테러 이후 지나친 단순화와 공포에 휩싸여 처음 CIA에 지원했던 때에 비해 내가 엄청나게 변했다는 걸 깨달았다. 나는 현장에서 배운 교훈들을 내 안에서 소화시키기 시작했고, 평화를 위해서는 귀를 열어야 하며, 취약점이 있어야 진정으로 강해진다는 사실을 온전히 의식하게 됐다. 에밋의 쿵푸와 카라치의 택시에 붙어 있던 스티커가 생각났다. '타인이 당신 자신이라는 것을 기억하라.'

우리가 다시 작전에 투입되면서 딘은 내 안의 변화를 감지했고, 상황은 겉으로 보이는 것보다 훨씬 복잡할지도 모른다는 내 말에 발끈했다. 우리가 거의 동시에 진행할 작전에서 드론을 통한 살인과 강화된 심문 방식은 내가 가장 우려하는 점이었다. 나는 매번 다른 옵션을 선택했고, 그는 이를 개인적으로 받아들였다. 자신의 첩보 기술을 비판하고, 자신의 삶의 방식을 부정하며, 자신을 버리려 한다고 생각했다. 나는 신뢰를 쌓아나가는 게 압력을 가하는 것보다 효과적이라고 판단한 것뿐이었다. 암살보다는 구금이 효과적이었다. 더 빠르고, 저렴하고, 믿음직하게 생명을 구하고 공격을 막아낼 수 있는 실용적인 결정이었다. 하지만 딘은 자신이 아프간에서 보낸 어두운 밤들과 움직이는 형체를 포착했을 때 저격당하기 전에 먼저 발포했던 행동에 대한 비난으로 받아들였다. 남에게 고통을 가하고 죽음을 죽음으로 갚은 자신을 정죄한다고 생각했다.

그는 점차 자신의 유일한 동지이자 자신이 공포의 세계로 파병될 때 러브레터를 건네주던 소녀를 잃어버렸다고 느끼기 시작했다. 쉽게 화를 냈고 물건을 부쉈다. 처음에는 자동차

대시보드와 식탁, 그러다가 찬장과 벽까지. 조이와 내게 손을 대는 일은 절대 없었다. 하지만 화가 날수록 더 많은 것들을 깨부쉈다. 하루는 석고 벽을 주먹으로 내리치고 어디론가 사라졌다가 울면서 돌아와 사과했다. 태아처럼 바닥에 웅크리고 고통에 몸부림쳤다. 나는 숟가락처럼 그의 몸을 감싸고 누워 차갑고 딱딱한 땅 위에서 함께 과거를 회상했다. 정말 간절히 관계를 회복하고 싶었다. 하지만 내가 해줄 수 있는 말은 아무것도 없는 것 같았다. 우리는 침묵 속에서 각자 자기 자신을 정확히 인식했다. 그 후로는 둘 다 딸에게만 말을 걸었다. 그리고 우리 일은, 각자 따로, 하나님께 털어놓았다.

어느 날, 나는 엄마가 캠핑 용품점에서 사준 머그잔 세트에 차를 끓였다. 투박한 유약을 바른 커다랗고 편리하며 소박한 컵이었다. 한 컵에는 '사랑,' 다른 컵에는 '평화'라는 단어가 쓰여 있었다. 하지만 글자가 선명하지 않고 두 개가 색상도 똑같아서 딘이 머그잔을 벽에 던져버리고 나서야 내가 그에게 '평화'라고 쓰인 컵을 주었다는 걸 깨달았다. 컵은 박살이 났다. 찻물이 찰싹 튀었다가 바닥으로 후드득 떨어졌다. 딘은 의자에 앉은 조이를 번쩍 안아 들고 아이를 똑바로 쳐다보며 말했다. "네 엄마는 나쁜 사람이야, 알겠어?"

그게 무슨 뜻인지 알아듣기엔 우리 딸은 아직 너무 어렸다. 하지만 나는 그 말 뒤에 숨겨진 고통을 처절하게 느낄 수 있었다. 그 머그잔을 주면 안 되는 거였다. 자신이 치른 희생과 자신의 경력 전체를 비난한다고 받아들일 수 있다는 걸 미리 알았어야 했다. 그 순간, 우리는 서로 되돌릴 수 없는 지경에 이르렀다는 걸 깨달았다. 나는 우리 딸을 건네 달라는 뜻으로 조용히 팔을 내밀었다. 그는 눈빛으로 사과하며 아이를 넘겨주었다. 나는 울었다. 그도 울었다. 우리는 잠시 서로 눈을 마주치고 자신의 마음을 상대방에게 보여주었다.

잠시 후 그가 고개를 끄덕였다. 나는 집을 나왔다.

● ● ●

딘이 다시 해외로 배치됐을 때, 나는 따라가지 않았다. CIA 안에서 혼인 관계를 정리하는 건 시간이 걸리는 일이었지만, 민간 항공 터미널에서 그가 탄 비행기가 이륙하자마자 나는 모든 게 끝났다고 느꼈다. 그는 아프가니스탄의 산악지방으로 돌아가 다시금 조국과 자신의 신념과 우리 딸을 위해 싸울 것이다.

'농장'의 정자에서 처음 만난 이후로 우리에게 일어난 모든 일을 되새겨보았다. 우리의 손에 수많은 목숨이 걸려 있다는 책임감이 날마다 우리를 나이 들게 했다. 잘못된 선택을 하면 누군가—우리 자신 아니면 다른 누군가—가 죽는다는 트라우마에 시달렸다. 평범한 세계에서 만났다면 우리의 관계는 어떻게 되었을지 궁금했다. 우리를 서로에게 끌리게 했다가 다시 멀리 찢어놓은 희생 같은 게 없는 세계였다면. 어떻게 하면 이 전쟁을 멈출 수 있을지 서로 의견이 일치하지 않을 때도 있었지만, 우리는 살육을 막기 위해, 따로 또 같이, 커다란 대가를 치렀다.

나는 내 어깨에서 잠든 딸을 안고 낡은 지프차의 앞좌석에 앉아, 아이 아버지를 실은 금속 물체가 하늘로 날아가는 모습을 활주로 끝에서 지켜보았다. 딘은 우리를 지키기 위해서라면 무슨 일이든 할 사람이었고, 우리 딸이 저런 아버지를 두어서 정말 다행이라고 생각했다. 비행기가 점점 작아지고 마침내 완전히 사라져 텅 빈 하늘만 남을 때까지 계속 올려다보았다. 우리 말고는 자동차 옆 나무에 앉은 새 한 마리만 남아 있었다. 예전에 농장 생활의 종료를 알리는 사이렌이 울린 후 호숫가에서 느꼈던 것과 똑같은 감정이 치솟았다. 하나의 연극이 끝나고 다음 연극이 시작되기 전의 헐벗은 무대를 목격한 느낌. 무대 자체는 바뀌지 않는다. 우리 연기자들이 그 위에서 우리만의 이야기와 우리만의 갈등, 우리만의 드라마를 펼쳐가는 것이다. "그러니까 전부 우리한테 달린 거지?" 집으로 돌아가기 위해 잠든 딸을 카시트에 앉히며 내가 물었다.

나는 다시 새로운 곳에 파견을 나가라는 요청을 받았다. 이번에는 조이와 나 둘 다 가명을 써야했다. "아직 어려서 기억 못할 거예요." CIA의 심리 상담가가 나를 안심시켰다. 그 말이 옳다는 건 나도 알았다. 하지만 내 안의 무언가가 저항했다. 나는 목에 걸린 목걸이를 만져보았다. 청동으로 된 Z는 생명이라는 뜻인 '조이'의 첫 글자였다. 나는 이 목걸이와 함께 우리의 진정한 자아를 한쪽으로 치워두고 조이가 다른 이름에 반응하도록 가르치는 삶을 상상해보았다. 브리핑을 듣고 접근 방법을 검토했다. 상당히 안정적인 작전이었다. 그들이 옳았다. 이러면 상대를 속이고 승리를 거머쥘 수 있었다. 하지만 왠지 거기서 끝나지 않을 것 같은 느낌을 떨쳐낼 수가 없었다. 회의실의 화이트보드 앞에 여럿이 둘러서 있는데도 거울이 끝없이 늘어선 복도에 서 있는 것만 같았다. 우리가 지금까지 사용한 속임수와 앞으로 이 작전으로 인해 펼쳐나갈 속임수들을 비추는 거울이었다. 선의의 거짓말로 무장한 화이트보드가 무한정 이어졌다.

"전 머리 좀 식히고 올게요." 내가 말했다.

돌아오는 길에 존이 복도에서 나를 불러세웠다.

"회의에 영 집중을 못하는 것 같던데." 그가 말했다.

"글쎄요, 회의 태도 같은 건 그냥 서비스 같은 거잖아요." 내가 웃음을 터뜨렸다.

"아니야." 그는 고개를 가로저었다. "요청받은 일은 뭐든 진지하게 임하는 게 진짜 서비스야."

나는 고개를 숙였다. 그는 내가 딸을 낳고 마음이 약해졌다고 생각했다. 그건 사실이었다. 하지만 부드러움도 효과가 있다는 걸 그는 몰랐다. 부드러움으로 이 전쟁을 끝낼 수 있었다. 나도 두렵다는 걸 적에게 보여줌으로써 테러와 싸울 수 있다는 걸 CIA는 내게 가르쳐주었다. 가면을 벗고 나도 인간이라는 걸 적에게 보여주면 된다는 걸 조이가 내게 가르쳐주었다. 수많은 철제 금고 문이 늘어서 있고 기밀 정보가 숨겨진 거대한 밀폐실로 이어지는 그 복도에서, 나는 양쪽 길 모두 우리를 지켜줄 수는 있지만 조이의 길만이 진정한 평화로 이어진다고 생각했다. "이봐, 자넨 여기에 거의 10년을 바쳤어. 온갖 상을 긁어모으고 기타 등등의 일을 했으며, 수많은 생명을 구했지. 솔직히 정말로 자네를 잃고 싶지 않아. 하지만 여긴 수영장 같은 곳이야. 이 안에 있을 때 아무리 넓은 공간을 차지했어도 물 밖으로 나가면 그 공간은 바로 채워져. 자네가 여기에 있었다는 건 아무도 기억 못해." 나는 잠시 그와 눈을 마주쳤고, 그는 계속 말을 이어갔다. "삐딱한 노인네 같은 말투지만 이렇게 말해두지. "그동안 아주 잘 해주었다. 조국이 네게 빚을 졌구나. 이제 다음 단계를 찾아가도 좋아."

나는 밖으로 나가서 해가 수풀 뒤로 떨어질 때까지 베를린 장벽 설치물 옆에 앉아 있었다. 스물두 살 때부터 이곳이 나

의 세상이었다. 여러 전투와 인간관계의 부침을 겪는 동안에
도 나의 유일하고 진정한 밑바탕이 되어주었다. 하지만 마음
속으로는 랭글리와 내가 서로 필요한 걸 이미 모두 주고받았
다는 걸 알고 있었다. 랭글리에 직접적으로 말하진 않았지만,
나는 하나님께 이렇게 부르짖었다. "저를 사용해주세요. 제발
사용해주세요. 제가 다음으로 가야 할 길을 보여주세요."

그날 저녁, 조이가 내 무릎에 책 한 권을 올려놓았다. 『벨베
틴 토끼』였다. 아이에게 책을 읽어주면서 내 눈엔 눈물이 그
렁그렁 맺혔다. "너는 그렇게 될 거야. 하지만 시간이 오래 걸
린단다. 그래서 쉽게 부서지거나 모서리가 날카롭거나 조심
해서 다뤄야 하는 이들에게는 그런 일이 잘 일어나지 않아.
보통 '진짜'가 될 무렵에는 너무 많이 사용돼서 털은 다 빠지
고, 눈은 덜렁거리고, 온몸의 마디마디가 헐거운 아주 초라한
모습이란다. 하지만 그런 건 아무런 문제가 되지 않아. 일단
'진짜'가 되고 나면, 그런 걸 이해 못하는 사람들만 빼면 누구
도 널 흉하게 보지 않거든."

세상에서 다시 어떤 일을 시작해야 할지 아직은 몰랐지만,
변장을 하고 숨는 일만은 하고 싶지 않았다. 나는 사직서를
제출하고 애틋한 마음으로 마지막 일주일을 보냈다. 마지막
으로 대통령 브리핑을 준비하고, 형제 같은 동료들과 마지막
으로 맥주를 마시고, 마지막으로 통근 카드를 찍고 동쪽 문으

로 나와 시끄러운 매미와 여름 소나기의 작별인사를 받았다. 게이트를 지키는 저격수들과 후진 방지 장치를 지나 123번 국도로 나가며 이제 방문객 출입구가 아니면 여기로 되돌아올 수 없다는 걸 실감했다. 나는 좌회전을 해서 록크릭 파크웨이를 타고 집으로 향했다.

오른쪽으로 링컨 기념관, 왼쪽으로는 조지타운 보트하우스가 보이는 키 브리지에는 통행량이 많았다. 나는 조용한 차 안에서 거울에 비친 내 모습을 들여다보았다. 뺨을 만져보았다. 십 년 가까이 가면을 쓰고 살아왔다. 내 진짜 얼굴은 반창고 밑으로 새로 난 축축하고 창백한 피부처럼 낯설고 어색했다. 다리 끝의 신호가 초록빛으로 바뀌자 차들이 움직이기 시작했다. 조이가 나를 기다리고 있었다. 나는 변속을 하고 천천히 앞으로 나아갔다.

20

우리는 캘리포니아로 이사했다. 샌타바버라 고지대에서 낡은 집을 개조하고 있는 엄마와 새 아버지의 근처에 살기 위해서였다. 나는 바다에서 멀지 않은 목제 오두막에 틀어박혀 내 허구의 층위를 한 겹씩 벗겨내기 시작했다. 용맹함과 냉정함과 강인함을 내려놓았다. "잘 모르겠어요."라고 말하는 법을 익혀나갔다. '진짜'가 되는 과정은 차를 몰고 랭글리의 게이트를 빠져나오는 것처럼 간단하지가 않았다. 연기를 하는 건 위장 신분으로 사는 첩보원들만이 아니었다. 소셜 미디어 계정이 있는 사람들은 전부 연기를 하고 있었다. 연인이나 상사가 있는 사람들도 마찬가지였다. 처음에는 이런 사람들은 생명이 위태로운 것도 아니면서 왜 거짓말을 하는지 이해가 가지 않았다. 그리고 화가 났다. 그런 사람들에게 실망하기도 했지만, 캘리포니아에 와서도 상하이에서처럼 '진짜' 나로 살아가지 못하는 나에 대한 실망이 더 컸다.

그러던 어느 날 엄마가 내게 편지를 주었다. 나는 파도가 부서지는 태평양 해변에서 그 편지를 읽어보았다. 엄마는 내가 고군분투하는 걸 눈치챘다며, 진정한 자아를 찾고 그 안에서 살아가려 하는 나의 여정에 공감해주었다. 그리고 스파이 세계처럼 실제 세상에서도 사람들은 연기를 한다고 가르쳐주었다. 그들도 똑같이 무언가를 잃을 위험—비록 생명을 잃진 않더라도—에 처해있기 때문이었다. 나의 예전 세계가 두려워한 위험은 타임스퀘어에서 핵배낭이 터지는 거였다. 하지만 연인의 쌀쌀한 비웃음이 폭탄보다 강력하지 않다고 누가 감히 단언할 수 있을까? 여기서 문제는, 그렇다고 갑옷을 입으면 똑같은 대가를 치러야 한다는 거였다. 거짓말로 쌓은 관계, 억지로 강한 척하며 맺은 관계는 불안할 수밖에 없었다.

예전에 중동과의 교섭에 관해 상사와 나눈 대화가 생각났다. 나는 우리에게 뭐가 부족한지 가르쳐주지도 않으면서 어떻게 동맹국들이 그걸 내주길 바라느냐고 지적했다. 친구 사이에서도 마찬가지였다. 부부 사이도. 엄마와 자녀 사이도.

사랑에 빠지든, 어떤 운동을 시작하든, 동료와 대화를 나누든, 북대서양조약기구를 체결하든, 연기를 하면 우리는 관계에서나 지정학적 위치에서 스스로 강해진 것처럼 느낀다고 엄마는 말했다. 그럼 안심하게 된다. 하지만 연기는 평화나 권력을 쌓아올리기에는 너무나 조잡한 기반이었다. 그러면서 엄마는 자신도 한때는 스스로 느낀 그대로 보고 말하고 행동하는 걸 두려워하는 자기 확신이 없는 젊은 엄마였다고 고백했다. 하지만 그런 연약한 면이 역설적으로 자신을 더욱 강하게 만들어주었다고 했다. 이렇게 얻은 힘과 '진짜' 자아가 우정과 두 번째 결혼을 견고하게 지탱해주었다. 모든 게 괜찮은 척 연기하던 젊은 시절에는 불가능한 일이었다. 나는 방파제에 부딪히는 파도를 바라보며 나의 반석이자 앞길을 비쳐주는 등불 같은 사람을 내게 엄마로 선물해준 우주에 감사했다. 갑옷이라는 허식 없이 마음을 열 때 더욱 강력해진다는 걸 나도 느낄 수 있었다. 카라치나 팔루자, 알레포에서뿐만 아니라 집에서도 마찬가지였다.

나는 서서히 지역 사회—교정 시설과 노숙자 쉼터—에도 관여하며 중동 한복판에서 갈고닦은 기술로 폭력단원들과 신뢰를 쌓아나갔다. 예전 상사였던 존에게 편지를 써서 조이와 우리 엄마 덕분에 CIA 이후에 할 일을 찾았다고 전했다. 민감하고 정직한 인간적인 교류를 통해 갈등을 종결하는 일이었다. 나는 범죄자들과 상담하며 피해자를 만나 사과할 수 있도록 도왔다. 다시 이라크와 요르단, 터키로 날아가 점점 늘어나는 난민촌을 돌며 수니파와 시아파 민병대원들을 데리고 똑같은 화해 프로그램을 진행했다. 서로에게 총을 쏘는 데 익숙한 남자들이 무기를 옆에 내려놓고 앉아서 함께 차를 마시며 눈물을 흘렸다. 이런 진실한 순간들을 목격할 때마다 마치 동화 속에서 저주에 걸렸던 희생자들이 주문이 깨지자 서서히 정신을 차리고 밝은 빛 아래 눈을 깜빡이며 서로를 인간으로 인식하는 것만 같았다. 나는 그들이 통치하는 난민캠프에서 첫 번째 합의가 이루어지는 걸 지켜보았다. 그들의 아이들이 안전하게 함께 학교로 걸어가는 걸 지켜보았다.

"나 같은 늙은이도 그런 신기술을 배울 수 있을까?" 어느 날, 존이 전화를 걸어와 이렇게 물었다.

"영영 안 물어보실 줄 알았잖아요!" 나는 웃음을 터뜨렸다.

그렇게 CIA를 은퇴한 그는 나의 다음 번 이라크 여행에 동행했다. 우리는 서로에게 부모를 빼앗긴 수니파와 시아파의 십대 아이들 사이에 섞여 양반다리를 하고 바닥에 둘러앉았다. 얼마 전까지만 해도 우리는 바로 이 땅에서 전쟁을 치렀다. 하지만 지금 이곳은 상처와 치유의 기운으로 가득했다. 그날 오후가 끝나갈 무렵, 존은 오늘 어떤 장면을 보고 모든 게 잘될 거라는 확신을 얻었다고 했다. "저기 앉아 있는 여자아이가 자기 벤을 죽인 아이의 손을 붙잡고 이렇게 말하더라고. '부모님의 실수를 반복하지 않는 게 그분들을 공경하는 길이야.'"

그러면서 또다시 가슴이 뭉클해졌다는 몸짓을 했다.

"우리 아이들도 그런 식으로 우릴 공경하길 바라야겠죠?"

나는 빙긋 웃었다. 우리의 현재보다 나은 미래를 엿본 것 같은 안도감에 우리는 남매처럼 팔짱을 끼고 난민캠프의 입구로 이어진 먼지투성이 길을 걸어갔다.

●●●

집으로 돌아와서는 나의 진실을 아는 가족 및 친구들과 새로운 삶을 건설해나가기 시작했다. 조이와 나는 우리의 작은 오두막집 부엌에서 저녁을 만들고, 지붕 위에 올라가 별을 올려다보며 식사를 한 다음, 퀼트 이불을 깐 커다란 침대에서 잠이 들었다. 문밖에서는 끊임없이 변화하는 파도가 우리에게 자장가를 들려주었다. 소박한 삶은 충만했다. 고요 속에서 자신을 드러내는 불꽃 같았다. 하지만 그런 기분을 느낄수록 바깥 세계의 혼돈이 이런 삶을 무너뜨릴지도 모른다는 두려움이 커져만 갔다.

나의 경험에 대해 말해달라고 공개적으로 요청받으면, 뜨거운 난로에 손을 댄 것처럼 신체가 격렬하게 몸서리를 쳤다.

"네, 알겠습니다." 한 기자가 농담을 던졌다. "거기서 배운 교훈들을 꽁꽁 숨겨뒀다가 혼자만 즐기려고 그러시는군요."

"아니에요." 나는 웃음을 터뜨렸다. "저는 그저 두려워서……" 나는 말을 멈췄다.

"뭐가요?" 그가 대답을 재촉했다.

나의 본능과 지금껏 받은 훈련이 정 반대의 말을 하고 있었다. 내가 세상에 진실을 말해버리면 어떻게 될까? 비밀 중에서도 가장 큰 비밀을 실토한다면? 모든 군인과 첩보원은, 번쩍번쩍 불을 내뿜는 거대한 전쟁 무기들은, 모든 테러 집단과 불량 국가들은 하나같이 두려운 마음을 제어하지 못해서 강한 척하고 있는 것뿐이라고. 내가 이런 말을 공개적으로 떠벌리면 어떤 일이 벌어질까? 내가 다치게 될까? 우리 조이가 다칠까? 우리의 삶이 또다시 완전히 붕괴돼 버릴까? 하지만 그때, 나를 올려다보고 웃던 조이의 미소가 떠올랐다. 카라치의 테이블에 놓여 있던 하얀 꽃송이와 모술 외곽의 흙바닥에 앉아 있던 소녀들이 떠올랐다. 지금 이곳에서 피해자들에게 사과하고 반성하는 죄수들과 문신을 지우는 폭력단원들도 생각났다. 죽어가는 환자의 손을 잡아주는 우리 벤도 생각났다.

"아뇨, 아무것도 두렵지 않아요." 나는 대답했다.

그대로 숨지 않고 카메라 앞에 앉아 세상의 진실에 대해 말했다.

감격스러웠다. 나는 평생 사회적 기대나 전쟁 게임과 전략만을 생각하며 살아왔다. 하지만 두려움을 떨쳐버리고 여과

없이 의견을 개진하자 형언할 수 없는 해방감이 몰려왔다. 나의 인터뷰는 빠르게 퍼져 나갔다. 수백만, 수천만, 나중에는 수억 명의 사람들이 시청해주었다. 얼마 후 전 세계의 퇴역군인—미국인, 아프간인, 러시아인, 이집트인—들로부터 이메일이 날아왔다. 그들은 하나같이 오즈의 마법사처럼 커튼 뒤에 갇혀서 서로에게 소리만 질러댔다고 고백했다. 그리고 망설이고 초조해하며 내게 이메일을 보내옴으로써, 마침내 용기를 내서 각자의 커튼을 걷고 인간적이고 자유로운 자신의 본모습을 드러냈다.

나는 매일 아침 새로운 메시지를 읽고 작성자들을 서로에게 소개시켜주었다. 그렇게 조심스러운 편지들이 쌓이면서 서서히 평화의 네트워크가 형성됐다. 그런 편지를 읽다 보면 아직도 내 책상에 놓여 있는 동전에 눈길이 가서, 거기에 새겨진 글귀를 만지작거리게 됐다. 오래 써서 낡았지만 그런 만큼 더욱 믿을 수 있는 나침반 같은 구절이었다. 처음 CIA 연수생으로 선발되어 흥분된 마음으로 읽었을 때보다 지금은 더욱 깊이 이 말을 이해하게 되었다.

'진리를 알게 될지니,
진리가 너희를 자유케 하리라.'

# 감사의 글

CIA의 남녀 요원들에게. 여러분은 힘들게 일하지만 그만 큼 인정을 받지는 못합니다. 여러분은 윤리와 법률, 삶과 죽음의 문제와 씨름합니다. 안락의자에 앉아 이리저리 지휘하거나 남에게 책임을 전가하는 호사는 누리지 못하죠. 자신의 삶과 꿈을 담보로 재앙의 그림자가 꿈틀거리는 음지에서 활동합니다. 여러분이 충성하는 대상은 성조기, 미국 헌법, 그리고 신이나 사랑처럼 그보다 더 고차원적인 힘입니다. 저는 당신들 사이에서 어른이 되었습니다. 여러분이 모범으로 보여주신 전통 속에서 성숙해질 수 있었습니다. 저를 지금과 같은 여성으로 성장시켜주셔서 감사합니다.

리사, 너는 주위 사람들에게 사랑한다고 말할 때 언제나 진심을 다하지. 너는 그들이 아플 때 수프를 가져다주는 아이야. 그들의 비밀을 지켜주고, 언제나 뒤에서 돌봐주지. 네가 없는 삶은 이제 잘 기억이 나지 않아. 나는 네 곁에서 우정을 배웠어. 나를 지금과 같은 여성으로 성장시켜줘서 고마워.

민진과 대릴. 두 사람은 안락한 삶과 안전을 포기하고 민주주의를 위해 헌신하고 있죠. 세상이 준비되지 않았거나 관심이 없을 때도 당신들은 늘 진실을 외쳐요. 자유를 위해 고통받는 이들을 옹호하고 자신이 한 말을 굳건히 지키며 살아가죠. 두 사람의 그늘 아래서 나는 세상을 바꾸는 시민의 힘을 알게 됐어요. 나를 지금과 같은 여성으로 성장시켜줘서 고마워요.

에밋, 당신은 사람들이 자기 자신을 모를 때조차 그들 내면의 가치를 알아봐주죠. 본인의 시간을 희생해서 다른 사람들을 격려해주고요. 당신은 세상의 잠재력을 보고, 세상의 발전을 위해 자신의 몫보다 더 큰 역할을 하는 사람이에요. 서로 다른 대륙에서 이메일을 주고받으며, 당신이 내게 써준 말들과 내가 당신에게 보낸 말들을 통해 많은 것을 배웠어요. 인간은 멋지면서도 선할 수 있다는 증거를 나는 당신에게서 발견했어요. 자아성찰이 어떤 결실을 맺는지도 목격했죠. 당신이라는 인간을 존경해요. 나를 지금과 같은 여성으로 성장시켜줘서 고마워요.

앤서니, 너는 뛰어난 두뇌와 너의 존재 자체로 예술을 통해 진리를 표현하고 있지. 너는 친절하고 의리가 있어. 똑똑하면서도 깐깐하게 굴지 않지. 너는 내 첫사랑이자 내가 처음으로 큰 상처를 입힌 사람이야. 그래서 내가 아직 한참 멀었다는 걸 알게 되었지. 어른이 되려면 남에게 상처를 주지 않게 책임감을 지녀야 한다는 것도. 지난 20년 간 너를 통해 배운 지혜를 잊지 않고 살아왔어. 나를 지금과 같은 여성으로 성장시켜줘서 고마워.

존, 당신은 이 나라의 보물이에요. 비록 길거리에서 만나는 대부분의 사람들을 당신을 못 알아보고 지나치지만요. 수십 년간 국가기관에 몸을 바쳤지만 그들은 당신의 본명을 모르니 제대로 감사 인사도 하지 못하죠. 당신은 내가 아는 최고의 작전관이에요. 그리고 자애로운 스승님이에요. 내게 실패를 위한 공간과 성공을 위한 도구를 내어주었죠. 나의 멘토이자 동무인 당신에게 깊은 경의를 표할게요. 나를 지금과 같은 여성으로 성장시켜줘서 고마워요.

딘, 너는 애국자야. 나의 친구야. 그리고 훌륭한 아버지야. 네가 현장에서 일해주는 덕분에 이 세계가 더욱 안전하게 유지되고, 네가 집에서 쏟아주는 사랑 덕분에 우리 딸은 지금과 같은 숙녀로 자라났어. 우리는 거친 여정을 함께 했지. 너와 살아가며 말을 줄이고 귀를 여는 법을 배웠어. 우리의 안위보다 임무를 우선하는 법도 배웠지. 사랑에는 여러 가지 얼굴이 있다는 것도 알게 되었어. 나를 지금과 같은 여성으로 성장시켜줘서 고마워.

메그, 플랫 박사님, 데이비스 신부님. 여러분은 영적 세계와 지상 세계 사이에 살고 계시죠. 하나님과 대화를 나누는 분들이시고요. 제 신앙의 여정을 저와 함께 걸어주셨어요. 제게 삶의 목적과 용기에 관한 묻고 답을 해주셨어요. 저를 위해 삶의 본질을 드러내주셨어요. 제가 이곳에 있는 이유를 보여주셨죠. 저를 지금과 같은 여성으로 성장시켜주셔서 감사합니다.

조던, 에린, 애나, 마이클, 리넷, 브리. 너희는 각자의 경험을 나누고 이야기를 들려줌으로써 내일을 빚어나가고 있어. 이 세상에 희망의 목소리를 증폭시켜주는 일이지. 너희는 많은 이들에게 믿음의 이유를 제시해주고 있어. 너희보다 더 유능하고 내게 영감을 주는 팀은 상상도 할 수 없어. 너희 덕분에 이 이야기를 많은 이들과 나누게 되었어. 나를 지금과 같은 여성으로 성장시켜줘서 고마워.

제임스, 대니, 클레어, 케이트, 크리스. 너희는 무조건적인 사랑이 무엇인지 내게 가르쳐주었어. 아무런 보답을 바라지 않고 나를 키워주고 용서해주었지. 내게 연약해지는 법을 가르쳐주었어. 행복해지는 법도, 진짜 내가 되는 법도. 나를 지금과 같은 여성으로 성장시켜줘서 고마워.

엄마, 스티븐, 아버지, 루다, 벤, 에바, 안토니아, 사샤, 캐서린. 여러분은 나의 조국이에요. 나의 모국 그 자체예요. 다른 누구보다 나를 잘 알고 있죠. 여러분의 보호 안에서 나는 내가 누군지 알게 되었어요. 내가 사랑받을 자격이 없을 때조차 나를 사랑해줬죠. 자격이 없을 때는 오히려 더 많이요. 나는 우리 가족을 늘 자랑스럽게 생각해요. 나를 지금과 같은 여성으로 성장시켜줘서 고마워요.

조이와 밥캣. 너희는 나의 스승이야. 너희는 재미있고 용감하지. 그리고 아주 친절해. 나는 너희 안에서 우리 엄마의 잔상을 본단다. 너희는 불멸의 증거야. 너희가 걸어갈 앞날을 어서 빨리 보고 싶구나. 영원히 너희 뒤를 지켜줄게. 나를 지금과 같은 여성으로 성장시켜줘서 고마워.

바비, 당신은 우주의 깊은 진리를 보았고 매일 그 진리를 따라 살아가지. 당신은 가족과 친구, 예술을 소유물이나 물질적인 부보다 소중히 여기는 사람이야. 늘 겸손하게 나를 이끌어주고, 조용히 탁월함을 발휘하지. 게다가 어떠한 사례도 바라지 않고 베푸는 걸 좋아해. 당신은 세상 그 누구보다 내게 큰 영감을 주는 사람이야. 나를 자극하는 동반자이자 나의 편안한 쉴 곳이야. 내 영혼이 나라는 우주선 밖으로 나가도 당신이라면 알아볼 수 있을 거야. 나도 당신의 영혼을 내 안으

로 받아들였어. 내 창조와 창작의 동반자인 바비, 내 마음을
온전하게 만들어줘서 고마워.

# 언더커버

초판 1쇄 인쇄  2020년 5월 25일
     1쇄 발행  2020년 7월 10일

지은이 아마릴리스 폭스
옮긴이 최지원
펴낸이 오세인  |  펴낸곳 세종서적㈜

주간 정소연  |  편집 장여진
표지디자인 Heeya  |  내지디자인 김진희
마케팅 임세현  |  경영지원 홍성우
인쇄 천광인쇄  |  종이 화인페이퍼

출판등록   1992년 3월 4일 제4-172호
주소       서울시 광진구 천호대로132길 15, 세종 SMS 빌딩 3층
전화       마케팅 (02)778-4179, 편집 (02)775-7011  |  팩스 (02)776-4013
홈페이지  www.sejongbooks.co.kr  |  블로그 sejongbook.blog.me
페이스북  www.facebook.com/sejongbooks  |  원고 모집 sejong.edit@gmail.com

ISBN 978-89-8407-797-3  03840
이 도서의 국립중앙도서관 출판예정도서목록(CIP)은 서지정보유통지원시스템
홈페이지(http://seoji.nl.go.kr)와 국가자료종합목록 구축시스템(http://kolis-net.nl.go.kr)에서
이용하실 수 있습니다. (CIP제어번호 : CIP2020026190)